「こんなときは、いやとは言わずに、良いと言うんだ。
……ほら、こうして乳首が固く勃っている。感じている証だ」
Illustration©Kira Etou

Tiara Label

ティアラ文庫

初蕾

いたいけな姫君の濡れごと

仁賀奈

presented by Nigana

プランタン出版

イラスト／えとう綺羅

目次

※本作品の内容はすべてフィクションです。

序章　紅蝶の火影

「悪いな。鈴菜《すずな》」

申し訳なさそうに詫《わ》びる父に対し、鈴菜は小さく首を横に振る。

「いいの。紅葉《もみじ》なら、お庭からでも見られるもの」

明日から数日、父母と共に紅葉を見に北山《きたやま》へと行く約束をしていた鈴菜は、内心がっかりとしながらも、笑みを浮かべた。

鈴菜の父は大納言《だいなごん》という要職に就《つ》いている。だが最近、世間を賑《にぎ》わしている夜盗たちのせいで、皆は外に出ることに怯《おび》えているせいか、参内《さんだい》を休む者も多く、父は仕事が立て込んでしまっているらしい。

人の良い父は、その者たちの代わりに、仕事を請《う》け負ってしまっているのだ。

父は、すべては敬服している帝《みかど》のため、懸命《けんめい》に働く民のためだと、政《まつりごと》に勤《いそ》しんでいる。

その上、嫌な顔ひとつせず、愚痴《ぐち》すら言っているのを聞いたことがなかった。

夜盗たちは公卿《くぎょう》の邸《やしき》に押し入ると、金品を奪うだけではなく、女人を攫《さら》い、そして殿方たちを斬りつけて、ひとり残らず殺してしまうのだと聞いている。

こんな物騒な時勢に、物見遊山などしている場合ではないのだろう。

父の政《まつりごと》の都合や凶方《きょうほう》を避ける方違《かたたが》えのせいで、約束が破られることには慣れている。

それに残念に思っているのは、自分だけではないと解っていた。だから、鈴菜は我《わ》が儘《まま》を言う気にはなれなかった。……ただ、少しだけ寂しいだけだ。

「鈴菜。今年は無理でも、来年も再来年も山は紅葉を見せてくれるだろうし、春には美しい桜が花開くことでしょう。お父様のお仕事で、今年の秋は残念なことになってしまったけれど、また次の季節を楽しみにしましょう」

そう言って母である萩《はぎ》の君《きみ》は、ふわりとした微笑みを向けてくる。

鈴菜は母ほど素晴らしい人を知らない。咲き誇る花のように美しいだけでなく、慎み深く、優しく、そして高い教養があり風流だ。黒く長い髪は、それ自体がまるで生きているかのように艶《つや》やかで、纏《まと》う衣装はいつも美しい色合いを重ねて、溜息《ためいき》がでるほどだ。

そして焚《た》きしめられた香は、人の心を和《なご》ませ、けっしてきつくはないのに、母が立ち去った後も、馥郁《ふくいく》とした香りが漂っていた。

父はいつも、母を妻にできたことが、生涯で一番の幸福だと言って憚《はばか》らない。

仲睦《なかむつ》まじい両親が、鈴菜は大好きだった。

「うん大丈夫。寂しくない。それに先日、おじ様と一緒にうちを訪ねてくださったお兄様が、また遊んでくださると言っていたもの」

　この邸に、たまに訪れてくる父の友人は最近、息子を連れてくるようになった。彼は年の離れた鈴菜にいつも優しく接してくれていた。雛遊《ひいなあそ》びにまで付き合ってくれるので、同じ年頃の姉妹のいない鈴菜は、彼が訪れるのをいつも楽しみにしているのだ。

「待て。……まさか、知らぬ間に奴と将来を誓い合っている仲なのではないだろうな！　だめだっ。かわいい鈴菜を渡せるものかっ」

　鈴菜を溺愛《できあい》している父は、彼女を抱き締め、ぐりぐりと頬を擦り寄せてくる。

「お髭《ひげ》痛い……、お父様……いやぁ……」

　ちくちくとした髭が痛くて、鈴菜が半泣きになりながら声を上げると、父は目を瞠《つむ》り、憐《あわ》れなほどに顔を歪《ゆが》める。

「そ、そんな……。鈴菜、お前をここまで手塩にかけて育ててきたこの父を嫌だと言うのか。最近この邸に顔を出し始めただけの若造の方がいいと言うのか!?」

「なにを騒いでいらっしゃるのです。気が早すぎますよ。……もしふたりが将来を誓い合ったとしても、鈴菜はまだ幼いということをお忘れですか」

　母がくすくすと笑うと、父はそのことに今気づいたとばかりに頭を掻《か》く。

「しかし……、これほど可愛らしいのだから、血迷うこともあり得るだろう」

「まだ元服《げんぷく》も済ませていない子供を相手に、あなたったら……」

　苦笑いした後、母の萩の君は女房たちに目配せする。すると、お茶と一緒に梨《なし》などの木菓子や小麦粉を練って紐状《ひもじょう》にし油で揚げた唐菓子が運ばれてきた。

「外に出られなくとも、皆でお庭を眺めましょう」

そうして御簾《みす》が上げられると、趣《おもむき》のある庭に植えられている紅葉や楓《かえで》や躑躅《つつじ》が、赤く美しい粧《よそお》いをみせていた。

「私、お父様とお母様に、近くで葉を見せてあげる」

そう言って鈴菜は、階《きざはし》を下りて、庭に駆けていく。

以前、紅葉を散策に出たときは、父が枝を手折《たお》ってくれた。だが、鈴菜は傷をつけるのは忍びないので、落ちている葉の中で美しいものを探し始める。

「どれがいいかなぁ……」

——しかし、そのときにふと。

「あれ……？」

人の気配を感じて、上を仰ぎ見た。そこになにか黒い影があったような気がしたからだ。

だが、目を凝《こ》らして見るがなにもない。

「どうかしたの？　鈴菜」

母が気遣うように、こちらに向かって声をかけてくる。

「ううん。見間違いだったのかも」

首を傾げて、鈴菜は母にそう言い返す。

もう一度、邸を囲む築地《ついじ》や上にのせられた屋根を見つめる。すると、ばさりと大きなカラスがどこからともなく舞い降りてくる。

もしかしたらあのカラスの気配に気づいたのかも知れない。そう自分に言いきかせた。

そうして、鈴菜はぼんやりと高い空を見上げる。

「あ……、なんだか雨が降りそうな雲がある……」

清涼《せいりょう》たる空気の中、先ほどまで青く澄み渡っていた空に、いつしか暗雲が立ちこめ始めていた。

◇◇　◇◇　◇◇

――その日の夜更け。

騒がしい声が聞こえ、鈴菜は眠い目を擦った。辺りを見渡すが、真っ暗でなにも見えない。今日は久し振りに母と共に眠ったはずだったのに。

「お母様……どこ……」

褥《しとね》を飛び出した鈴菜は母を探して、寝殿の中を歩いていく。几帳《きちょう》を避けて襖《ふすま》を開き、奥へと進んで行くが、父の姿も母の姿も、女房たちすら見かけなかった。

代わりに遠くから聞こえてくるのは、怒号や叫び声、そして断末魔の悲鳴だ。

「こ、……怖いよ……。お母様……」

そして、ついに襖の向こうから、言い争う声が聞こえてきたのだ。

「共に来い。萩の君。……お前は売り払ったりしない。俺の女にしてやる」

父よりもずっと若い男の声がした。誰だろうか？　びくりと鈴菜の身体が強張《こわば》る。

「お下がりなさいっ！　この外道《げどう》がっ」

ぱちぱちと火に薪《まき》をくべたときのような音が、襖の向こうから響き、それに混じり、見知らぬ男と、母が言い争う声が聞こえてくる。

「お母様？　ここにいるの」

「……す……鈴菜っ!?」

鈴菜は襖を開こうとするが、開かなかった。まるで向こう側から、引き手の太い房を合わせて、押さえられているかのようだ。

「開けて……、お願いっ。暗いの、私も、そちらに行きたい」

小さな手で必死に襖を叩くが、母は開けようとはしなかった。

「逃げなさいっ！　ここには夜盗がいるの。早く」

——夜盗。その言葉に、鈴菜は目を瞠った。金品を奪い、人を殺したり攫ったりするという恐ろしい者たちのことだ。

「でも……お母様が……」

そんな恐ろしい相手を、たおやかな母が前にしているというのに、鈴菜ひとりで逃げるなんてできなかった。

「萩の君の娘なら、さぞかし美しく育つだろうよ。共に連れていってやる」

下卑《げび》た笑い声を上げながら、襖の向こうで男が言い放つ。

「足の遅いあなたがそこにいると、母は逃げられないの。お願いだから、急いで！　なにが聞こえても、けっして振り返らないで、いいわね」

母が叫ぶ。彼女のそんな鬼気迫った声を聞いたのは初めてだった。

「わ、解った。すぐに来てね。約束よ」

そう言って鈴菜が駆け出したとき。

肉を断つような音、そして襖に水飛沫《しぶき》がかかるような音が響いた。

「待て!!　萩の君！」

そして焦った様子の夜盗の声が、遅れて耳に届く。しかし、鈴菜は振り返らなかった。母と約束したのだ。けっして振り返らずに逃げると。後で、鈴菜の元に来てくれるのだと。

鈴菜が息を乱しながらも、必死に渡殿《わたどの》を駆けていくと、気づけば池を眺めるための釣殿《つりどの》の上に立っていた。三方には美しい庭と池が広がっていて、袋小路のようになっている。

ここでは夜盗が追って来たときに逃げ場がない……。そう考えて、踵《きびす》を返そうとするが、先ほどまで走っていた渡殿が燃えさかる火に包まれていることに気づいた。

この火の手では、母は追っては来られないだろう。そして、鈴菜もここから逃げることはできない。池の方へと飛び込もうかと考えるが、小さな鈴菜では足が竦《すく》むほど高い位置にあった。

「……あ……、あぁ……」

恐ろしさに鈴菜は声を上げて泣き出してしまう。

しかし夜盗に襲われ、混乱を極めた邸の方からは、誰も助けは来なかった。

ぱちぱちと跳ねる火の粉《こ》が、まるで蛍《ほたる》や蝶《ちょう》のようにひらひらと舞い踊りながら、鈴菜の元へと迫ってくる。風に煽られた火は、ますます勢いを増していた。

「お父様……、お母様……どこ……。苦しい……、熱いよ……っ」

煙に包まれ、鈴菜の意識は次第に朦朧《もうろう》とし始めていた。

そのとき、邸の周囲に巡らされた築地を乗り越えて、ひとりの少年がこちらへと駆けてくる。ここに自分はいるのだと、声を上げようとしたが、彼は火の手に驚いたのか、どこかへと去っていってしまった。

絶望で目の前が真っ暗になっていると、先ほど目にした少年が、童直衣《わらわのうし》の袍《ほう》を脱ぎ、それを池の水に浸して、こちらに駆けてくる姿が見えた。

「熱いよ……、苦しい……よ……」

泣きじゃくっていた鈴菜には、少年の輪郭《りんかく》が涙で滲《にじ》んで瞳に映る。

「大丈夫。……この身に代えても、私がかならず助け出す」

少年は濡らされた袍で、鈴菜を頭からすっぽりと包む。そして彼女を抱えるようにして、火の海の中を釣殿から外へと駆けていく。

逃げる間にも、焼け焦げた臭いと煙が鈴菜の鼻を突き、彼女はげほげほと噎《む》せ込んでしまう。

「苦しいのか……？　もう少しだけ……我慢していてくれ」

力強く励ます少年の声も、苦しげだった。そして、茹《ゆ》だりそうな熱が遠のいたとき。

「おいっ！　誰か、この少年を医師のところへ！」

父の従者である男の声がした。

そこで、鈴菜は初めて、危機を脱したのだと知る。

だが頭を覆っていた袍から顔を出すと、目の前には、焼け焦げた単《ひとえ》に括《くく》り袴《ばかま》を纏《まと》った少年が苦しげに顔を歪める姿があった。

「……く……っぅ……っ」

その頬や額は、煤《すす》や埃《ほこり》のせいで真っ黒になっていて、このまま命を落としてしまうのではないかと思うほどだった。

「ご、ごめんなさい……、大丈夫っ？　わ、私のせいで……ごめんなさい」

啜り泣きながら鈴菜は少年に縋《すが》る。

「……私のことなど、……あなたは気にしなくていい」

苦しそうに顔を歪めながらも、少年は気遣うように、そう答えた。

「誰か彼女を、……安全な場所へ……」

彼が告げると、生き残った女房が鈴菜を抱きかかえて、その場を離れた。そうして鈴菜は命の恩人である少年に満足に礼を言えないままはぐれてしまったのだ。

◇◇◇

——数刻ほど遡《さかのぼ》る。栄華を極めつつある藤原豊成《ふじわらのとよなり》邸の一室。

「またか……」

高灯台《たかとうだい》の灯りの中、静かに書を読んでいた彰久《あきひさ》は、ふっと溜息を吐く。

寝殿《しんでん》を囲うように張り巡らされた廊下《ろうか》である簀子《すのこ》から、足音を忍ばせて通る気配を感じたのだ。足音の主は夜盗ではない。この京の要職である左大臣《ひだりのおとど》という地位にある、彼の父の藤原豊成だ。

気に入った女人の元へ通うときは、呆れるほど堂々としているのに、今の父はまるで妻の尻に敷かれた甲斐性《かいしょう》なしのようにおどおどとしている。

その理由は——。

彰久は溜息を吐いて立ち上がり、父の跡を追っていった。

父は牛車《ぎっしゃ》も用意せず人知れず馬に跨り、中御門大路《なかみかどおおじ》を西洞院大路《にしのとういんおおじ》方面に曲がり、そして三条大路《さんじょうおおじ》へと向かっていく。それは彰久が思った通りの道行きだった。

最近では夜盗が頻繁《ひんぱん》に公卿の邸を襲撃しているのだ。夜道を狙われる者も多く、公卿の多くは保身のために、家に籠《こ》もっているというのに。豊成はある邸の築地の周りを、馬に跨ったままゆっくりと一周すると、閉ざされた門の前で溜息を吐き、そして去っていった。

彰久は、今日こそは父に進言しようと後を追ったのだが、あまりの憐れな後ろ姿に、声をかけることができなかった。

父が巡ったのは、彼の親友であり若い頃からの好敵手でもあるという大納言の邸だ。

以前、豊成は大納言邸で行われた宴の際、深酒をして迷った挙げ句に、愛妻である萩の君に遭遇《そうぐう》してしまったのだという。その日から、心を奪われて忘れることができず、親友の妻ゆえに奪うこともできず、無様に邸の周りを巡っている始末なのだ。

「確かに萩の君は素晴らしい方だが……」

彰久は豊成に連れられて、なんどか大納言邸を訪れたことがあった。

父が子供同士を引き合わせるという名目で、萩の君に近づこうとしたためだ。

萩の君とは御簾越しにしか会話したことがなかったが、少し話しただけで、慎み深く優しい女人《にょにん》だと感じた。それに、末の三の君である鈴菜の君はとても愛らしい少女だ。

あの娘の母ならば、きっと絶世の美女であることは安易に予測ができる。

しかし、豊成の妻である彰久の母、月草《つきくさ》も、負けず劣らず秀でた女人だ。

確か萩の君と母の月草は、従姉妹同士なのだと聞いている。実家が近いこともあって、幼い頃から共に過ごし、とても仲が良かったのだという。

そんな近しい相手に懸想《けそう》するなんて、愚かも甚《はなは》だしい。既婚者である従妹に夫の心を奪われてしまったことを母が知れば、きっと深く傷つくに違いなかった。

次こそは、豊成を捕まえて、こんなことは止めさせなければ……。

彰久は深く心に決める。

――だがそのとき、築地の向こうから叫び声が響いてくる。

「なんだ?」

そして見上げると、もうもうと煙が上がっていることに気づいた。その中で、怒号や叫び声が飛び交う。草木すらも寝静まるような夜更けだ。このようなところをうろついている所を人に見られれば、きっと夜盗の一味に間違えられるに違いなかった。だが、邸の者を見捨ててはおけず、彰久は門に近づく。しかし反対側から門《かんぬき》がされていて開かなかった。

そのまま馬を駆って、築地の低い場所を探し始める。そうして、彰久がようやく築地の低い場所に辿り着き、馬から屋根に飛び乗ったとき――。

燃えさかる邸の惨状《さんじょう》が瞳に映り、息を飲む。

「……っ」

ひとりでも多くの者を助けなければ。そう考えながら、庭園へと降り立つと、少女の泣き声が聞こえてくる。脳裏に過ぎったのは、彰久に雛遊びをせがんでくる愛らしい少女の姿だ。まさか鈴菜の君では、そう思い目を凝らす。すると、向かいの釣殿の中でひとり泣いている幼子の姿を見つけた。

彰久は急いで池へと駆けて行くと、袍を脱ぎ捨て、それを池の水に浸す。

あの火の手の勢いでは、助け出す前に屋根が崩れる恐れがある。しかし、放ってはおけなかった。このまま見て見ぬ振りをすれば、彰久は生涯自分を赦《ゆる》せなくなるだろう。

彰久は濡れそぼった袍を傘《かさ》にして、火の粉を避けると、火の海の中に飛び込んでいった。

釣殿の中には、熱風が吹きつけ、充満した煙に喉が詰まりそうになる。

そうして、少女の姿をやっと見つける。やはり鈴菜の君だった。

「お父様……、お母様……どこ……。苦しい……、熱いよ……っ」

山吹の襲《かさね》の対丈《ついたけ》の衵姿《あこめ》の少女は、目にいっぱい涙を浮かべ、小さくなって震えている。

その姿を瞳に映した瞬間――。

彰久は身の内底から、ぞくりと溢れるような衝撃を覚えた。

か弱い身体を抱き寄せ、泣きじゃくる彼女の眦《まなじり》に唇を押し当て、頬を擦り寄せたい。そんな邪《よこしま》な考えが浮かんで消えない。

しかし今は、そのようなことを考えている場合ではなかった。火の海から逃れることを考えなければ。

彰久は濡らした袍で、少女の身体を包み込む。

「大丈夫。……この身に代えても、私がかならず助け出す」

柄にもない言葉を告げると、そうして彰久は猛火の中を、彼女を抱えて走り出した。

◇　◇　◇

「父上がどこに行ったのか、知らないか」

長く邸に仕えてくれている従者に尋ねると、相手は目を泳がせながら返答を詰まらせる。

「また桔梗《ききょう》の御殿《ごてん》、というわけか……」

冷ややかに尋ねると、従者は小さく頷いた。

「は……はい……」

前大納言邸が夜盗に襲撃され、ただひとり生き残った娘、鈴菜の君は藤原邸へと引き取られることになった。

深い悲しみから寝込んでいた父、豊成だったが、鈴菜の君が萩の君にそっくりだと気づいたときから、彼女のいる桔梗の御殿に入り浸り始めてしまったのだ。

こんなことでは、いつか母の耳に届いてしまう。彰久はそう思い溜息を吐く。今ならまだ、家族を亡くした鈴菜の君を気遣っているのだと言い訳が立つ。しかしこの先、こんなことを続けていれば、いつか母も父の気持ちに気づいてしまうに違いなかった。

「……私も桔梗の御殿に向かうよ……。……痛っ……はぁっ……はぁ」

彰久が踵《きびす》を返したとき、引き攣《つ》るような痛みが背中に走る。

肩に負った火傷《やけど》はまだ癒《い》えてはいなかった。幾分か痕《あと》が残るだろうと、医師に告げられた。だが、女人である鈴菜の君に残ることを考えれば、自分で良かったのだと思える。

ああ、いっそ鈴菜の君の顔に傷が残れば、父の寵愛《ちょうあい》も消えたのではないだろうか——。

そんな物騒な考えを懐《いだ》きながら、桔梗の御殿に向かうと、そこには想像もしていなかった光景が広がっていた。

美しい重袙《かさねあこめ》に着飾らせた鈴菜の君を、豊成は膝に乗せて、愛おしげに頬擦りしていたのだ。鈴菜の君は、両親を亡くした心の傷から、誰とも口を利かず、そして表情をなくしてしまっていた。今も豊成の膝の上で、抵抗することもなく、人形のようにぼんやりと空を見つめている。

「父上っ！」

苛立《いらだ》ちから目の前が真っ赤になっていく気がした。

「なんだ、彰久」

邪魔するなとばかりに、豊成が眉を寄せる。

「そろそろ参内の準備をなさるべきでしょう。皆が探しております」

厳しい声で、彰久がそう言い放つと、仕方なさそうに豊成は立ち上がり、大事そうに鈴菜の君を茵《しとね》へと座らせた。

「ああ、しまった。いかんいかん。もうそんな刻《とき》か。鈴菜の君の側にいると、刻の経つのを忘れてしまうな。鈴菜の君、明日はお菓子を用意させるから、楽しみに待っておれ」

鼻の下を伸ばす……というのは、このことを言うのだろう。

呆れて物も言えなかった。そして、彰久は寸分も動かない鈴菜の君を見下ろした。こうしていると、本当に人形のように見える。

本当に生きているのか心配になって、彼女の頬に手を伸ばした。するととても温かく滑らかな感触が指先に触れる。彰久は、この顔に傷が残れば……などと一瞬でも考えてしまった自分に苛立ちを覚えた。

——そのとき。鈴菜の君の睫毛《まつげ》がゆっくりと上下し、そして微《かす》かに彰久の手に頬を擦り寄せた。気のせいだったのかもしれない。しかし、彰久はただ呆然と彼女を見つめ、そして息を飲んだ。

「…………」

やはり父には渡せない。母が傷つくこと以上に、彰久はこの少女が他の男に触れられることが赦《ゆる》せなかったのだ。その日から、彰久は鈴菜の君の元へと通い始めた。

豊成は左大臣という高い地位にある身だ。四六時中、鈴菜の君の元に入り浸ることはできない。だから彰久は豊成の不在の隙《すき》をついて、鈴菜の君を懐柔《かいじゅう》し始めたのだ。

「姫君は今日もこちらを向いてはくれないようだな。せめて私の和琴の音を聴き、あなたに生きる喜びを与えたいという、この心を知ってはくれないか」

最初は誰とも口さえ利かなかった彼女だったが、優しい言葉をかけつづける彰久に次第に心を許し、会話をし始めた。

一年も経つ頃には表情も豊かになり、笑顔を見せるようにまでなったのだ。

彰久は鈴菜の君を前に、大輪の花を開かせたような感動を覚えていた。

そしてついに、鈴菜の君に豊成が近づいて来ても彼女は抗《あらが》うようになった。

「鈴菜の君。こっちにおいで」

自分の膝に乗せようとする豊成に背を向け、鈴菜の君は彰久の元に駆けてくる。

「嫌、彰久お兄様のお膝に座る」

「いいよ。こちらにおいで。鈴菜の君」

そうして甘えてくる鈴菜の君を抱き締め、彰久は勝ち誇ったような気持ちでいた。

——しかし。恐れていた事態がついに訪れたのだ。

彰久の元服を控《ひか》えた、ある冬の寒い日。彼は母の月草に呼び出され、部屋に向かった。

最近の彰久は、鈴菜の君にかかりきりで、ここに訪れるのは久し振りだった。彼は廂に腰かけて、月草に御簾越しに挨拶をする。

「お久しぶりですね、母上」

彰久が軽く頭をさげて告げると、月草は沈んだ声で尋ねてくる。

「……元気そうでなによりだわ。このところずっと桔梗の御殿に、頻繁に出入りしているようね」

なにか様子がおかしい気がした。月草は従妹の娘である鈴菜の君を可愛がっているはずだ。なぜこのような言い方をするのだろうか。

「はい。心を閉ざしていた鈴菜の君も、やっと笑みを浮かべるようになりました」

「殿も……、通っているのでしょう」

躊躇《ためら》いがちに告げてくる月草の声に、彰久は恐れていた事態がきたのだと気づいた。

「……はい」

静かに答えると、月草は深く溜息を吐く。

「噂は、耳にしたかしら」

知らぬはずがないといった口調だった。

「どの噂ですか」

わざとはぐらかしてみようとするが、月草は追及してくる。

「殿が前大納言邸に火を放ったという噂よ。……そんなこと、あの方がするはずがないのに……、いくら萩の君のことを慕《した》っていらっしゃったからといって」

噂は真実ではない。そのことは彰久が誰よりも知っている。豊成はあの日、確かに前大納言邸に行ったが、なにもせずに帰って行ったのだ。それに火の手は邸の中で上がった。築地の外から火はつけられない。噂のことよりも彰久が気に掛かったのは、父が萩の君に懸想していたという事実を、月草が知っていたということだ。

「ご存じだったのですか」

深く傷ついたに違いない月草に、彰久はかける言葉に惑う。

「私には隠そうとしていたみたいだけど、……残念ながら、皆は噂好きですもの。聞きたくないこともすべて聞こえてきてしまう。鈴菜の君は萩の君によく似ているわ。愛らしくて手を伸ばさなくてはならない気にさせるところなんて、まるで生き写しのようだわ」

昔を懐かしむように、月草は呟く。幼少の頃から、萩の君のことを羨《うらや》んでいたことが、伝わってくる口調だった。

静かに語る母を前に、いっそう彰久は胸を痛ませずにはいられない。

「父上のことはお任せください。……鈴菜の君から、必ず遠ざけますから」

きっぱりと断言すると、怪訝《けげん》そうに言い返される。

「私は殿が悲しむようなことは望んでいないの。だから、あなたはなにもしないで」

「いいえ。母上を悲しませるつもりはありません」

豊成を鈴菜の君から遠ざける策はあった。しかし、それを遂行するには彰久自身をも、離れなければならなくなる。

「母上はなにもご心配なさらなくていいのです」

翌日の夜更け――。彰久は内裏から戻った豊成の元に向かった。その顔色を窺《うかが》うとかなり疲れているようだった。前大納言の後釜《あとがま》に座った男と折り合いが悪いらしく、ここ半年ほど豊成は焦燥《しょうそう》した様子で邸に戻ることが多くなったのだ。

「父上、宮中で不穏な噂を耳にしたのですが」

神妙《しんみょう》な様子で彰久が話しかけると、豊成は睨《ね》めつける形相《ぎょうそう》でこちらに顔を向けた。

「なんだ？」

鈴菜にみせている穏やかな表情とは、まるで別人のような顔つきだ。元来、豊成は敵には容赦《ようしゃ》がなく、非情な性格をしているのだ。彰久のどこか冷めた性格は父親譲りなのだと常々考えている。

「左大臣藤原豊成は、前大納言の娘の後見人になり、その幼子を慰《なぐさ》み者にしようとしている……との噂ですが」

これは嘘だった。

新任の大納言という新しい公卿が加わったのだが、彼は右大臣《みぎのおとど》の親戚なのだ。政敵の増えた豊成は、地位を確固たるものにしようと懸命に手を尽くしている。今は些細《ささい》な噂すら命取りになりかねない。その裏を掻いて、彰久は鈴菜の君を遠ざけるつもりだった。

「まだ月の穢《けが》れも持たない少女ですが、父上とは血は繋がっていないのです。火のないところに煙は立たないといいます。用心のため、姫君として丁重に扱われるべきでしょう。お会いになるのも、なるべく回数を減らし、御簾越しにされた方がいいかと」

「お前も鈴菜の君に、不用意に触れているだろう」

鈴菜の君が豊成よりも、彰久に心を許していることを不満に思っているのか、むっとした様子で言い返してくる。

「私は、心を閉ざしてしまった鈴菜の君を憐れに思っていただけですよ。これからは少し距離をおくつもりです。……未婚の姫に、不穏な噂を付きまとわせるわけにはいきませんから。父上も充分お気をつけください」

そうして彰久は月草との約束通り、豊成を、そして自分自身を鈴菜の君から遠ざけた。

第一章　百花繚乱の恋

——前大納言《ぜんだいなごん》邸《てい》が夜盗に襲われ、放火による火事により焼失して五年の月日が経とうとしていた。どれほどの悲しみが人の胸を痛ませようと、季節は移ろい巡っていく。

そうして梅の花が散り、桜が蕾《つぼみ》を芽吹かせる頃。

内裏《だいり》から戻った藤原彰久《ふじわらのあきひさ》を、彼の父である豊成《とよなり》が夜更《よふ》けにもかかわらず呼び寄せた。

彰久は疲れた身体をおして、渋々ながら父のいる御殿《ごてん》へと赴《おもむ》く。

父は彩繍《さいしゅう》された豪奢《ごうしゃ》な帳《とばり》の御帳台《みちょうだい》の中にいた。唐錦《からにしき》の織物で作られた茵《しとね》の上に悠然《ゆうぜん》と腰かけ、真珠光を放つ螺鈿《らでん》の施された脇息《きょうそく》に腕を置き、酒の盃《さかずき》を片手に機嫌良く出迎えてくれる。

「やっと戻ったのか。彰久。待ちくたびれたぞ」

父は酔いに顔を赤らめていて、とても満足げだった。待ちくたびれていたようには見えない。

「いったい、どのようなお話ですか」

彰久は憮然《ぶぜん》とした表情で尋ねる。すると父は人の悪い笑みを浮かべてみせた。

「数多《あまた》の女を渡り歩いていたお前も、そろそろ身を落ち着けて、恋《こ》うる心を知るべきだとは思わないか」

元服《げんぷく》した公達《きんだち》はすぐに妻を娶るのが当然だ。しかし、彰久はいまだ手つきの女房である召人《めしうど》すら迎え入れていない。父のように若くから浮き名を流し、何人もの妻を娶って、召人を抱えている男には、理解しがたい状況らしい。そのせいか彰久を幾度となく呼び出しては、このように妻を娶《めと》れと迫ってくるのだ。

「私はまだ妻を娶るつもりはありません。お話が他にないのでしたら、もう失礼させていただきます」

公卿《くぎょう》たちとのくだらない話に疲れ果てていた彰久は溜息《ためいき》を吐《つ》いた。

内裏での話は、もっぱら出世の話と名家の姫君の噂ばかりだ。退出してやっとその苦行から抜けて来られたというのに、邸《やしき》に帰ってまで続けるつもりはない。

すると彰久の返答が気に入らなかったらしく、父は渋面を向けてくる。顔に深いほうれい線を刻みながらも、今もなお整った面容だ。輝くばかりに麗《うるわ》しいと名高い彰久の面差《おもざ》しは、不本意ながらも父に似たものである。

「父上。もう若くはないのですから、あまり飲み過ぎないようにしてください。それでは、私はこれで」

その話はもう聞きたくないとばかりに、彰久は腰を上げようとした。

「待て。まだ話は済んでおらん」

父の豊成は、正妻である北の方の月草《つきくさ》との間に三人いる娘のうち、中の君を入内《じゅだい》させて、まだ幼い蘇芳帝《すおうてい》の中宮《ちゅうぐう》とし、左大臣《ひだりのおとど》として政治の実権を握った男だ。天皇を娘婿に、皇后を娘にした豊成に、内裏で刃向かう者などいなくなった。今は欠員となっている次期太政《おおき》大臣《おとど》になるのも、目に見えている立場だった。

彰久が若くして正従四位《せいじゅうしい》の参議《さんぎ》という高い地位にあるのも、そのせいだった。彰久は決して無能なわけではない。その上、蘇芳帝が皇位継承権第一位である東宮《とうぐう》になった頃から、話し相手として呼ばれていたため信頼も厚い。父の力を借りずとも、年を重ねれば順当に出世することはできただろう。しかし豊成は、自分の地位を確固たるものとするために、要職に親類や息子を据《す》えたいらしい。

父はそうして、政敵である右大臣派の公卿を蹴落《けお》とすたびに、自分が懇意《こんい》にしている人間を要職に推していた。その上、彰久が辟易《へきえき》とするほど、皇族や高位の公卿の娘を結婚相手に……と、懸想文《けそうぶみ》を贈るように勧めてくる。

「幾たびこのようなお話を聞かされても、私の気持ちは変わりませんよ。父上」

自分の意向にまったく従おうとしない彰久に業《ごう》を煮やした父は、彼の振りをして勝手に懸想文を帝《みかど》の妹宮に贈りつけたことがあったぐらいだ。相手が紙に焚《た》きしめられた香の匂いが気に入らなかったため事なきを得たのだが、あのような真似は二度として欲しくはなかった。

身勝手な真似をされること以前に、色良い返事を貰えぬような文《ふみ》しか贈れない男だと、他の公達や女人たちに噂されることが不愉快だった。

素っ気なく言い放った彰久に、父はおもむろに話を切り出す。

「今夜お前を呼んだのは、他でもない。鈴菜《すずな》の君のことだ」

「彼女がなにか？」

同じ邸内に住んではいるが、彰久はここ四年ほど、彼女の顔すら見ていない。

脳裏にあるのは、幼い頃の面影だけだ。

「先日、鈴菜の君の裳着《もぎ》を執《と》り行ったのだが、萩《はぎ》の君《きみ》に瓜《うり》二つに育っておった。まだまだ幼いと考えていたのだが、艶《あで》やかに着飾った姿は、なよ竹のかぐや姫にも劣らぬのではないかと驚くほどだ」

裳着とは、艶やかな裳《も》を身に纏《まと》い、腰紐《こしひも》を結《ゆ》う儀のことだ。それを済ませば、成人した女人として認められ、婚儀も行えるようになるのだ。

鈴菜の君の腰結役《こしゆいやく》をかってでた豊成は絵空事の姫君に彼女をなぞらえ、満足げに頷いてみせる。その様子を眺めながら彰久は、眉を顰《ひそ》めた。

「萩の君のように美しくも気高い女性は、今生で二度と現れぬと思っておったが……」

親友の北の方だというのに、彼女が亡くなって五年経った今でも、豊成は懸想し続けているのだ。

豊成の北の方である彰久の母は、いつまでも萩の君のことを忘れようとしない夫の心を悲しく思い、泣き暮らしているというのに。

彰久がいつまでも妻を娶ろうとしないのは、母の他にも多くの側室を置きながら、ただひとりの女性を想い続けている、愚かな父の姿を間近で見ているからだった。このように側に置いた数多《あまた》の女を泣かせるぐらいなら、ただひとり本当に愛することのできる女人だけを妻にすればいいと思わずにはいられない。

しかし生憎《あいにく》、彰久はひとりの女人に入れ込むことのできない性格だ。誰も彼もが、似たような存在にしか思えず、妻を娶ることのないまま、気がつけば元服してから五年も経ってしまっていた。

「お前はどう思う？」

ふいに父に尋ねられた彰久は、剣呑《けんのん》な眼差《まなざ》しを向ける。

「どう……とは？」

「鈴菜の君のことに決まっているだろう」

件の鈴菜の君がこの邸に連れられて来た際は、天涯孤独《てんがいこどく》となった境遇《きょうぐう》を憐《あわ》れに思い彰久は懇意《こんい》にしていた。しかし、母を気遣い彼女を避けるようになってからは、一度も会ってはいなかった。鈴菜の君のことをどう思うなどと豊成に聞かれても、なにも感じてはいないとしか答えられない。

彰久の記憶にある幼い彼女は、黒目がちの瞳に艶やかな髪をしていて、人形のようにとても愛らしい顔だちだったが、感嘆《かんたん》するほど美しい女人になっているとは思えなかった。

父の目には萩の君に似ているというだけで、美しく見えてしまっているに違いない。

この愚かな父は、一刻も早く届かなかった恋から目を覚ますべきだろう。そして、彰久の母である北の方や側室たちを大事にして欲しい……と、願わずにはいられない。

「鈴菜の君には早々にしかるべき相手を見つけてやるべきでしょうね。花の盛りは短いのですから。なんでしたら、私が宮中に美しい姫だという噂を流しておきますよ。上手くいけば、帝や皇族のお耳にも届くやもしれませんから」

淡々と語る彰久を前に、豊成はつまらなそうに顔を顰める。

「入内などさせては、儂《わし》が容易に鈴菜の君に会えなくなるではないか」

自分の実の娘である中の君を、強引に蘇芳帝の中宮に推した男だとは思えない台詞《せりふ》だ。

老いらくの恋とは、このことだろう。無様にもほどがある。

「儂は、鈴菜の君を手放すつもりはないのだ。できれば、婿など取らさず、ずっと側に置きたいと考えておる。噂など決して流すなよ。鈴菜の君のことは世間から、忘れさせてしまえ……と、頼むつもりでお前を呼んだのだ」

四年前、ありもしない噂で彰久は鈴菜の君から豊成を遠ざけた。どうやら、父は今もそのことを真実の噂だと信じていて、忘れてはいないらしい。

血の繋がらない少女を、ずっと側におくことなどできるわけがない。

鈴菜の君も女として生まれてきたのだから、心を通わせた相手と契《ちぎ》りを交わして嫁ぎたいと願っているだろう。――もしや、豊成は年の離れた鈴菜の君を、自分の妻に加えようとしているのだろうか。ふと、そんな考えが過《よ》ぎる。

「っ！　父上、なにをおっしゃるのですか」

彰久は怒りのあまり声を荒立てそうになるのを、寸前で堪えた。

「いつまでも鈴菜の君をご自分の手元に置いておくおつもりだと言うのですか……」

「ああ。そうだとも」

女人の成長は、驚くほどに早いものだが、彰久の記憶では、いつまでも幼い少女のままだ。あのように愛らしく、か弱き存在を、老いた豊成が我がものにしようなどと、考えることすらおこがましい気がした。

御簾《みす》越しにしか話したことはないが、萩の君はとても慎《つつし》み深く、慈愛《じあい》に満ちた女人だった。その娘である鈴菜の君も、成長した今では、稀有な存在に育っているのかもしれない。

愚かな男の恋情を満たすためだけの、現《うつ》し身とするには、あまりにも憐れだ。

恋敵に生き写しの娘が妻となれば、彰久の母も、今以上に辛い思いをするだろう。

「それならば、鈴菜の君は私の妻に迎えいれることにしましょう。父上もお望み通り安易に会うことができるのですから、異存はありませんね」

婿を取らせないと宣言した鈴菜の君に、もし他の男が求婚するようなことがあれば、きっと父は激怒するに違いなかった。強硬な真似にでないとも限らない。

よしんば無事に結婚できたとしても、鈴菜の君に夜離《よが》れなどされて独り身になれば、豊成は憐れんで自分の側室に加えるのは目に見えている。そうなれば、父の寵愛《ちょうあい》は鈴菜の君だけに注がれることになるだろう。

彰久は生涯でただひとりしか妻を娶るつもりはなかった。今もその気持ちには変わりがない。出来ることなら、心から愛せる相手を娶りたかったが、数多の女人と関係を結んでも、まったく愛せる相手と出会えないでいる。

自分が誰にも真剣に心を寄せることができないのは、愛という感情を生まれつき持ち合わせていないからなのかもしれない、そんなことを考えたこともあった。

きっと彰久は感情が希薄なのだ。きっとこの先も誰も恋い慕うことなどないに違いない。

——ならば、母を悲しませないために。父の手の届かないように。いっそ鈴菜を自分のものにしてしまえばいい。彰久はそう考えたのだ。

「折をみて、鈴菜の君には私から話しておきます」

一方的に、彰久はそう告げると、父の返答を待たずに席を立って退出していく。

「おい。彰久。お前は妻を娶りたくないのではなかったのか?」

去っていく彰久に、父が驚いた様子で声をかけてくる。だが、これ以上はなにも話をする気にはなれず、聞こえないふりをしたまま、彰久は父の寝殿を後にした。

「本当に、私も……こちらにお邪魔していても宜しいのですか」

◇　◇　◇

御簾の向こうでは、左大臣、藤原豊成が主催の管弦《かんげん》の宴《うたげ》が催《もよお》されている。桜の開花を祝うためのものなのだが、名家にふさわしい盛大な宴だ。

両親を亡くし、身寄りのなくなった鈴菜は、この左大臣家で世話になっている身だった。しかし貴族の血を引く娘とはいえ、居候《いそうろう》でしかない自分が、この場にいても良いものなのかと、戸惑ってしまう。すると豊成の北の方である月草《つきくさ》と、彼女の末娘である日向《ひなた》が、笑顔をむけてくる。

「鈴菜の君は、家族同然なのよ。遠慮することなんてないわ」

そう声をかけてくれたのは日向だった。その名にふさわしく、笑顔ひとつで周りを和ませる日溜まりのような少女だ。年はまだ十歳ぐらいだが、利発で物怖《ものお》じしない言動には年上である鈴菜すらも驚かされてばかりだ。彼女の言葉に同意して、月草も頷《うなず》く。

「そうですよ。それにあなたは、私の大事な従妹《いとこ》の忘れ形見でもあるのですから」

鈴菜の母は、月草の従妹にあたる。お互いの実家も近く、幼少の頃は相手方の邸を訪れて遊ぶことも多かったらしい。いつか月草と鈴菜の母が共に子を生《な》した暁《あかつき》には、ふたりを結ばせたいものだと、話をしたことがあるのだという。

そのためか、月草は実の子供たちと同じように、鈴菜を気遣ってくれていた。

鈴菜が管弦の宴に着るための、紅花《べにばな》染めの濃淡が美しい桜の襲《かさね》の裳唐衣《もからぎぬ》まで用意してくれたぐらいだ。だが金糸で精緻な刺繍《ししゅう》が施された裳は、溜息が出るほど豪奢で、自分には不釣り合いな気がしてならない。それに誰に会うわけでもなく、宴を御簾の中から見るだけのためには贅沢過ぎる気がした。

彼女たちがいてくれたからこそ、鈴菜は両親を亡くした悲しみにも堪えてこられたと感謝している。しかし月草の唯一の息子である彰久は、ここに連れられてきた当初は優しくしてくれていたのだが、いつしか鈴菜の元に訪れることはなくなっていた。

ふいに昔のことが思い出される。脳裏に過ぎるのは、元服前の彰久の姿だ。耳元で丸く輪をつくるようにして結わえた総角髪《みずら》に、鮮やかな青い直衣《のうし》を身に纏い、濃緑の括袴《くくりばかま》を穿いた姿は、とても麗しくその頃から美童と誉れ高かった。

『ほら、あなたのために和琴《わごん》を弾いてあげるよ。そんな悲しい貌をしていないで、こちらに来てくれないか』

瞼《まぶた》を閉じれば、彼の優しい笑顔は、いつでも思い返せるくらいだ。しかしあれから何年も経っているが、次第に彼の足は遠のき、その姿を遠目に見る機会すらなくなっている。

特に彰久が元服してからは、鈴菜になにか用があったとしても言づけをしてくるばかりだった。出仕で忙しいのかと思っていたのだが、妹である日向の元には頻繁《ひんぱん》に通っているのだと噂で聞いた。彰久はきっと鈴菜の元を訪れても、つまらないと感じて足を遠のかせてしまったのだろう。だから鈴菜は、もう一度彰久が訪れてくれたときに呆れさせてしまわないために、和琴や笛などの楽器や、習字、そして和歌の練習を懸命に続けていた。

──だが、その成果を彼にみせる機会はまったくと言っていいほどない。

今日の管弦の宴は、久し振りに彰久の姿を見られるかもしれない機会だ。月草と日向に遠慮して部屋の隅にある几帳の脇に座りながらも、淡い期待を抱いてしまう。

「そろそろ現れてもおかしくないのに、お兄様ったら遅いわ」

御簾の隙間を指で押してそっと外を窺いながら、日向が呟く。

「日向。はしたない真似は止しなさい。誰かに見られては品のない姫だと思われますよ」

月草が窘めるが、日向は宴を覗くのを止めようとしない。それどころか、さらに身を乗り出していく。

「大丈夫よ。だって皆、宴に夢中だもの。こちらになんて気づくはずがないわ」

しばらくすると、背の高いひとりの公達が、庭を横切っていくことに気がついた。二藍《ふたあい》の縠織《こめおり》で作られた袍《ほう》を身に纏《まと》い、鳥襷文《とりだすきもん》の指貫《さしぬき》を穿いた直衣《のうし》姿をして、きっちりと髪を結った頭に、漆黒の垂纓冠《すいえいのかんむり》を被った麗しい姿だ。姿勢正しくも優雅な歩き方をしている。

外の方が明るいため、御簾越しにその姿が映っていたが顔はよく見えない。

「あ！　お兄様だわ」

その青年に顔を向けながら日向が嬉々とした声を上げる。

「……え……!?　どちらに？」

思わず鈴菜も食い入るように見つめた。しかし彰久は、こちらに背を向けると、浅沓《あさぐつ》を脱いで、宴の催される御殿の階《きざはし》を登って行ってしまった。

「私たちがここにいることは解っているのだから、こちらに来て下さってもいいのに」

日向は頰を膨らませながら、つまらなそうに呟く。

ずっと彰久に会いたかった鈴菜は、表情に出さないようにしながらも同じく落胆してしまっていた。

「騒がしい子ね。そんな落ち着きのなさでは、裳着はまだまだ遠そうだわ。……そういえば日向。あなたの和琴は埃《ほこり》を被ってしまっているそうね」

ふいに月草が尋ねる。

「ちゃんと練習しているもの」

日向は、こちらを振り返りながらも、気まずそうな様子で言い訳した。

「どこでかしら。あなたの部屋から和琴の音が響いたことがあったかしら。おかしいわね」

言葉に詰まった日向は、なぜかこちらを見つめてくる。

「……鈴菜の君のところよ」

突如、話を振られた鈴菜は啞然とした。日向が演奏している姿を鈴菜も見たことがないからだ。助けを求めるような表情で日向が、こちらに顔をむけてくる。

「そうよね。鈴菜の君」

月草に嘘を吐きたくないものの、仲良しである日向に縋るような眼差しを向けられ、同意を求められては、ただ頷くしかなかった。

「え、えぇ……」

だが、月草にはすべてお見通しらしい。さらに日向を追及していく。

「そんな話は聞いた覚えがないのだけれど、どうしてなのかしら」

藤原豊成の邸で働いている女房を統括しているのは、北の方である月草だ。邸での出来事はすべて彼女の耳に入る。このまま嘘が吐き通せるわけがない。

「目で見て頭にいれているの。そのうちにきっと覚えられるわ」

楽観的に日向が答えると、呆れたような表情を浮かべて、月草が叱責《しっせき》する。

「……日向。見ているだけでは上達しないものよ」

「だって、苦手なんだもの。無理しても上達なんてできないわ」

仕方ないとばかりに、あっけらかんと言い返す日向を前に、月草は嘆息すると鈴菜に声をかける。

「困った子だわ。……ねぇ、鈴菜の君」

いったいなにごとかと、鈴菜が首を傾げると、彼女は申し訳なさそうに目を細める。

「はい？　なにか……？」

「日向に和琴を教えて貰えないかしら」

「私が……ですか」

鈴菜は困惑して、聞き返す。むしろ上達するために誰かに教えを請いたいと思っているぐらいだ。人に教えるなんて、身の丈に余る気がした。

「だめかしら」

だが、月草が鈴菜にした初めての頼みだ。叶えたい気持ちはある。

「人に教えられるほど卓越してはおりませんので」

藤原豊成の娘となれば、自ら志願して和琴を教えたいと願い出る者は山といる気がした。自分など、しゃしゃり出るわけにはいかない。鈴菜は角が立たないように注意を払いながら、やんわりと断る。

「謙遜《けんそん》しなくてもいいのよ。桔梗《ききょう》の御殿《ごてん》の女房たちが、あなたの和琴はとても素晴らしいと褒めているのを、いつも耳にしているわ」

確かに女房たちは過剰なほど鈴菜の和琴を褒めてくれていたが、お世辞だとしか思えない。なぜなら彼女の記憶には、母や彰久の素晴らしい音があるからだ。

ふたりに比べれば、まるで子供のままごとのような腕前でしかない気がした。

「皆が大げさに言ってくれているだけだと思います」

期待に添えない申し訳なさから、鈴菜が進言すると、日向が話に割って入ってくる。

「絶対に大げさなんかじゃないもの。私も鈴菜の君みたいに上手な人は、彰久お兄様ぐらいしかいないと思うな。本当に、お母様とは大違いね」

彰久と鈴菜の腕前では雲泥《うんでい》の差がある。それは誇張だと否定しようとしたとき。

日向に和琴の腕をさりげなく侮辱された月草が、朱の塗られた唇を尖らせる。

「失礼ね。それではこの母の音に不満があるかのように聞こえるわ」

「お母様がなにか奏しようとすると、お父様がいつも具合を悪くして、席を立つのはどうしてだと思っているの」

月草は流麗な字をしたため、和歌に長けている女人だったが、楽器になるとすべて壊滅的な音になってしまうのだ。しかし本人はとても愉しそうなので、こちらまで明るい心持ちになってくるものだった。

「……私、月草様の奏《かな》でられる和琴はとても好きです」

正直な気持ちを伝えると、月草は嬉しそうに顔を綻《ほころ》ばせた。

「本当に？　……鈴菜の君は本当に良い子ね。……萩の君によく似ているわ……」

しかし、月草はしばらくの沈黙の後、そっと溜息を吐く。

「どうかなさったのですか」

月草に気遣って近づこうとするが、彼女は軽く手を上げて、それを止めた。

「いいえ。私のことは気にしなくていいのよ」

そう言いながらも、月草の浮かべた微笑みはどこか悲しげだった。

彼女が、どこかに消え入ってしまいそうで、鈴菜は不安を覚えてしまう。

「でも……」

「萩の君を思い出してしまっただけよ。今日はせっかくの管弦の宴なのだから、私のことなど気にせず、愉しんでちょうだい」

亡くなった母のことを悲しんでくれて、鈴菜に愛情を向けてくれるのは、今はもう月草と豊成、そして日向だけだ。家族のように大切に思っている月草の表情が優れないことが鈴菜は気がかりでしょうがなかった。

——鈴菜が月草に、その理由を尋ねようとした、ちょうどそのとき。

御簾の向こうから、公達《きんだち》の奏でる管弦の音色が響いてくる。

「始まったわ！」

日向は、怒られたばかりだというのに、露ほども気にもしていないらしく、明るい声を上げた。左大臣、藤原豊成の人脈で集められた公達の奏でる和琴や箏《そう》、そして笙《しょう》や笛、琵《び》琶《わ》の荘厳な音に、誰しもが聴き入っていた。鈴菜の口からも、思わず溜息が洩れる。

桜の蕾が色づき、次第に綻び始めた光景に相応しい、風雅な音色だ。雅楽に合わせたように、早咲きの桜の花びらがひらひらと空を舞っていく。

幻想的で、まるで天上の楽園にでも迷い込んだような心地だった。

『鈴菜。今年は無理でも、来年も再来年も山は紅葉を見せてくれるだろうし、春には美しい桜が花開くことでしょう。お父様のお仕事で、今年の秋は残念なことになってしまったけれど、また次の季節を楽しみにしましょう』

ふと母の言葉が思い出された。確かにその言葉は間違いではない。

季節は巡り、こうして美しい四季の粧《よそお》いをみせてくれる。しかし、来年も再来年も自分の隣には大好きだった人がいるとは限らないのだ。父母も、そして彰久も次の約束を交わしたまま、鈴菜の元から消えてしまった。楽しみになどしたくない。

もう二度と届かない日々のことを思い出すと、胸が苦しくなってしまう。

しかし、ふと鈴菜は耳に届く曲に覚えがあることに気づく。昔、彰久が彼女のために弾いてくれたものと同じで、彼女も練習を重ねた曲だ。

『姫君は今日もこちらを向いてはくれないようだな。せめて私の和琴の音を聴き、あなたに生きる喜びを与えたいという、この心を知ってはくれないか』

両親の死によって受けた深い悲しみから、誰とも口を利かなくなっていた鈴菜に、言葉を話せなくとも、せめて音で心を通わせようと、彼は言ってくれたのだ。

懐かしくも美しい音に幼い頃を思い出すと、目の奥がじんと熱くなり、涙が零れそうになってしまう。

ふたりに気づかれないように、目尻を拭《ぬぐ》っていると、日向が鈴菜を手招きする。

「ねぇ。ほら、鈴菜の君もこちらに来て。お兄様がよく見えるから」

嬉々として声を上げる日向の元に行きたくて堪らなくなるが、月草の手前、不躾《ぶしつけ》な真似はできない。しかし御簾越しでは、向かいの御殿の中までは窺《うかが》えなかった。

「早く早くっ」

日向が鈴菜を急かす。その様子を眺めながら、月草が苦笑いを浮かべた。

「少しだけ付き合ってやってくれないかしら。日向も、すぐに気が済むと思うから」

小さく頷き、鈴菜は日向に近づいた。すると彼女は御簾の隙間の前に、鈴菜を押しやってくる。

「ほら、奥から二番目の……」

とくとくと、鼓動が速くなる。

——彰久に会いたい。一目でいいから、その姿が見たい。

逸る心を必死に抑えて、鈴菜は彼の姿を探した。

「二番目……」

たくさんの公達が並ぶなか、琵琶の奏者の方へと目を凝らす。

すると、一際目を惹《ひ》く公達の姿が見えた。

彰久だ。

——圧倒的な存在感。

誰しもが目を奪われずにはいられないほどの美しさ。

華やかさと清艶《せいえん》さを兼ね備えた彼の姿は、日の沈む中で凄烈《せいれつ》な光を放つ宵《よい》の明星《みようじよう》を思わせる。

記憶にある彰久はまだ元服前で、髪を耳の横で丸く束ねた総角《みずら》姿も相俟って、その顔に幼さを残していた。しかし、今は凛々しく、精悍《せいかん》さを兼ね備えつつも、優美さを失わない、溜息の出るほどの美貌を誇っている。

「……あ……」

高鳴っていた鼓動が、いっそう激しくなる。

一目でいいから、会いたかったのだ。この瞬間を、どれほど待ち侘《わ》びたことだろう。

鈴菜はただ言葉もなく、惚けたように彰久の姿に魅入っていた。

──しかし。

「やっぱりお兄様は、どの公達よりも素敵だわ」

興奮した日向に背中を押され体勢を崩した鈴菜は、彼女もろとも御簾から転がり出そうになってしまう。

「あっ！」

鈴菜は咄嗟に日向を庇い小さな身体を押し返して、御簾の中に戻した。しかし自分自身は部屋から転がり出て、通路である簀子《すのこ》へと転がり出てしまう。

すると、管弦の音が止んで、公達が一斉に、こちらに顔を向けた。

「……っ……」

咄嗟に顔を隠そうとするが檜扇《ひおうぎ》がないことに気づき、身体を強張らせる。刺さるような多くの視線を感じ、遅れて桜色の袖《そで》で覆った。なんとか立ち上がろうとするが、捻ってしまったらしく、鈍い痛みが足首に走る。

「……なんてこと……」

多くの人目があるため、這っていくわけにもいかなかった。

重い衣装を身に纏っていることと、焦りのため、思うように身動きができない。

御簾から転がり出るなど、養ってくれている藤原家に恥を掻かすような真似をしてしまった。泣きそうになりながらも、どうにか高欄《こうらん》に摑《つか》まる。そして膝立《ひざだ》とうとしたとき、ふいに彼女の身体が抱きかかえられた。

力強い腕は女人のものではない。殿方特有のものだ。

なにが起きたのか解らず、鈴菜は目を見開く。

すると相手の袍に焚きしめられた衣薫香《くのえこう》の香りが、ふわりと鈴菜の鼻腔《びこう》を擽《くすぐ》った。沈香《じんこう》と白檀《びゃくだん》を合わせたとても優雅な香りだ。

羞恥に瞳を潤《うる》ませながら、身体を小さくしていると、低く艶やかな声が囁く。

「まさか男ばかりの管弦の宴で、このように愛らしい姫君に相まみえるとは、思ってもみなかったな」

凛とした若さがありながら、艶のある色気を宿した青年の声だ。そう告げるなり男は、躊躇もなく、月草たちのいる御簾の中へと足を踏み入れていく。

——その瞬間。

鈴菜は自分を抱き上げている殿方の正体に気づいた。

女人のいる御簾の中へ、家人以外の者が踏み込むなどありえない。この青年は藤原豊成の息子、つまりは鈴菜がずっと会いたかった相手である彰久なのだ。

不躾にも顔を上げて彼の顔色を窺う。すると、彰久の珠玉《しゅぎょく》のように美しい面差《おもざ》しを、目の当たりにすることになった。

鈴菜は、ただ呆然と彰久に視線を奪われたまま言葉をなくしていた。

「鈴菜の君……。ごめんなさいっ。私があなたの背を押してしまったから……」

ふたりが御簾の中へと入るとすぐに、日向が謝罪してきた。

すると彰久は鈴菜を茵《しとね》にそっと下ろした。そして泣きそうに顔を歪めた日向の頭を、優しい笑みを浮かべながら撫でる。

「我が家の姫君たちは、お転婆《てんば》が過ぎるな。隠れているつもりかもしれないけれど、ふたりが隙間から覗いているのは、こちらからも見えていたよ」

どうやら彰久に、はしたない真似をしていたことに気づかれていたらしい。

鈴菜は恥ずかしさのあまり、血の気を引かせてしまう。

久し振りに彰久に会えたというのに、恥を掻かせた挙げ句に、呆れられるような愚行をしてしまうなんて……。

もういっそここから、消え失せてしまいたいぐらいだった。

あまりの羞恥から、鈴菜は堪えきれず涙ぐみ始める。

「鈴菜の君も泣かなくていい。……誰も怒ってなどいないのだから」

彰久に優しい声で慰められるが、気にせずにはいられなかった。

「申し訳ございません。宴を中断させてしまった上に、皆様に恥を掻かせてしまうなんて……私……」

啜《すす》り泣きながら謝罪すると、今度は月草が声をかけてくる。

「一緒に覗いて欲しいとあなたに頼んだのは私たちだし、背中を押したのは日向なのよ。

あなたが気に病むことはなにもないわ」

そして、外の様子を窺うと、彰久に進言した。

「彰久は早く戻りなさい。あなたがここにいては、いつまでも宴が再開できないでしょう」

「かしこまりました。母上。……鈴菜の君はどうやら、足を挫《くじ》いているようなので、医師を呼んでやってください」

突然の騒ぎを起こしてしまったというのに、彰久は鈴菜が足を挫いたことを目敏《めざと》く気づいていたらしい。だからこそ、彼女を抱き上げてここまで運んでくれたのだ。

彼の機転に鈴菜が心の中で感謝していると、彰久は月草の前で膝を折った。そして静かに礼をして立ち去って行く。しかし、思い出したように足を止めると、鈴菜を振り返った。

「鈴菜の君。……後で困ったことになるだろうから、なにかあれば私に必ず言づけるのだよ。いいね」

そのときの鈴菜には、彰久の言葉の意味が解らなかったが、翌日から嫌というほど思い知ることになった。

◇◇　◇◇　◇◇

父である藤原豊成の主催で行われた管弦の宴の最中、彰久は頭を抱えそうになりながら、深く溜息を吐いた。向かいの御殿にかけられた御簾の隙間から、艶やかな裳が微かに見え隠れしていたからだ。

そこで宴を眺めることになっているのは、母の月草と妹の日向。そして父が後見人となっている前大納言が娘、鈴菜の君だ。

彰久の記憶では、鈴菜の君は好奇心旺盛《おうせい》でもなければ、けっしてはしたない真似をする性格ではない。きっとお転婆な日向が、覗いているのだろう。

あとできちんと叱《しか》っておかなければ。……彰久はそう心に決める。とは言っても、日向は家の者を悩ませるほど落ち着きのない少女ではあるが、彰久にとってはかわいい妹だ。

あまり強く叱れないのは目に見えている。

「…………」

妹の愚行に気づく者はいないのか……と、琵琶を奏でながら、彰久は周りを窺った。

だがそれは杞憂《きゆう》で、どうやら誰も気づいてはいないようだ。

権力者である藤原豊成に気に入られようと、誰もが真摯《しんし》に楽器に向かっているのだから当然だろう。

そうして彰久が琵琶の糸を撥《ばち》で弾いたときだった。

向かいの御殿の御簾から、紅花染めの濃淡が美しい桜の襲《かさね》の裳唐衣を纏った少女が転がり出てくる。しかも彼女は、顔を隠すための檜扇を持ってはいない様子だ。

「なっ……」

簀子《すのこ》に臥せる少女が、自分の妹に違いないと考えた彰久は、あまりの愚かさに声を上げた。周りの公達も、少女に気づいたらしく、楽器を奏でる手を止めてしまっていた。

向かいの御殿にいるのは、藤原豊成の血縁者であることは、誰しもが解っている。

政治の実権を握っている男に、睨《にら》まれたくはない公達は、ただ静かに少女が御簾の中に戻るのを見守っていた。

――しかし、少女が顔を上げた瞬間。宴が行われている広間にどよめきが走る。

「……天女《てんにょ》だ……」

「まるで夢幻《ゆめまぼろし》でも見ているかのようだ……」

公達は皆、彼女に魅入り、口々に鈴菜の君を褒め称《たた》え始める。中には数多《あまた》の美女を娶《めと》っていると噂されている者や、普段は堅物が過ぎて男色ではないのかと公達にからかわれている者までいた。

「あれは、前大納言の……」

彰久の近くにいた、京の治安を守っている検非違使《けびいし》の大尉《たいじょう》が呆然と呟きながら立ち上がる。どうやら鈴菜に出会ったことがある様子だ。親族以外の男が、貴族の娘に会うことはできないはずだった。

もしかしたら、過去になにか前大納言に関係していたのかもしれない。

色めき立つ公達を冷ややかに見つめた彰久は、今まで感じたことのない苛立《いらだ》ちを覚え、衝動的に立ち上がった。そして検非違使の大尉の視線を遮《さえぎ》るように早足で歩いた。

その途中、席を立とうとしている父の姿も見つけた。だが豊成は彰久の動きに気づいたらしく、苦々しい顔で腰を下ろす。

室内がざわめく中、彰久は宴を抜け出すと、急ぎ階を降りて浅沓《あさぐつ》を履く。

そうして向かいの御殿に早足で向かって行った。

すると、そこには高欄に摑まって、立ち上がろうとしている鈴菜の君の姿がある。必死になるあまり、近づいてきた彰久の存在にまったく気づかない様子だ。彼女は恥ずかしそうに袖で顔を隠しているが、真上から覗かれているとは思ってもみないらしい。

「………」

鈴菜の君を間近で眺めると、黒く艶やかな髪は輝かんばかり美しく、透けるように白い肌に、桜の実のような愛らしい唇をしていた。しかし、彼女は足を挫いてしまったのか、動きが覚束《おぼつか》ない。そして痛みからか苦しげに顔を歪ませている。

彰久が鈴菜に腕を伸ばしたのは、咄嗟《とっさ》のことだった。

倒れそうな彼女を支えるだけのつもりだったのに、つい引き寄せられるように自分の腕に抱いてしまったのだ。

その身は装束を身につけているというのに、羽根のように軽い。

彼女の身体から漂《ただよ》う奥ゆかしい香りが鼻腔を擽ってくる。その香りに、彰久は今まで覚えのない疼《うず》きを感じた。

彰久は、このままどこかへ彼女を連れ去ってしまいたい衝動にまで駆られてしまう。

「……っ」

彼女を抱く手が、微かに強張る。

あり得ないことだ。他の公達が見守っている宴の席で、女人を抱いたまま、いずこかに去るなど、できるわけがない。鈴菜の君は呆然としてしまっていた。自分の状況が理解できずにいるらしい。

「まさか男ばかりの管弦の宴で、このように愛らしい姫君に相まみえるとは、思ってもみなかったな」

平静を装って声をかけると、彼女は驚いた様子でこちらを見上げた。しかしその黒目がちで大きな瞳を見返すことが出来ず、ついっと顔を逸らしてしまう。

そうして御簾の中に入ると、母の月草が咎《とが》めるような視線を向けてくる。

彰久が助けに来るような真似をせずとも、しばらくすれば女房たちが助けたはずだと、遅れて気づく。

ここまで出て来て騒ぎを大きくしてしまったのは、彰久の失態だ。しかし鈴菜の君をいつまでも公達の視線に晒《さら》しておくことが出来ず、ついここまで来てしまったのだ。

宴に参加していた公達の視線が思い出される。あの様子では数多くの者が、鈴菜の君を手に入れようとするに違いない。出世の役に立たない天涯孤独《てんがいこどく》の身であろうと、これほどの美しさを魅せつけたのだから当然だ。噂は瞬《また》く間に内裏に広がり、鈴菜の君は近いうちに、誰かに娶られることになるだろう。そうなれば、長年の母の杞憂も晴れるはずだ。

すべては願っていた通りになる。だが喜ばしい事態だというのに、彰久は胸の奥が乱れるのを、抑えることができずにいた。

◇◇　◇◇　◇◇

彰久は管弦の宴が終わると至急自室に戻り、従者《じゅうしゃ》の有馬《ありま》を呼び寄せた。

有馬は幼少の頃から、仕えてくれている青年だ。

人好きのする笑顔を絶やさない爽《さわ》やかな男で、甘い顔立ちをしているため、遊び人に見られがちだが、めっぽう腕がたつ。そして彼は思いこみが激しく、昔からただひとりの女人を慕い続けているのだ。

彼は襟《えり》ぐりがない濃紺の褐衣《かちえ》に小袴《こばかま》を身に纏い、気軽な草履《ぞうり》を履いた姿で、嬉々としている。

「この文《ふみ》を、桔梗の御殿にいる鈴菜の君の元へ、急ぎ届けてくれないか」

すると有馬は、目を輝かせた。慕う相手が桔梗の御殿にいるからだろう。

「解りました！」

ふと思い立って、彰久は有馬に伝言を頼んだ。

「ああ、そうだ。鈴菜の君には、誰からの文か隠しておくように伝えてくれないか」

明日になれば、鈴菜の君の元には公達から山と文が届くのは目に見えている。

それならば他の者よりも強く彼女の気を惹かなければならないだろう。安易な策だが、こういった文を受け取り慣れていない鈴菜の君には効果があるに違いない。

「どうしてですか」

しかし情緒《じょうちょ》の解らない有馬は、首を傾げてみせる。

「それぐらい理解できぬのなら、女人を口説《くど》くのは、諦めた方がいいね」

「……っ!? 解りました。今なんとなく解りました。そんな気がします」

慌てて有馬は言い訳しながらも、やはり首を傾げていた。

「いいから早く行って来てくれないか」

彰久がふうっと溜息を吐くと、有馬は文を手に、急いで桔梗の御殿へと向かっていく。

「不審がられて、色よい返事を貰えなかったときのため、別の文を用意すべきか?」

そうして彰久は他の歌を思案し始める。

だがいつもなら、流れるように歌を詠《よ》むことができるのに、今日はなぜだが、うまくいかない。先ほどの文も、かなり時間を要してしまったのだ。鈴菜の君のことを思い出すと、落ち着かない気分になってしまうからだ。

今まで女人に文を贈ることに、苦労を感じたことはなかったはずだった。

しかし彰久は、初めて感じるどこか浮き立つような気持ちを、どこか他人ごとのように楽しんでいた。

◇◇　◇◇　◇◇

管弦の宴が行われた翌日――。

鈴菜はいつもよりも少し遅い時刻に目覚めた。枕から頭を起こすと、こめかみがつきつきと刺すように痛む。昨夜は、藤原家への申し訳なさから、遅い時刻まで眠れなかったせいだろう。

女房に手伝われながら、白い小袖《こそで》に緋袴《ひばかま》を穿き、桜萌黄《さくらもえぎ》の襲《かさね》の袿《うちき》を羽織る。

着替えが終わり、櫛《くし》で丹念に髪を梳《す》いて貰っていると、女房のひとりである蜉蝣《かげろう》がやってきた。蜉蝣は彰久の乳母の娘で、とても気さくな女人だった。

気の強さを顕《あらわ》すように吊りがちの切れ長の瞳をしているが、色気のある肉厚の唇をしている。小柄な鈴菜が思わず羨《うらや》むほど、背が高くすらりとしている。

鈴菜は実の姉のように、蜉蝣を頼りにしていて、その姿を見つけただけで、自然と顔が綻んでくる。

蜉蝣は、鮮やかな色彩の和紙で折られた文を携《たずさ》えていて、その中には切り花や、桜の枝まで添えられているものもあった。

「その文は、誰に戴《いただ》いたものなの？」

不思議に思いながら尋ねると、蜉蝣は誇らしげに言った。

「昨日管弦の宴に参加されていた公達から姫君に届けられた文ですよ。中を拝見して、将来性のない相手と、お手蹟《しゅせき》の悪しき文は下げさせて戴きました。お返事なさりたい相手がいらっしゃいましたら、僭越《せんえつ》ながら私が代わりにお返事を致しますよ」

どうして自分に文が届くのだろうか。鈴菜は首を傾げつつも答える。

「……文なら、自分で……」

「だめです。最初から姫君自らお手蹟を披露すれば、相手に侮《あなど》られてしまいますから」

将来性やら侮られるやら、鈴菜には理解のできないことばかりだった。

しかし他の女房たちまで、蜉蝣の話に賛同し始める。

「そうですよ。まずは相手の出方を見なければ。文を交わしているうちに、本性が見えるものなのですから」

「本性だなんて、相手の方に失礼でしょう？　でも一体、どうしてこんなにも文が……」

幾つもの文を前に途方に暮れていると、蜉蝣が渋い表情で呟く。

「姫君が初心《うぶ》な方だということは存じておりましたが、まさかここまでとは……」

「え……？　あの？」

周りの女房たちも袖で顔を隠して、密かに笑いを堪えている様子だ。

鈴菜だけが、蜉蝣の言葉の意味が解らずにいるらしい。呆れた様子の蜉蝣が、ついに説明を始める。

「ただの文ではございません。懸《け》想文《そうぶみ》ですよ。姫君は、公達から求婚されていらっしゃるのです」

「懸想文……」

唖然《あぜん》としながら、その言葉を復唱した。そして遅れて、鈴菜は真っ赤に頰を染める。

「そんな……私……まだ……」

左大臣である藤原豊成が後見人であるものの、鈴菜は天涯孤独の身だ。強固な後ろ盾の欲しい公達は、自分の通う相手の家柄や血統、そして財産を重視するものだ。

今の世は、通い婚が基本。妻の財力が出世のすべてを左右するといっても過言ではない。真剣になるのも当然だろう。

彼女のような者を妻にしても、公達が得られるものなどなにもないのだ。それなのに、まさかこんな身寄りのない自分が懸想文を貰うとは、考えたこともなかった。

「裳着を済まされたのですから、いつまでも幼子のようなことをおっしゃるのはやめて戴きたいですわ」

蜉蝣は歯に衣着せず、きっぱりと告げる。

「ごめんなさい……」

反論の余地もない言葉だった。申し訳なさに鈴菜が目を伏せると、彼女は言い聞かせるように続けた。

「冷たいことを申し上げるのは、すべて姫君の御為です。それだけはご理解くださいませ。……髪梳きも終わっていませんし、私が代わりに文を読み上げさせて戴きましょうか?」

蜉蝣はいつも不甲斐《ふがい》ない鈴菜のためを思って行動してくれていた。強く言われることにも慣れている。世間を知らない彼女に、色々教えてくれる蜉蝣を嫌うなど、考えたこともなかった。

「解っているわ。いつもありがとう、蜉蝣」

鈴菜が礼を言うと、蜉蝣は笑顔を向けてくれた。

「せっかくだから、戴いた文は、すべて自分で詠ませて戴いてもいい？」

そうして、ひとつひとつ文にしたためられた歌を詠みあげていくと、鈴菜の美しさを褒め称えるようなものばかりだった。御簾から転げ出るなど、はしたない真似をしたというのに、賛辞されるなど間違っている気がした。これでは返答に困ってしまう。しかし贈られた文の中には、心惹かれるものもあった。

ひとつは、熱心に宴を見ていた鈴菜と共に、合奏《がっそう》してみたいという文で、とても高雅な香りが焚きしめられている。このような香りを選ぶのは、どんな人なのだろうか。そう考えると、いっそう鈴菜の興味を惹いた。

もうひとつは、自分のことを覚えているか……という文と共に七分《しちぶ》咲きの桜の枝が添えられていた。

鈴菜が会ったことのある殿方で、疎遠《そえん》になっているのは彰久だけだ。しかし、このような文を、彼が鈴菜に贈るとは思えない。

ふたつの文を前に鈴菜が神妙《しんみょう》な顔つきで黙り込んでいると、蜉蝣が言った。

「ご興味がおありでしたら、お返事なさるとよろしいのでは？　もちろん、最初ですから私が代返《だいへん》させて戴きますけど」

最初が肝心だと、蜉蝣はふたたび念押しをしてくる。

「この文……、どなたから贈られたものなのかしら。お名前がないようだけど……」

鈴菜の気を惹いた文は、共に名前が記されてはいなかった。

「お相手の頼みで、名前を伏せさせて戴いているのです。その方が鈴菜の君に興味を惹いて貰えるかもしれない……とのことですが……」

蜉蝣は文を贈った相手のことを知っているのか、密《ひそ》かな笑いを浮かべる。

家柄などで選別し、いくつかの文を外したとのことなので、名も知らぬ相手がそれなりの身分の男性であるのは確かなのだろう。しかし、興味を惹いた文が共に、相手の名すら解らないとは……。このような懸想文を受け取ったことのない鈴菜は不安を覚える。

だが、彼女の気持ちを知ってか知らずか、女房たちは愉しげに、返事のための紙や焚きしめるための香や墨《すみ》、そして添える花について相談を始めた。

◇◇　◇◇　◇◇

それから数日が過ぎた。美しい姫だと噂に尾ひれがついてしまったらしく、次第に鈴菜の元に届けられる文が増えていく。蜉蝣たち女房が選別しているため、届いた文の一部のはずなのだが、それでもかなりの量だ。

　彼女はできるだけ早く、自分の夫となる殿方を捜さねばならなかった。しかし相手の北の方となれなければ、よほどの相手ではない限りは通い婚となる。豊成たちの世話になるわけにはいかないので、受け入れられない。

　だが、血筋は確かとはいえ、後ろ盾のない鈴菜を、いったい誰が北の方にしてくれるというのだろうか。よほどの地位の殿方に目を留められるなど、さらに難しいだろう。いくら懸想文を贈られたとしても、結婚後は鈴菜を自分の邸に置く気はあるのかと、相手に尋ねられるわけもなく、途方に暮れてしまっていた。

　それでも文句ひとつ言わずに、文に代返してくれる女房たちに対して、申し訳なさを覚える。

「ごめんなさい。手間をかけさせてしまって……」

　鈴菜がそう言って詫びると、女房たちは「滅相《めっそう》もない」と、言い返してくる。

「仕える姫君に、文のひとつも届かない方が、寂しいものですよ」

「そういうものなの？」

　鈴菜が首を傾げると、女房たちは苦笑いして頷いた。

「ええ。そうですとも」

　女房たちの気遣いを嬉しく思っていると、蜉蝣が鈴菜の元にやってくる。

「殿がお越しでございます」

突然の藤原豊成の来訪に、鈴菜は目を丸くした。

そして鈴菜が身を整える間もなく、彼は御簾の中へと踏み込んでくる。

「あ、あの……」

父親同然に接してくれている豊成だったが、年頃になってからは、鈴菜の住まわせて貰っている桔梗の御殿にある西《にし》の対《たい》を訪れても遠慮をして、廂《ひさし》の前で御簾越しに声をかけてくれていたというのに。

「左大臣《ひだりのおとど》様。本日はいかがなさいましたか」

鈴菜が礼をして声をかけると、豊成は文台《ぶんだい》に置かれた文の数々をぎろりと睨みつけた。

「噂は本当であったか！」

突如、豊成は女房たちを怒鳴りつけてくる。

「おいっ！　お前たち。鈴菜の君に届いた文をすべて捨ててしまえ」

血相を変えて止めようとするが、豊成の言いつけに従い、女房たちは文をどこかに持ち去ってしまう。

「まだいちども目を通していない文もありましたのに……」

鈴菜は困惑しながら、そう訴えると、豊成は仁王立ちのまま声を荒らげる。

「贈られてきた懸想文など、どこかで散ってしまったことにすればいい！」

そして女房たちに言った。

「いいか、お前たち。二度と鈴菜の君につまらない文を届けるでない。逆らった者は厳罰に処するからな」

そう言い残すと、豊成は激高《げっこう》した様子のまま、部屋を立ち去っていく。

「どうして……」

鈴菜が婿《むこ》を得ることができれば、居候である彼女を厄介払いできるというのに。

豊成が、鈴菜へ贈られてくる懸想文を拒むのはなぜなのか、理解できなかった。

「やはり……殿は……」

ひそひそと女房たちが耳打ちしているのを横目に見ながら、鈴菜は首を傾げる。

「理由を知っているの？」

戸惑いながら尋ねるが、女房たちは気まずそうに顔を見合わせるだけだ。

「お知りになられたいのですか？」

溜息を吐きながら蜉蝣が言った。

「ええ。もちろんよ」

知りたいに決まっていた。あれほど激高しているのだから、重大な理由があるに違いない。鈴菜はなにも知らないままでいたくはなかった。

蜉蝣に対して、鈴菜が縋《すが》るような眼差しを向けた。すると、蜉蝣はじっと険しい顔つきで見返してくる。

「存じておりますとも。この邸の鈴菜の君を除いた、すべての者が」

「……!?　どういうことなの？」

理由を聞こうとするが、他の女房たちが蜉蝣を咎める。

「蜉蝣、止めておきなさい。殿に叱られてしまうわよ」

しかし蜉蝣は、周りの女房をきっと強く睨《にら》みつけた。

「いつまでも幼いままではないというのに、隠していてどうするのですか。鈴菜の君は、自分の置かれている立場を理解するべきでしょう？　……なにかあってからでは、遅いのですから」

蜉蝣の言葉に、他の女房たちは黙り込んでしまう。

「蜉蝣。いいから話して」

「ええ。もちろんです。……殿は、かつて想い人であった萩の君に瓜二つである、忘れ形見である鈴菜の君を、ご自分が娶りたいと考えていらっしゃるのです」

告げられた言葉に、鈴菜はただ無言で放心するしかなかった。

自分がこの邸に引き取られたのは、父である前大納言と左大臣が親友であったこと、そして母である萩の君と月草が従姉妹同士だという縁《えにし》のためだとばかり考えていたからだ。

「まさか……」

無理に笑いを浮かべながら、否定しようとするが、蜉蝣はさらに続けた。

「殿が萩の君を今もなお、深く想い続けられているのは、このお邸の誰もが存じています。あの方は泥酔《でいすい》なさると、いつも萩の君のことばかり話していらっしゃいますから」

豊成がそんな風に母のことを想っていたなんて、考えたこともなかった。

嘘だと思いたい。しかし女房たちの表情は真剣で、蜉蝣が嘘を吐いているようには見えない。

「そのご執心《しゅうしん》ぶりから、前大納言様のお邸が火事になった際も、萩の君を奪うために、殿が火を放ったのではないかという心ない噂が立ったぐらいです」

「……そんな……」

目の前が真っ暗になり、ぞっと血の気が引いていく。

もしや自分は、親の敵《かたき》の元に身を寄せていたというのだろうか……。

鈴菜は泣きそうに顔を歪めた。かたかたと身体が震え上がり、卒倒しそうになるのを堪える。しかし顔がみるみる真っ青になっていくのは止められなかった。

「もちろん、ただの噂です。殿は前大納言様を実の兄弟のように考えていらしたのですから。……だからこそ、萩の君に想いを告げることもできなかったのです。殿がたいそう熱望していらっしゃった萩の君と、忘れ形見である鈴菜の君は生き写しのようだとか……。あの方の本望《ほんもう》を遂げられるのは、あなたしかいないのです」

まだ話し続けようとする蜉蝣を、他の女房が遮る。

「蜉蝣。もうそのくらいにしておきなさい。鈴菜の君の顔色が悪いわ」

鈴菜の様子がおかしいことに、蜉蝣も気づいたらしく、彼女は気遣うように尋ねた。

「申し訳ございません。差し出がましいこととは思いましたが、しかし、殿のあの様子ではいつ鈴菜の君に、無理強《むりじ》いなさるかと心配になったのです。……白湯《さゆ》をお持ちいたしましょうか?」

豊成はいつも鈴菜に優しく接してくれていた。

それが自分の妻に加えるためだからだとは、考えたくなかった。

「ありがとう、白湯はいらないわ……。少しひとりにして欲しいの」

頭を横に振り、鈴菜が力なく呟くと、女房たちはなにか言いたげな表情を浮かべながらも、退出していく。

「かしこまりました。近くに控えておりますので、なにかありましたら、お申し付けください」

部屋に残された鈴菜は、瞳が潤み始めるのを、ぐっと歯を食い縛って堪えようとした。しかしついには、嗚咽《おえつ》を漏らしてしまう。

このままでは、母である萩の君の代わりとして、親子ほども年の離れた豊成の妻にされるのかもしれない。しかし、なんの後ろ盾もなく、ひとりで生きる術すら知らない鈴菜には、豊成を拒むことはできないように思えた。

第二章　こじ開けられた初蕾

翌日。鈴菜《すずな》が泣き腫《は》らした瞼《まぶた》を押さえながら、早朝に目覚めると、女房《にょうぼう》たちが顔色を窺ってくる。

「お加減はいかがですか？」

「私は大丈夫だから……、気にしないで」

そう答えながらも、朝餉《あさげ》に用意された粥《かゆ》さえ、鈴菜は口にすることができなかった。

気持ちを落ち着けようと、和琴《わごん》の練習に励もうともしたが、やはり集中することができない。自分の身に降りかかるかもしれない不安だけが、胸を占めてしまう。

――父のように慕っていた左大臣《ひだりのおとど》、藤原豊成《ふじわらのとよなり》と契りを交わす。

なんど考えても、受け入れる気にはならなかった。今すぐどこかへ逃げ出したい衝動に駆られるが、両親を亡くし天涯孤独《てんがいこどく》である鈴菜に行く当てはない。

このまま豊成の庇護《ひご》の元で暮らすしかないのだ。鈴菜は本来ならすでに野垂《のた》れ死ぬか、出家するかをしていてもおかしくはない身だった。

望まぬ結婚を強いられるぐらいなら、いっそ出家してしまおうか……。そんな考えが過ぎるが、豊成のあの形相《ぎょうそう》では、鈴菜がそんなことを言い出したら、なにをしでかすか解らなかった。

「……う……ぅっ」

気を紛らわすために、和琴の弦《げん》を爪弾《つまび》こうとするが嗚咽《おえつ》が止まらず、鈴菜は袖《そで》で顔を覆った。

泣いていても、なにも始まりはしない。涙を堪えて、そう自分に言い聞かせる。

豊成の妻にならずに済むために、なにが出来るかを考えなければ――。

目は赤くなってしまったままだったが、ようやく涙を止めた。ちょうどそのとき、御簾《みす》の向こうから、気遣うように声がかけられる。

「落ち着かれましたか」

蜉蝣《かげろう》だった。

「……もしかして、そこにずっといてくれたの？ ごめんなさい。気づかなかったわ」

「もちろんです。……入ってもよろしいですか」

蜉蝣は一言詫《わ》びて入室すると、そっと鈴菜の元に近づく。

「私はいつでも鈴菜の君《きみ》の側に控えておりますよ。……こんなにも世間知らずの姫様を、おひとりで放ってはおけませんから」

戯《おど》けたように言って、蜉蝣は肩を竦《すく》めてみせる。

「ありがとう」

鈴菜が無理に笑顔を返すと、蜉蝣に苦々しい表情を返された。そういえば、彼女は嘘や愛想笑いがなによりも嫌いであることを思い出す。しかし、今日は鈴菜が深く落ち込んでいるため、咎《とが》めるのを控えたらしかった。

「鈴菜の君にお渡ししたいものがあります」

そう言って蜉蝣は、文《ふみ》をひとつ差し出してくる。

「これは……？　左大臣様から文はすべて取り次がないように言われているのでしょう？」

鈴菜は文を前に、不思議に思いながら尋ねる。

「いいのですよ。不条理なことに屈するぐらいなら、罰を与えられた方がましです。……この方なら、必ず助けてくださると思いますから、お返事なさってみてはいかがですか」

文を受け取ると紙に焚《た》きしめられた高雅《こうが》な香りが漂《ただよ》う。名も告げず、合奏《がっそう》を申し出てくれた者の文だということはすぐにわかった。

「……あ、あの……」

鈴菜が待ち望んでいたのは、彰久《あきひさ》からの文だった。

昔を懐かしんでくれていた歌を贈ってくれた殿方からの文はないのだろうか。内容を考えれば、彰久かもしれない相手だった。

そのことを尋ねかけるが、鈴菜はきゅっと赤く小さな唇を固く噤《つぐ》んだ。

期待するのは止めようと、自分に言い聞かせたのに、どうして愚かにも繰り返してしまうのだろうか。

「どうかなさいましたか？」

怪訝《けげん》そうに尋ねられ、首を横に振って否定する。

「いえ、なにも……。自分でお返事をしてみるわ。……これが最後の文になるやもしれないから」

この文が、歌も香りも紙もすべてにおいて、他の殿方からの文を凌駕《りょうが》するほど、素晴らしいものであるのは、鈴菜にも伝わっていた。

自分には勿体《もったい》ないほどだ。淡い期待だけを理由に我《わ》が儘《まま》など言えるわけがなかった。

鈴菜は少し考え、一度機会があれば、共に合奏してみたいものだという歌を詠《よ》んだ。そして女房たちが用意してくれた紙にしたため、蜉蝣に手渡す。

「蜉蝣。これで大丈夫だと思う？　失礼だとは思われないかしら……」

不安げな表情で尋ねると、蜉蝣はなぜか目を見開いたあと、満面の笑みを浮かべた。

「あとはこの蜉蝣にお任せください。……まさか、鈴菜の君が……このような……。そうですか……」

ひとりで勝手に納得し始めた蜉蝣を前に、鈴菜は一抹《いちまつ》の不安を覚え始めた。

「なにか……おかしいのなら言って？」

鈴菜は心配になり、文を戻させようとした。しかし蜉蝣は文を返さず、そのまま部屋を出て行ってしまう。

「必ずお相手に届けさせますので、大船に乗ったおつもりで待っていらしてください」

大船どころか、穴の開いた泥船に乗った心許《こころもと》ない気持ちだった。今すぐに文を取り戻したくなってくるが、他の女房たちに見つかれば、豊成に文を出したことが伝わってしまうかもしれない。

だが、不安がっていても埒《らち》が明かない。

深く深呼吸すると鈴菜は、豊成から無理な結婚を強いられたとき、どう対処すればいいのか思案し始めた。

◇◇　◇◇　◇◇

文を内密《ないみつ》に言づけた蜉蝣は、すぐに鈴菜の元に戻ってきた。そして、内密に出家する他に、なんの策も見つからず、途方に暮れていた鈴菜に声をかける。

「きっと色よい返事を戴《いただ》けるに違いありません。だから、どうか落ち込まないでください。鈴菜の君。……そうですね。湯殿《ゆどの》をご用意致します。髪も美しく洗いましょう。きっと気分が晴れますから」

暗い表情の鈴菜を気遣ってか、蜉蝣はそう進言する。

長く伸ばした髪を洗うと、乾き切るまで、かなりの時間がかかってしまう。大変なのは、手伝わされる女房たちだ。それにもかかわらず、申し出てくれたことが嬉しくてならない。

「ありがとう……。でも、そんなことをしなくても……」

鈴菜は遠慮して断ろうとした。

「いえ。用意させて戴きます。ここは気を引き締めてかからねば」

しかし、強引に蜉蝣が話を推し進めていく。

「もっと色鮮やかな袿《うちき》も用意致しましょう。……確か以前に北《きた》の方様《かた》にお譲《ゆず》り戴いた紅《べに》もあったはず」

他の女房たちに指示を出して、蜉蝣はてきぱきと湯殿や着替えの準備を始めた。

まるで鈴菜が今夜にでも結婚するかのような仰々しさだ。

湯殿の支度が出来るまでの間、鈴菜は少し考え込んだ後、藤原豊成に文を届けることに決めた。直接会って真相を尋ねたかったが、左大臣である豊成はとても忙しい身だ。それに居候《いそうろう》である鈴菜が私用で自ら主殿《しゅでん》に赴くのは失礼極まりない。

そうして文台に向かうと筆を取り、自分はまだ結婚などするつもりはないという意味の和歌を詠んでしたためた。

◇◇　◇◇　◇◇

浴衣姿で湯殿に入った鈴菜は、肌にじんわりと浸透《しんとう》していく温《ぬく》もりに、ほっと息を吐いた。蜉蝣に湯をかけて貰うと、身体の強張《こわば》りすら解けていくような気がする。

「望みの方と結婚をするためには、自身に磨きをかけていただかないと。お相手に逃げられてしまっては、元も子もありません」

美しく着飾っているかどうかだけで、結婚相手として相応《ふさわ》しくないと判断するような相手なら、始めから縁のなかったことにして欲しいものだと、鈴菜は考えてしまう。

しかし、そんなことを口に出来る立場ではなかった。

左大臣である藤原豊成が後見人になってくれているだけで、鈴菜は身寄りのない、ただの娘でしかないのだから。

「でも……私なんて、誰も受け入れて戴けなくても当然だわ……」

思わず諦めに似た溜息を吐くと、蜉蝣が叱責《しっせき》する。

「いけません。鈴菜の君は、帝の血を引きつつも争いを避けて臣籍《しんせき》となった前大納言様の高貴な血を引くお方です。そのようにご自分を卑下なさるのは、お止めください」

米のとぎ汁の盛られた泔坏《ゆするつき》を用意した蜉蝣は、それを使って鈴菜の髪を丹念に洗い始めた。責めるような物言いをしながらも、その手はとても優しい。

いくら皇族《こうぞく》の血を引いていても、そんな公卿《くぎょう》は山と存在する。鈴菜にしてみれば、結婚相手としての価値が上がるとも思えない。

だが家長である藤原豊成の指示とはいえ、鈴菜に懸命《けんめい》に仕えてくれている蜉蝣たち女房に、これ以上卑屈《ひくつ》な物言いはできるはずがなかった。

「……迷惑をかけてごめんなさい……」

消え入りそうな声で呟くと、蜉蝣が呆れた様子で返してくる。

「迷惑というのは、私たちが懸命にお仕えしている甲斐《かい》もなく、俗世に未練がおありのまま出家なさろうとしたり、望みもしない相手と妥協《だきょう》して結ばれようとなさったりすることです。それだけは、お忘れなきようお願いします」

——心根《こころね》を見透かされた気がした。

自分を卑下して安易な道に逃げようとするのは、もう止めなければ。

「ええ。……本当に……ありがとう。蜉蝣」

鈴菜が礼を言うと、蜉蝣は満足げに頷《うなず》いた。そして湯殿から出ると、他の女房たちとともに丁寧に髪を乾かしながら、梳《す》いてくれた。

◇　◇　◇

その日の夜。夕餉《ゆうげ》を食べ終えた鈴菜は、早めに床につくことにした。強い眠気と倦怠感《けんたいかん》を覚えたからだ。

鈴菜は帳《とばり》の垂らされた御帳台《みちょうだい》の中で、几帳《きちょう》で遮《さえぎ》り板敷《いたじき》の上に置かれた高麗縁《こうらいべり》の畳の上に布製の枕を置いた場所に横たわり、白い小袖《こそで》と緋袴《ひばかま》姿で、広口の袖のある直垂衾《ひたたれぶすま》を被る。

「本日はもうお休みになられるのですか？」

そうして眠ろうとする鈴菜に、なぜか蜉蝣は驚いた様子でそう尋ねてくる。

「ええ。疲れてしまったみたい。どうしてかしら。今夜はとても眠くて……」

きっと結婚に対しての不安から訪れる心労のせいだろう。それに、豊成に文を書いたり、長く伸ばした黒髪を洗ったりしたせいで、心身共に疲れきっていた。鈴菜はすでに瞼が重く、蜉蝣に返す言葉も舌足らずで甘えた声になってしまっている。

「……しかし……、鈴菜の君……」

蜉蝣はなにか言いたげだった。まだ話があったのだろうか。しかし目をこじ開けようとしても、睡魔《すいま》に負けて瞼が沈んでいく。

「夜は長いのですから、今のうちに眠っておかれるのも、よろしいかもしれませんね」

そう言いながら蜉蝣は、部屋を灯す高灯台《たかとうだい》の上に置かれた金銅《こんどう》製の油盞《あぶらつき》に油を足した。

火事で両親を亡くした鈴菜は、幼少の頃より今もなお火を苦手としていた。

燃えさかる火を見るたびに思い出すのは、生き物のように迫ってくる炎の波。燻《いぶ》された匂い。そして意識を失いそうなほどの熱。

釣殿《つりどの》に取り残され、泣いていた彼女は、邸《やしき》の側の路地を通りかかった少年に助けられたのだ。彼は鈴菜の泣き声を聞きつけ、築地《ついじ》を乗り越えて敷地に入り、袍《ほう》を脱いで池の水を浸し、それを被って燃えさかる火の海に飛び込んでくれたらしい。

『大丈夫。……この身に代えても、私がかならず助け出す』

少年の力強い声は、今も鈴菜の脳裏《のうり》に焼きついていた。

あれだけ火の手が上がっていたというのに、助け出された鈴菜は火傷《やけど》ひとつ負ってはいなかった。しかし助けてくれた少年はひどい火傷を負っていて、検非違使《けびいし》たちに抱えられ、医者の元に連れて行かれた。

幼かった彼女は、恩人を捜そうとした。だが、両親が亡くなった痛手で、記憶が曖昧《あいまい》になってしまったせいで、顔が思い出せずにいた。あのとき、確かに知らぬ相手ではないと思っていた気がするのに。

結局その少年の行方は、今も知れないままだ。大やけどを負って生きているのか、死んでいるのかすらも不明だ。しかしいつか生きて出会えたのならば、礼を言いたいと、鈴菜は今も願っている。

だが恐ろしい火よりも、暗闇はさらに苦手だった。すべての視界が遮《さえぎ》られると、この世にたったひとり取り残されてしまったことを深く思い知って、涙が止まらなくなってしまうからだ。

もしも高灯台の火が消えると、辺りは闇に包まれる。せめて眠りにつくまでは、僅かばかりでも灯りが欲しい。そんな鈴菜の気持ちを知っているからこそ、いつも蜉蝣は彼女が眠る前に油を足してくれていた。

鈴菜はその薄明かりをうとうとと微睡《まどろ》みながら見つめていたのだが、いつしか眠りについていった。

――そうして、どれくらいの時刻が経っただろうか。

夜更《よふ》けにふと目を覚ました鈴菜は、人の気配を感じて周りに目を凝《こ》らした。鈴菜の眠りはいつも深く、普段ならこんな時刻に目覚めることはない。どこかいつもとは違う違和感を覚える。

「……蜉蝣？」

この部屋を夜更けに訪れる可能性があるのは、蜉蝣しかいないはずだ。しかし彼女も他の女房たちとともに近くの部屋で休んでいるはずの時刻だ。

「あれほど意味深な文を返してくれたその夜に、ひとり眠り込んでしまっているなんて、つれない人だな。私をからかって弄《もてあそ》んでいるのか」

御帳台の帳の向こうから、艶を帯びた青年の声が聞こえた。

「だ……誰……ですか」

鈴菜は目を見開き、引き攣《つ》った声で尋ねる。

「私以外にも、あのような文を返したとでも言うのかな？　鈴菜の君」

ぞくりと血の気が引いていく。衾《ふすま》を胸元に抱き寄せ、帳の向こうを窺おうとするが、当然その姿は見えない。

相手はどうやら、昼間に鈴菜が文を出した名も知らぬ公達《きんだち》らしかった。しかし彼女は意味深な内容の歌など贈ったつもりはない。ただいつか一緒に音を合わせられる日が来ればいい……という歌を詠《よ》んだだけだ。

鈴菜はふと、文を見た蜉蝣が驚いた様子をしていたことを思い出す。

——まさか意味を取り違えられたのだろうか？　しかし自分の詠んだ歌を思い返してみても、どこがおかしかったのか解らなかった。

「こんな夜更けにどのようなご用ですか……。どうやってここまで……」

この桔梗《ききょう》の御殿《ごてん》は、左大臣という要職にある藤原豊成の邸の一角にある。警備は厳しく安易に人が入れるような場所ではない。

——そう、誰かの手引きがない限りは。

脳裏に浮かんだのは、鈴菜に良縁を望んでいて、彼女が詠んだ歌の内容を知っている蜉蝣のことだ。

まさか蜉蝣が、この青年を手引きしたのだろうか。

鈴菜は恐ろしさから、衾にくるまって、生まれたばかりの子犬のように震える。

「女人の元に、夜更けに男が忍んでくるのだから、用などひとつしかないだろう。もちろん、あなたと愛を語らいに来たつもりでいるのだが」

からかうような声音《こわね》で答えられる。戯《たわむ》れにふらりとここへと立ち寄ったかのような言い方だった。

鈴菜は恋のかけひきなど知らない。贈られた文の返答を考えるだけでも、苦労してしまうぐらいだ。戯れ程度の気持ちで部屋に忍び込まれては堪《たま》らなかった。

青年から贈られた歌からは、春を愛《め》でる風流さや気品、そして明晰《めいせき》さが感じられた。

このように性急な真似をする人間には思えなかったのに……。鈴菜は裏切られたような気持ちを覚える。

「お引き取りください……。どうか……」

泣きそうな声で懸命に訴えた。いっそ大きな声を上げて、女房たちを呼ぼうかとも考えた。しかし、こんな夜更けに居候の身で騒ぎにはしたくない。青年にはなるべく穏便《おんびん》に引き取って貰いたかった。

「つれないな。幼い頃はよくここで一緒に雛遊《ひいな》びをして遊んだ仲だというのに……」

嘆息《たんそく》混じりに告げられた言葉に、鈴菜は目を丸くする。脳裏《のうり》を過ぎったのは、幼い日に向けられた穏やかな笑顔だ。

——もしかして。そんな淡い期待が、鈴菜の胸に生まれる。

「彰久お兄様……？」

恐る恐る名前を呼ぶ。彰久以外の殿方に幼い頃、雛遊びをして貰った記憶はない。他には考えられなかった。

「ああ、そうだよ。やっと解ってくれたのか。鈴菜の君」

相手の正体を知って、鈴菜はやっと身体の震えを止めることができた。驚きのあまり、震えどころか呼吸まで止まってしまっていた。

「!?」

鈴菜は、昼間に贈った文の相手が、彰久であったとは思ってもみなかった。もう一通の名乗らぬ公達の文こそ、彰久からだとばかり考えていたからだ。

「もう少し早く、名乗ってくだされればよろしいのに。見知らぬ方なのだと思って、驚いてしまいました。……でも、こんな夜更けに、どうしてこちらへ？」

ほっと息を吐きながら尋ねる。確かに彰久ならば、この部屋まで忍んで来られた理由にも得心がいく。彼は藤原邸内の花橘《はなたちばな》の御殿に住んでいるのだ。ここまで来るのは容易だ。

彰久は彼女の疑問には答えず、穏やかな声で言った。

「……入ってもいいかい」

久し振りに桔梗の御殿に足を向けてくれたのは嬉しかった。だがもう夜更けだ。鈴菜は小袿《こうちき》を脱いでしまっている。こんな姿で直《じか》に会うのは躊躇《ためら》われた。

「でも……私、はしたない格好をしていますから……」

御簾の中に招くことをやんわりと断る。

なにか用があるのなら、せめて着替えるまで待って欲しい。

そう告げようとしたとき。

「どんな姿だとしても構わないよ」

了承もないまま、彰久は強引に御簾の中へと踏み込んで来てしまう。

「……っ！」

鈴菜は言葉もなく放心したまま、燈火《ともしび》に照らされた彰久の姿を見つめた。

彰久は夜更けの参内《さんだい》から戻って直ぐにこちらにやってきたのか、垂纓《すいえいのかんむり》冠を被った漆黒の袍の束帯姿で、腰には細釼《ほそだち》を下げていた。下肢には純白の表袴《うえのはかま》その下に紅《くれない》の大口袴《おおくちばかま》が覗いている。袍の下から、五尺ほどの下襲の裾を引き摺っていて、見惚れてしまうほど壮麗《れい》な粧《よそお》いだ。

　鈴菜が無言のまま、ただ目を奪われていると、彰久の切れ長の瞳が、こちらを見返してくる。値踏《ねぶ》みするような眼差しだ。

　彰久の視線の強さに、ふたたび鈴菜の身体は萎縮《いしゅく》し始める。

「あ、あの……」

　どうして、そんなにも見つめるのだろうか。不安になった鈴菜は俯《うつむ》いてしまう。

　隙のない粧いをした彰久と違い、鈴菜は小袖と袴だけの心許ない姿だ。自分の格好を恥じた鈴菜は、衾で顔を隠そうとした。しかし、彰久はそんなことも気にせず、笑顔を向けてくる。

「幼い頃も可愛らしい顔をしていたが、たかが数年経っただけだというのに、美しい女人へと育ったものだね」

　突如告げられた賛辞に、鈴菜はかぁっと頬《ほお》を赤く染めた。

　こんな風に殿方に直に、容姿を褒《ほ》められたのは初めてのことだ。

　父親代わりである豊成も、褒めてくれたことはあったが、いつも母に似ているという、言葉がついていた。豊成は、鈴菜本人を褒めているわけではない。ただ母に似てきたことを喜んでいるだけだ。鈴菜自身を言葉で賛辞したのは、彰久が初めてだ。

「……そういえば、昼間に父上がここで激怒していたと、女房たちに聞いたのだけれど、なにがあったのか教えてくれないかな」

どうやら、この間の一件が彰久の元にも伝わったらしい。

「私の元に文が届いているのを、お耳になさったようです。……私の愚かな行いのせいで、こちらの皆様に恥を掻かせてしまいましたから、そのせいもあるのかもしれません」

豊成が年の離れた鈴菜を妻にしようとしているという噂は、彰久も知っているのかもしれない。しかし、どうしてもその話は彰久にしたくはなかった。

鈴菜が言葉を濁《にご》すと、彰久は肩を竦めてみせる。

「御簾から転げ出てしまったのは、日向《ひなた》のせいなのだから、あなたは気にしなくてもいいよ。母上もそう言っていただろう」

「……しかし……、あれは、私の不注意ですから……」

泣きそうになりながら鈴菜が返すと、彰久は溜息を吐く。

「あなたは優しい人だね。……だからこそ父上は……」

なにごとかを言いかけるが、彼は急に口を噤《つぐ》んだ。

「彰久お兄様？」

首を傾げながら名前を呼ぶと、彰久は胡乱《うろん》な眼差《まなざ》しをこちらに向ける。

「……っ」

かける言葉が見つからず、鈴菜がきゅっと唇を噛《か》む。すると彰久はゆっくりとした動きで、手を伸ばしてきた。

「こちらにおいで。鈴菜の君」

彰久の意図が解らず、戸惑《とまど》いながらその手を見つめる。そうして鈴菜が衾を抱えたまま、彰久を窺い続けていると、彼はふいに優しい笑みを浮かべた。

「あまり大きな声で話していると、皆が起きてしまうだろう。側に寄り添えば、ふたりだけにしか聞こえない声で話ができる」

その言葉に鈴菜が恐る恐る彰久の手を取ると、いきなり彼は彼女の身体を自分の胸へと引き寄せる。

「え……っ」

衾を落として彼の胸に倒れ込むような格好となった鈴菜を、彰久はそっと抱き留めた。ふわりと彼の袍から、沈香《じんこう》と白檀《びゃくだん》を合わせた衣薫香《くのえこう》の香りが漂う。以前にも嗅《か》いだことのある香りだ。彰久はこの衣薫香を好んで使っているらしい。

身も心も蕩けてしまいそうなほどの風雅な香りに、そのまま深く胸に顔を埋めたいようなはしたない衝動を覚えてしまう。

「大丈夫か」

しかし、彰久に背中を撫でられながら尋ねられ、我に返った鈴菜は慌てて身体を放そうとした。

「……あ。……ごめんなさい」

だが反対に彰久に強く引き寄せられ、離れられない。そうして、恥ずかしさに俯く鈴菜の頤《おとがい》が摑《つか》まれ、顔が上向けられる。

「……っ」

彰久の黒い睫毛《まつげ》に縁取られた切れ長の瞳が、じっと鈴菜を見据えていた。彼の凛々しくも聡明な美貌が間近に迫り、鈴菜は思わず息を飲む。

「鈴菜の君」

ふいに呼ばれた名前に、とくりと胸の奥が沸き立つ。

そんな甘やかな声音で呼ばないで欲しかった。

彰久は久し振りに気が向いて、会いに来てくれただけだというのに、心が沸き立つのを止められない。そしてどうしようもなく頬が赤くなってしまっていた。

恥じらう鈴菜の艶やかな髪を、彰久はさらりと撫でた。その感触が心地よくて、溜息が洩れる。

「私がなぜ、ここに来たのか。まだ理由が解っていないように見えるな」

ふと尋ねられ、鈴菜は首を傾げた。

「……文にあったように、和琴や琵琶《びわ》の音を合わせに来てくださったのでは？　でも、こんな夜更けでは、女房たちが起きてしまいますね……」

どんな用事だとしても、彰久がここに来てくれたのは嬉しかった。しかし、不思議そうに首を傾げる鈴菜を、彼は神妙《しんみよう》な瞳で見下ろす。

落ち着かない気分だった。彰久の纏《まと》う空気は昔とは違う気がしてならない。

「愛を語らいに……と、私はつい先ほど言ったばかりのはずだよ。忘れてしまったのかい」

彰久は心外だとばかりに片眉を上げてみせる。

「それは、ご冗談なのでしょう?」

「本心だと言ったら、あなたに呆れられてしまうのかな」

彰久は真摯《しんし》な眼差しを鈴菜に向けた。彼は冗談を言っているようには見えない。

「……お戯《たわむ》れはお止《よ》しください」

この邸に連れられて来た当初——。

鈴菜は両親を亡くした悲しみで言葉と声を失ってしまっていた。

寂しさから人と接することを拒み、ただ泣き暮らしている彼女に、彰久は根気よく話しかけてくれたのだ。その甲斐あってか、鈴菜はいつしか、言葉のみならず笑顔を取り戻すことができるようになったのだ。すべて彰久のお陰だ。だが、鈴菜の幸せは長くは続かなかった。

ある日突然、彼の足が桔梗の御殿から遠のいてしまったのだ。代わりに、彰久の派手な噂を数多耳にするようになった。元服した姿が凛々しく見る者を感嘆させた。異例の出世をしている。蹴鞠《けまり》や騎射《うまゆみ》の名手で、肩を並べる者はいない。一夜限りで通う女を変える。……など、女房たちが口にする彰久の話は、自分の知る彼とは違ってしまっていた。絶えず耳にしたのは、驚くようなものばかりだ。

華やかな公達となった彼が、血も繋がらない鈴菜の元に、足を向けなくなってしまったのも無理はない。あの頃の鈴菜は、楽器や和歌も不得意で、なにひとつ彰久を愉しませることが、なにもできなかったのだから。

彰久に認めて貰えるように、鈴菜は女人《にょにん》の嗜《たしな》みを一通り備えたつもりだ。しかし、そんなことは彼の知るところではないはずだ。愛を語りたくなるほどの理由にはならない。

いったいなにが、彼をそんな気持ちにさせたのだろうか。

権力者である左大臣の息子の彰久ならば、皇族の姫君を北の方に据えることも望めるはずだった。身寄りのない鈴菜に愛を囁《ささや》こうとするなど、笑い噺《ばなし》にもならない。

「私は、そういったご冗談に慣れていないのですから」

もしかして彰久は、宴《うたげ》の一件で恥を掻かせてしまったことの仕置きのために、罰を与えに来たのだろうか。鈴菜は、そんな猜疑心《さいぎしん》まで抱いてしまう。

だが、月草も彰久もその件に関しては、気にしなくていいと言ってくれたはずだ。

困惑し続ける間も、鈴菜はずっと彰久の胸の中に囚《とら》われていた。

他のことを考えて気を紛らわしていないと、恥ずかしさのあまり卒倒《そっとう》してしまいそうだった。

鈴菜が身体を萎縮《いしゅく》させたまま俯いていると、彰久が耳元でそっと囁いてくる。

「私をここに歌で呼び寄せたのは、鈴菜の君だというのに」

「あの文は、……いつか音を合わせてみたいという意味で詠んだ歌で……」

思い返してみても、殿方を寝所《しんじょ》に呼ぶための歌には思えなかった。しかし、蜉蝣の反応を思い返すと鈴菜がなにか間違いを犯した文をしたためたのは明白だ。

「困った姫君だな。あの歌では、身体を重ねたいという意味にしか詠むことはできなかったよ。褥《しとね》を共にしたいと、誘われているものとばかり思っていたのだけれど？」

「ち、違……います……っ」

恥ずかしさのあまり、鈴菜の声は震えてしまっていた。いつか再び彰久が部屋を訪れてくれたときのために、必死に歌や奏楽《そうがく》の練習に勤《いそ》しんでいたが、懸想文《けそうぶみ》の返し方など解らなかったのだ。だから、つい間違うことになっただけだ。

「誤解を招いてしまったのでしたら、申し訳ございません。……間違いですので、お許しください」

そんな文を贈ってしまい、彰久を呆れさせてしまっただろうか……。

鈴菜が泣きそうになりながら小さく唇を嚙《か》んでいると、彼がふいに尋ねる。

「たくさんの文を受け取ったのだろう。私の他にも、誰かに色良い返事を贈ったのかな？」

「そんなはずがありません」

鈴菜は慌てて首を横に振った。

「彰久お兄様にしか、……自分で文をお返ししてはおりませんので……」

だが、鈴菜はもうひとりの名のない公達がくれた文こそ、彰久の出してくれたものだとばかり考えていた。だが彰久ではないのなら、いったいあれは誰が書いたものだったのだろうか。内容は以前にも出会ったことがあるような意味深な歌だった。

「……では、あの文は……」

思わず、小さく呟くと彰久が怪訝《けげん》そうに尋ねた。

「どうした。鈴菜の君」

「い、いえ」

慌てて誤魔化《ごまか》しながらも、昔のことを思い返してみるがやはり記憶にはない。この邸に連れられてくる前のことは、火事で焼け出された痛手のせいか朧気《おぼろげ》になってしまっている。もしかしたら、そのせいで忘れているのかもしれなかった。

鈴菜は今さらながらに、もう一方の文の贈り主が気にかかった。蜉蝣に頼めば、名を教えて貰えるのだろうか？　そう深く考え込んでいた鈴菜に、彰久はさらに問いただす。

「どうして私の文だけに返事をする気になったのだろうね？　私が蜉蝣に言いつけた通り、あなたは相手を知らずにいたようだけど」

彰久は鈴菜が誰にでも甘い顔をした文を出すような人間だと思ったのだろうか。

そう考えると、なんだか悲しい気持ちだった。勘違いしてしまったのは確かだが、鈴菜は彰久にしか会いたいと願ったことはないのに。

「初めて文を戴いたときから、お兄様の歌は、興味を惹くものでしたから。それに……他の文は左大臣様《ひだりのおとどさま》の言いつけで捨てることになって……。お兄様の文だけ、他の者に気づかれぬように蜉蝣が渡してくれたのです」

もう一通、彰久からだと誤解した文があったことは、つい隠してしまう。これ以上、彼に不審を抱かれたくなかったからだ。

「蜉蝣の性格ならば、私からの文など進んで退《しりぞ》けそうなものだが、意外だな」

自嘲気味《じちょうぎみ》に笑って、彰久はそう呟いた。一夜限りの遊びを繰り返している自覚があるので、疑問に思ったのだろう。不貞《ふてい》な公達からの文を、しっかりとした女房なら、主人に届けたりはしないに違いない。

「文を届けても、私ごときはあなたに袖にされるだろう……とでも踏んでいたのだろうか」

彰久は自嘲気味に呟くが、鈴菜は言葉を返すことができなかった。

ここに鈴菜が連れられてきた日から、蜉蝣は豊成の命で仕えてくれている。だから鈴菜が以前からずっと、彰久に会いたがっていたのを彼女は知っているのだ。

その所為《せい》で特別に文を届けてくれたのだと、鈴菜は安易に予測できた。しかし、彰久はそんな事情があるとは思ってもみないらしい。

「あの……それは……」

鈴菜は彰久への恋慕《れんぼ》を明かせず、目を泳がせてしまう。そんな鈴菜の様子をじっと見つめると、彰久はおもむろに口を開いた。

「話はこれぐらいにしようか」

「……もう？」

久し振りに会えたのに、もう帰ってしまうのだろうか。思わず名残《なごり》惜しげな声を漏《も》らしてしまい、鈴菜は恥ずかしさに顔を袖で隠した。

「いえ。彰久お兄様。……またここに足を運んで戴けますか？　今度は是非なにか楽器で音を合わせてみたいです」

次の約束などしても、叶えられるとは限らない。しかし鈴菜は、縋《すが》るような思いで、そう口にした。

――だが、彰久から返されたのは意外な言葉だった。

「まだ帰るつもりはないよ。……今宵《こよい》より私は三夜ここに通い、あなたを妻にするつもりなのだから」

「……え？」

鈴菜は耳を疑ってしまう。

彰久が一夜限りの遊びを繰り返していることは、鈴菜も知るところだ。同じ女の元に通うこともあるらしいが、相手も遊びだと割り切っているときだけだという。

これまでずっと彰久は妻を娶《めと》るつもりがなかったはずだ。そのことは、藤原豊成も頭を悩ませていると聞いていた。そんな彼が天涯孤独で、出世の役にも立たない鈴菜を進んで妻に娶る理由が解らない。

「……どうして、お兄様のような立派なお方が、私を娶ろうとなさるのですか？」

鈴菜は呆然としながら、彰久を見上げた。すると彼は薄い唇の口角《こうかく》を皮肉げに上げて、笑ってみせる。

「欲しいと思ったからだが？　他に理由が必要かな」

彰久の双眸《そうぼう》は、どこか鬼気《きき》迫っていて、薄ら寒いような感覚が走る。彼が鈴菜に恋情《れんじょう》を抱いているようには、到底見えなかった。

嘘だ……と、思わず声が漏れそうになった。

理由が知りたくて鈴菜が尋ねようとしたとき。彼女の顔が彼の指に支えられてそっと傾けられ、唇が塞《ふさ》がれる。

「……っ！」

散る花びらが唇に舞い落ちたかのように、ふわりと軽く触れただけだというのに、じんとした痺《しび》れが身体に走っていく。

「ん……」

初めての行為に、鈴菜はただ小さく息を飲む。そして身体を強張《こわば》らせた。

そのまま角度を変えて深く唇が塞がれそうになるが、慌てて顔を背ける。

「お放しください……」

星の数ほどの姫たちを袖にしてきた彼が、鈴菜を娶ろうとしているのには、必ずなにか理由があるに違いない。訳も解らず、受け入れることなどできない。しかし、彰久の力は強く、その腕から逃げることは叶わなかった。

幼い頃、いつも彰久の膝に座っていたことが思い出される。あの頃の彰久はまだ声変わり前で、今よりももっと男を感じさせなかった。

だが今は、高雅《こうが》な香りも力強い腕も、広い胸や肩幅、そして喉仏《のどぼとけ》や精悍《せいかん》になった顎も、すべてが自分とは違うのだと思い知らせてくる。

すると、とくとくと胸が早鐘《はやがね》を打って、居たたまれなさが増してくる。

そうして鈴菜がいやいやをするように身を捩《よじ》る間にも、彼女の履いている濃き紅の袴の腰紐《こしひも》が解かれ始めてしまう。

「……あの……、彰久お兄様っ」

い草の匂いがする新しい土敷の上でお尻をずらして、腰を後ろに引かせる。すると濃き紅の袴がずり落ちて鈴菜の纏う小袖の裾から白く華奢《きゃしゃ》な足が覗いた。片足首に絡んだままの濃き紅の袴が、まるで囚人を捕らえる枷《かせ》のようにひどく重く感じられる。

「綺麗な足だ。……その身の隅々まで同じように美しいのかな」

くすりと笑われ、鈴菜は目を瞠《みは》った。恥ずかしさに、首筋までもが熱くなってくる。身体が戦《おのの》く。怖いと思っているのに、胸がひどく高鳴ってしまっていた。

彼女はそんな自分に戸惑いながら、彰久から少しでも離れようとするが、腕が摑まれて強引に引き戻されてしまう。

「い、いけません」

泣きそうになりながら訴える。だが聞き入れては貰えなかった。そして小袖の帯までもが解かれていく。

ゆっくりと袂《たもと》が開かれるのを、鈴菜はただ呆然と震えながら見守るしかない。

「そ……そんなことをなさったら、肌が見えてしまいます」

「ああ。そうだね。……見えてしまうだろうね」

それがどうしたとばかりに言い返された。そして、まだ成長途中である小さな胸の膨らみへと、彰久の大きな掌《てのひら》が伸ばされる。

「あ……っ」

薄赤い突起を指の間で挟み込むようにして、柔らかく揉み上げられ、鈴菜は身の毛を逆立てた。指の腹が擦りつけられる感触に、柔らかな膨らみの切っ先が形を変えて、じんとした痺れが走る。

「ん……っ。お止めください……、赦《ゆる》して……。幾らなんでもこれは、お戯れが過ぎます」

身を捩りながら、鈴菜は懸命に訴えた。

もしや彼女を妻に娶ると言いながら、彰久は戯れに抱いて捨てるつもりなのだろうか？　そんな恐ろしい考えが浮かんでくる。その考えが正しければ、彰久が鈴菜を抱こうとする理由にも頷けた。

しかし鈴菜は居候といえ同じ邸に住んでいるのだ。彰久がいつもしているように、一夜限りで捨てられては、立場がなくなってしまう。

月草《つきくさ》に顔が立たない上に、豊成の逆鱗《げきりん》にも触れるに違いない。

「妻に娶ると言っているだろう。……あなたは耳を患っているのか」

呆れた口調で、彰久が呟く。幼い頃から優しく穏やかな物言いでしか話しているのを聞いたことがなかった鈴菜は、彼の突然の変貌《へんぼう》に狼狽《ろうばい》した。

「……っ」

彰久は逃がさないとばかりに鈴菜にのしかかり、総毛立《そうけだ》った肌に唇を寄せてくる。

「この身体のすべてに手を、そして舌を這《は》わせて、私を受け入れさせる。拒むことは許さないよ」

そして一方的に、身勝手な言葉を告げた。

「……そのようなことは……できません」

彰久の長い指が身体中を這うなど、想像も出来ない。その上、彼は指だけではなく、舌まで這わせると言っているのだ。

優しかった彰久とは、思えないような台詞だ。これはすべて、悪い夢なのではないかとまで考え始めてしまう。

「ん……っ」

だが、きゅっと乳首を抓《つま》まれ、鈴菜は鈍い痛みに、夢や幻などではなく現世なのだと思い知った。

「鈴菜の君はただ目を瞑《つむ》っていればいいよ。朝には新枕《にいまくら》を交わし終えているだろう。私を拒めるなどと、夢にも思わない方がいいね」

なすがままになれと非道に宣言する彰久は、もはや別人のように鈴菜の眼《まなこ》に映っていた。

「……いや……ぁ……」

鈴菜の口から、掠《かす》れた声が洩れる。だが彼の手は止まらない。その上、彰久は弄ぶように、いっそう強く彼女の乳首を捏ね回し始めた。固くなった突起を擦り、左右に回されると、ぞくぞくとした震えが走っていく。

「私が夫となるのは不服なのかな」

彰久のような公達は、鈴菜に勿体ないぐらいだ。彼女にも解っていた。

だが性急過ぎる行為に、心がついていかない。それに彰久が、どうして彼女を妻に娶る気になったのか、知りたかった。ただ話をしたい、そう思っているだけなのに……。

「不服なのではなくて……。私は……」

蟬《せみ》が殻を脱ぐように、小袖をはだけさせ、鈴菜は後ろへと逃げようとした。

しかし、衿《えり》の大きく開いた小袖から覗いている鈴菜の胸の切っ先が、彰久のぬるついた舌で捉えられてしまう。そこをちゅっと強く吸い上げられ、ひくりと身体が跳ねる。

「ん……っ。いや、いやです……。……お、お兄様、……彰久お兄様……」

悪夢に魘《うな》されているかのように、首を左右に振りながら鈴菜は彼の名を呼ぶ。

「私はあなたの兄ではないはずだが」

しかし返されたのは、非情な言葉だった。

「それでも……兄同然です……」

冷水《ひやみず》をかけられたかのように、悲しみが胸を満たしていく。

しゃくり上げそうになっている鈴菜に、彰久は淡々《たんたん》とした口調で告げた。

「あなたが勝手に兄だと思っているだけだろう。私は鈴菜の君を妹だとは、一度たりとも考えたことはないよ」

「そんな……」

土敷《つちしき》の上に、鈴菜の艶やかな髪が乱れていく。

鈴菜が懸命に身を捩らせると、抗《あらが》うことを責めるかのように乳首が唇で扱かれる。

「……は……ぁっ……。やぁ……でも、私にとっては……」

鼻先から洩れる吐息が熱い。

こんなことは、一刻も早く止めて欲しいと願っているのに、彼の手が這うたび、舌で捏ねられるたびに、次第に身体が熱くなり始めてしまっていた。

「今宵より、私のことは兄ではなく夫だと思うことだ」

鈴菜の成熟しきってはいない、小さな胸の膨らみが揉みしだかれ、凝り固まった乳首が舐めしゃぶられていく。

熱く濡れた口腔《こうこう》で扱くようにして吸われると、腹部の奥にまでじんとした疼《うず》きが走り抜ける。衝動的に、鈴菜は甘い嬌声《きょうせい》を上げて身悶えた。

「んぁ……、んんっ。……やぁ……っ！」

はしたない喘ぎを上げてしまった自分に気づき、いっそう羞恥から頬が朱に染まる。

「たとえ私を拒絶しても、代わりに父上があなたを抱くことになるだけだ」

「……っ！」

それは、鈴菜が危惧《きぐ》していたことだった。返す言葉もなく、ただ息を飲む。

「解っているのだろう。父上が、あなたを邪《よこしま》な瞳で見つめていることを」

やはり彰久も、あの恐ろしい噂を耳にしていたらしい。

「た、……ただの噂です」

——噂だと思いたかった。そうでなければ、鈴菜は兄だけでなく、父のように思っていた相手までなくすことになってしまう。

「火のないところに煙など立たない。それに私はあなたの知らないことも、すべて知っている。老いた男の叶《かな》わぬ恋の身代わりにされたいのか」

豊成が心酔していたという母、萩《はぎ》の君《きみ》に瓜二つである自分の面差《おもざ》しが恨めしかった。

そうでなければ、今のように苦しむこともなかったに違いない。

「私を拒めば、今宵のことが噂となり、明日にでも父上があなたに無理強いをしにくるかもしれないな」

「……いや……」

豊成に組み敷かれる自分を想像し、錯乱しそうになる。慕《した》っていた彰久に触れられても、これほどまでに恐ろしく思えるのに、他の殿方や、ましてや養い親の豊成に同じ真似をされて堪えられるわけがなかった。

「解ったのなら、大人しくすることだ。……私は、あなたを悪いようにはしないよ」

そう言って彰久は啄《ついば》むように鈴菜に接吻する。

「で、でも……んぅっ……」

今度は唇を重ねるだけのものではなかった。歯列《しれつ》を割って、長い舌が口腔に押し込まれる。淫らな行為に、鈴菜が身体を強張らせる間にも、彼は熱い舌で、柔らかな粘膜《ねんまく》を探っていく。

「……ふ……ぁ……、く……ん、んんっ」

唇を甘噛みされ、甘く疼くような痺れが身体を駆け巡る。熱く濡れた彰久の長い舌先が、鈴菜の敏感《びんかん》な舌の上や口腔を辿るたびに、無意識に身体がのた打ってしまう。

「は……ぅ……、ん……」

鈴菜が小さく赤い舌を震わせて、息を乱しながらも、切なげな表情を浮かべると、彰久は小さく笑ってみせる。

「私に身を委《ゆだ》ねるだけが、それほどまでに恐ろしいことだろうか」

女人を抱くということは、彰久にとって他愛《たあい》もない行為なのだ……。その言葉が暗にそう告げている気がして泣きたくなった。

「案じずとも私は快楽だけを求めて、あなたを抱くつもりはないよ」

そう言って、彰久は薄赤く染まり始めた鈴菜の肌に手を這わせる。そして、緊張に引き攣《つ》った腹部から下肢《かし》へと辿らせていく。

「あなたは、私の妻となる。……他の女人とは違う。蕾《つぼみ》が綻《ほころ》ぶまで、拡げるように努める。とても優しくね」

薄い茂《しげ》みに指を絡ませられ、恐ろしさに身体が強張る。

「……あ、彰久お兄様……」

懇願《こんがん》する眼差《まなざ》しを向けるが、彼は手を止めようとはしなかった。それどころか、割れ目を辿って、指を奥へと潜り込ませ始めた。

「体毛が薄い……。まだ成熟しきっていない身体だな」

くすりと笑われ、羞恥からくらりとした眩暈《めまい》を覚える。鈴菜は殿方どころか、他の女人の身体すら目にしたことはない。

しかし、その彰久の言葉に、自分は幼い身体だと思い知らされるしかなかった。

「……ど、……どうか、そんな場所に……触れないでくださ……ぃ」

これ以上、呆れられたくなくて、途切れ途切れの声で必死に訴える。しかし彰久は、手を止めることなく、さらに懊悩《おうのう》する彼女の媚肉《びにく》を暴いていく。

「諦めろと言ったはずだよ。私が退けば代わりに父上がこの寝所に来ることになる」

「いや……。それは……いや……」

豊成に抱かれるぐらいなら、舌を嚙んで自害した方がましに思えた。それならば、愛を感じられずとも、ずっと会いたかった彰久に抱かれるべきなのだろう。

「それなら、大人しく私を受け入れることだ」

瞳の奥が痛いほど熱くなり、鈴菜は瞼を伏せる。そして諦めたように、彰久の身を押し返す手を放した。すると、抵抗がなくなったのを良いことに、彰久は彼女の秘肉の奥にある蕾に、指を押し込んでくる。

濡髮《ぬれひだ》がぬるぬると擦られる感触に、鈴菜の透けるように白い肌がざわめいた。

「んぅ……っ、……でも……。……あ、彰久お兄様……。で、でも……、それは……いやです……」

湿った肉道に、長い指が押し込まれるとすぐに、弧《こ》を描くように掻き回され始める。

「狭いな……」

固く窄《すぼ》んだ感触を確かめるように、襞が拡げられる。すると、つきつきとした痛みが下肢の奥から這い上がり、鈴菜は身悶えるように身体を揺らした。

「痛い……です……っ。指を……抜いてくださ……」

濡れた声で訴えると、掻き回される動きが止まる。

「……もっと、優しく弄って欲しいのか」

その代わりに、肉芽を抉るようにして、掌を擦りつけられ始めてしまう。

「ひ……んぅ……っ。いや……。それも……いや……」

小さな突起が嬲《なぶ》られると、疼くような痺れが身体に駆け巡っていく。

鈴菜が身を揺らしながら、必死に感覚に堪えていると、彰久は汗ばみ始めた彼女の肌を啄むように吸い上げた。

「言葉を違えているようだな。鈴菜の君。……こんなときは、いやとは言わずに、良いと言うんだ。……ほら、こうして乳首が固く勃っている。感じている証《あかし》だ」

身悶えるたびに、凝った薄赤い突起が胸の上で揺れていた。彰久は、その乳首をふたたび唇で咥《くわ》えると、口腔で上下に扱いていく。

「……ん……っ、んぅ……。あ、あぁっ」

ぬるついた舌と口蓋に鋭敏な突起が挟まれる感触に、嬌声が洩れる。

びくりと身体が跳ね上がり、鈴菜は咄嗟に彰久の身に纏っている漆黒の袍に、縋るようにして摑んでしまう。

「まだ幼さの残る身体でも、舌で舐められるのは、良いのか」

すると彰久は、薄い笑みを浮かべ、熟れる前の桜の実ように弾力のある乳首を舌で執拗《しつよう》に舐め転がしていく。

「ん……っ。あ……っ、やぁ……」

固い突起がぬめる熱い舌に愛撫《あいぶ》されると、喉の奥から熱いものが込み上げ、堪え切れずに声を洩らしそうになった。

「つい先ほど言葉を違えていると教えたばかりだというのに、物覚えの悪い方だな。鈴菜の君は……」

鈴菜の下肢の中心にある、熱い渦巻く源泉《げんせん》に押し込まれた彰久の長い指が、ゆるゆると抜き差しを始める。

「……す、……好きでは……ありません。……こんなこと」

苦しげに顔を横に何度も振りながら否定するが、ねっとりとした蜜が媚肉を濡らす感触が生々しく伝わっていた。

「身体が小刻みに震えている。あなたが私の手に感じているように見えるのは、気のせいなのかな」

火照った身体を、艶《なま》めかしい視線が這う。その眼差しから逃れたくて、衝動的に彰久の胸を押し返すが、びくとも動かなかった。

「震えて……いるのは、……ただ、こ……怖いからです……」

自分の身体に他人の手が這うのは初めてのことだ。鈴菜は恐ろしくて堪らなかった。

しかし彰久を拒めば、養い親である豊成がやってくる。そう思うと、本気で抗うことなどできなかった。

「なにを怖がることがある？　優しくすると言っているのに。安心して身体を預ければいいだけだよ」

「……無理……です」

安心などできるわけがない。口ぶりは優しくとも、彼の瞳はどこか冷めていて、鈴菜を心から求めているようには見えないのに。

「存外《ぞんがい》、強情だね」

そう言って彰久は小さく溜息を吐く。

彰久を怒らせてしまったのだろうか。鈴菜が不安になって、彼を窺《うかが》う。すると、ひどく人の悪い笑みを浮かべる姿が見えた。

「だが悪くはないな。安易に手折《たお》れる花よりは、労《ろう》したものの方が、散らす甲斐があるというものだよ」

　嫌な予感に、ぎくりと鈴菜の身体が強張る。

「彰久お兄様……？」

　消え入りそうな声で名前を呼ぶと、片足首に絡んでいた濃き紅の袴が引き抜かれ、几帳の袍へと投げ捨てられた。

「……あ……っ」

　すべて露《あら》わにされた足を曲げて腹の方へと引き寄せ、鈴菜は小さく身体を竦める。

　これから行われるのは、先ほどよりもずっと、もっと恐ろしいことだ。そんな予感が拭えない。

「さあ。あなたが乱れきるまで存分に愛《め》でようか。そうすれば不満など、露ほどもなくなるだろう」

　そう言って彰久は頭に被っていた垂纓冠《すいえいのかんむり》を外すと、漆黒の袍を脱いだ。そして、鈴菜の素足を摑む。

「……愛でる……？　いったい、なにを……」

　かたかたと震える足が左右に開かれると、じっとりと濡れた秘部が露わにされた。

「ひ……っ」

　申し訳程度に小袖を纏った格好で、恥ずかしい場所を覗き込まれ、鈴菜は怯えのあまり言葉が紡げない。

「思った通り、綺麗な形だ。……これほど美しいのなら、舌で施《ほどこ》すのも、躊躇《ためら》いはないな」

そんな彼女の姿を眺め、薄く笑った彰久は、なんのてらいもなく鈴菜の下肢に顔を埋めた。

「……お、……お兄様……、やめてっ！」

引き攣った喉から声を振り絞り懇願する。しかし彼は離れない。

今まで誰にも見せることのなかった場所を、覗き込まれ足を閉じようとするが、いっそう大きく開かされてしまう。そして、彰久はそんな彼女の媚肉に舌を這わせ始める。

「ん……っ、んぅ……。いや……ぁ……」

花びらのような柔肉を舌で擽《くすぐ》り、奥に隠された花芽をねっとりと舌で舐め上げた。

下肢の力が抜けそうな疼きが身体に走り、鈴菜は華奢な身体を大きく波打たせる。

「……お止めくださ……、どうか、赦し……。あ、あぅ……し、舌が……いや……ぁ」

泣き濡れた声で赦しを請い続けるが、彰久は緋珠《ひじゅ》を転がす行為を止めない。それどころか長く熱い舌で、いっそう執拗に媚肉の間を舐め続け、果ては唇で突起を咥え込む。

「ん……ぅ……っ、あ、あぁ……」

足の爪先まで駆け巡る痺れに、鈴菜は赤い唇を開き、淫らな喘ぎを洩らし始めてしまう。

こんなことは、一刻も早く止めて欲しいと訴えているのに、その喘ぎはまるで快感に蕩《とろ》けて、強請《ねだ》るような甘さを含んでいた。

「……ふ……っ。ん、んぁ……はぁ……っ、くふ……んぅ……」

そのことがいっそう鈴菜の羞恥を煽《あお》り、堪えようもなく顔が熱くなっていく。

「瑪瑙《めのう》の粒が勃《た》っているよ。嫌ではないのだろう。……悦《よ》がっているようにしか見えないけれど？」

丹念に舌を這わせながら、彰久がからかうような声で尋ねる。

「そ、それは……お兄様が……っ、……彰久お兄様が……濡らしてしまったから……」

濡れた舌で抉《えぐ》られるたびに、身体の芯が熱くなり、下肢の疼きに悦んでいるかのように、淫唇から蜜が滴り落ち始めていた。

自分でも解ってはいたが、否定せずにはいられない。

「私の舌から、零れ落ちたものではないよ。ほら、……ここから、溢《あふ》れているのが解らないか」

彰久は、鈴菜の濡れそぼった襞を開いて指を蜜口に押し込んでいく。

「んぅ……、あ、はぁ……。指……を、ぬ、……抜いて……くださいませ……っや、やぁ……あ、あぁ……」

指が掻き回されるたびに、粘着質の蜜が溢れている感触が伝わってくる。これでは違う、などと否定しようがなかった。

「疼くのだろう？　あなたの、このいやらしい突起が固く憤《いき》り勃《た》っている」

頭を振って長く艶やかな髪を揺《ゆ》らし、鈴菜は苦しげに訴える。

「……知らな……、もう……言わないで……」

だが彰久は、強く花芯を吸い上げると、濡れた襞にもう一本の指を押し込んだ。

「これほど濡らしておいて、知らない……とはね。幼い頃はあんなにも素直だったのに、しばらく見ぬ間に、嘘を吐くような女人になってしまったのか。悲しいことだな」

鈴菜は性根《しょうね》を悪くして、嘘を言っているわけではない。彰久も解っているくせに、大仰にそう言うと、濡れそぼった襞を左右に開き、抽送《ちゅうそう》する動きを繰り返していく。

長い指が、熱く震えた濡襞を擦りつけ、拡げられるたびに、ひくひくと身体が引き攣る。

「……はぁ……、いやぁ……。もう、いや……です。弄らないでください……、お願いですから……っ。あ、あぁ！」

抗おうとしても、逃れられない。その上、艶を帯びた喘ぎまで洩れそうになってしまっていた。

鈴菜は、せめて声だけでも殺そうと、震える手で唇を懸命に塞いでいた。

すると息が苦しくなり、いっそう胸の奥が昂《たか》ぶる。

「私ではなく、父上にこうされたいと思っているのか」

そう尋ねた彰久が痛いぐらいに、膣口の奥深くまで指を突き上げた。同時に鈴菜の身体が強張り、掌が口から外れてしまう。

「ひっ！　意地悪……を、おっしゃらないで……。私……」

涙に濡れた瞳で、そう訴えると、彰久は小さく笑ってみせる。

「鈴菜は私の方がいいのだろう？　当然だね。いくら女人の扱いに長《た》けているとはいえ、老いた父上になど負けるつもりなどないよ」

父である豊成に、恨みでも抱いているかのような口ぶりだった。しかし、彰久と豊成が仲違いしているという噂は、ついぞ聞いたことがなかった。

鈴菜が唇をぱくぱくと震わせながら狼狽していると、透けるように白い太腿《ふともも》にまで唇を這わされ始める。

「……お、お兄様……っ。そんな場所を……っ、だめです……っ、放し……んん！」

爪先を引き攣らせ、びくんと大きく身体が跳《は》ねる。すると彰久は、満足げに彼女の太腿に頬を擦り寄せた。そしてもう一本の指を、蜜に濡れそぼった淫唇に咥え込ませる。

「膣《ちつ》の中がひくついているね。……幼《おさな》くとも、もう立派な女の器だ」

巧みな指の動きで、粘膜が擦りつけられていく。

「ひ……ぅ……。や、やぁ……っ」

ぬちゅぬちゅと卑猥《ひわい》な水音を立てて、淫らな器官を掻き回しながら、彰久はそう告げると、濡れた指を奥へと押し込めた。

「これなら、充分に男の杭《くい》を受け入れられるよ」

そうして彰久は、鈴菜の蜜を滴らせながら蠢《うごめ》く肉弁を、伸ばした舌で舐める。

「くぅっんん。こ、怖い……、怖いです……。お願いですから、どうか……お止めください。私が気に入らぬのでしたら、……お詫びしますから……ひく……っ」

ふたたび花芯が舌で抉られると、断続的な快感の波が身体に押し寄せ、内壁を貫く彼のがかっていく。

「もの欲しげに女淫で人の指を引き締めておきながら、止めろとは良く言えたものだね」

求めてなどいない。そう言いたいのに、熱に浮かされたように、頭の芯がぼうっと霞み
指を強く咥え込んでしまう。

ただ息を乱しながら、鈴菜は熱く疼いた身体を揺らしていた。

すると彰久は肉筒に押し込んでいた指を引き抜き、滴る蜜をそっと吸い上げる。

このままでは、彰久に抱かれることになる。そう本能が告げていた。

「蜉蝣……。助け……」

頭の中で鳴り響く警鐘《けいしょう》に戦いた鈴菜は、堪らず蜉蝣に助けを求めてしまう。

「夜半《よわ》に女房を招こうとするなど、無粋《ぶすい》にもほどがあるね。それとも、蜉蝣に混じって欲しいとでも言うつもりかな？」

このような行為に他の者を交えるなど、鈴菜には信じがたいことだ。彼女は目を瞠って、頭を横に振り否定する。

「ち……違います……」

ぎゅっと瞼を閉じて、そう訴えると、彰久は低く艶を帯びた声で囁いた。

「あなたが名を呼ぶのは、私だけでいい。それを忘れないで欲しいね」

そう言いながら彰久はゆっくりと、袴の腰紐を解き始める。鈴菜が固く瞼を瞑っていても、衣擦れの音が生々しく耳に届いてしまう。

身を縮めながら震えていると、ふいに温かい重みが身体にのし掛かる。

「待たせたかな。鈴菜の君」

彰久が鈴菜に覆い被さったのだ。

「ま、待ってなどおりません」

虚勢《きょせい》を張って言い返す。これがせめてもの抵抗だった。しかしこれ以上は、心も身体も萎縮してしまって、なにもできない。

「そうか。……しかし、あなたの身体は、待ち侘《わ》びていたように見えるな」

そうして蜜に塗れた鈴菜の媚肉の間に、固く熱い切っ先が押しつけられる。

「ほら、こんなにいやらしく濡れそぼっている。……熱く熟れて物欲しげに蠢いているだろう」

恥ずかしくて、今にも自分の息の根を止めてしまいたかった。

「ち、……違います……。彰久お兄様の……か、……勘違いですっ」

このような辱めを受けるぐらいなら、やはり出家した方が良かったのではないかとすら思えてしまう。

誰にも触れられたことのなかったはずの身体が、ひどく疼いていた。抗う言葉を告げながらも、その唇を塞いで欲しいとすら思えてくる。

まるで淫欲《いんよく》の鬼に身も心も取り憑《つ》かれてしまったのではないかと疑うほどだ。

「間違っているのは、鈴菜の君だよ。男の身体も知らぬ身で、いったいなにが解るというのか、はなはだ疑問だね」

「……それは……あっ！」

熱く滾《たぎ》る肉茎が、じっとりと湿った媚肉の間に、押しつけられる。その固さと熱量に、ぞくりと身体が震えていた。

そして、肉棒に蜜を纏わせるかのように、ぬるぬると擦りつけられていく。

「お、お兄様……っ」

かたかたと震えながら彰久を呼ぶが、彼はさらに強く固い怒張を挟み込ませた。

「……んぅ……。ふ……」

淫らな造形が生々しく伝わり、鈴菜が瞼を震えさせる。すると汗ばんだ喉元に、彰久は顔を埋め、濡れた舌で肌を舐め上げた。

「はぁ……、んっ。……やぁ……っ」

喉を突いて出た嬌声は、ひどく艶めいていて、はしたなさに羞恥がいっそう迫り上がってくる。鈴菜はもう止めて欲しいと願っているのに、感じやすい彼女の反応に気を良くしたように、彰久は執拗に肌を啄んでいく。

「ん……ぅ……、はぁ……、そこは……」

鎖骨《さこつ》や敏感な喉元に熱い息がかかり、舌を辿られると、首を竦めてしまうほど、擽ったくて堪らなかった。

「鈴菜の君。……ここが、良いのかい」

のし掛かられる彼の体の重みと体温がひどく心地よい。やはり自分はおかしくなってしまっているのではないのだろうか。そう思えてならない。

「……し、知りま……せん……。わたしは……んぅ……」

鈴菜は身を捩りながら、与えられる愉悦《ゆえつ》から目を逸らそうとした。

「あまり強がられると、二度と強情を張れない身体にしてしまいたくなるのだけれど」

しかし脈打つ雄芯を蜜口に押しつけられ、彰久の胸を押し返し、離れようとして抗い始める。

「……い、いやぁ……。お兄様。……も、もう、お止めください……」

ただ彰久に一目だけでも会いたくて、焦《こ》がれていたときには、こんな風な恐ろしい目に遭《あ》う日が来るなんて思ってもみなかった。

身を震わせながら、ただただ懇願《こんがん》する鈴菜に、彰久はこの上なく優しい声で尋ねる。

「もう押しつけるのは止めて、早く私を挿《い》れて欲しいのかい」

「……ち、違……。違います……」

これほどまで淫らな言葉を、あの優しい彰久が告げているとは、まだ信じられなかった。すべては悪い夢で、朝になればいつもの朝が来るのではないかと、儚《はかな》い望みを抱くしか、自分を保つ術《すべ》が解らない。

しゃくり上げながら、彰久を見つめていると、彼は嘆息して目を逸らした。

「鈴菜の君は、不満ばかりだな。他の女人なら、喜んで私に身を差し出すのに」

その言葉に、鈴菜は目の前が真っ暗になっていく。彰久が数多の女人の元に通っているという噂を耳にしたことはあった。しかし本人から、聞かされるのとでは、心に負う傷は大違いだ。

返す言葉もなく、薄赤い唇を噛んでいると、彰久は愉しげに眼を細め、鈴菜の顔色を窺ってくる。

「……っ」

見ないで欲しかった。きっと嫉妬《しっと》に狂い、醜い顔をしているに違いないのだから。

「どうしたんだい。他の女人の話は気に入らないとでも？」

挙げ句に、彰久はからかうように尋ねてくる。

「……聞きたくなど……、ありません……」

「私のことなど、聞きたくないか」

公達が未婚の姫君の元へと通うのは、当然のことだ。そのことを咎めるなど、はしたない真似をしてはならない。狭量《きょうりょう》であることは、女人としてあるまじきことなのだから。

「違……、……そ、それは……」

気にしてなどいない。そう言葉を返したいのに、泣きそうになってしまう。

「素直になるといい。私が抱いてきた他の女人たちに、妬《や》いているのだろう」

彰久は言い当てると、鈴菜の震える頬を指先で撫でた。

「私は、妻はひとりしか娶らないと決めている。だから、過ぎたことなど気に病《や》む必要はないよ。これからは、あなたひとりで受け止めることになるんだ」

唇が触れそうなほど彰久の顔が近づき、そっと囁きが落ちてくる。

「私が抱きたいと言えば大人しくその身を捧げ、奉仕を願えば躊躇わず、私に身を捧げて貰うよ」

彼の意図が解らず、鈴菜は整った面差しを食い入るように見つめていた。

「奉仕……?」

いったいなにをすればいいのだろうか。不安げに眉を寄せると、彰久は彼女の足を開かせ、固い肉茎の切っ先を濡れた淫唇に押しつけてくる。

「追々《おいおい》教えるつもりだよ。……でも今は、こちらの花を開かせることが先だね」

亀頭が粘膜に咥え込まされ、鈴菜は衝動的に腰を引かそうとした。

しかし殿方である彰久にのし掛かられている、華奢な女の身で、逃げられるわけがない。

「……彰久お兄様……だめ……え……っ」

訴えも虚《むな》しく、濡襞が押し開かれ、熱く滾った屹立《きつりつ》が肉洞《にくほら》を貫いていく。

「ひぃ……っ。……あっ、あぁっ、あっ」

脈打つ肉塊《にくかい》に、内壁の襞が引き伸ばされていく破瓜《はか》の痛みに、鈴菜の身体がうねる。

断続的な喘ぎには、苦渋の色が滲んでいた。

しかし彰久は穿《うが》つ動きを止めず、最奥まで肉茎を飲み込ませていった。

「嫌ぁ……、いや……っ。んぅ……ぬ、抜い……っ。……ひぅ……、んんっ」

薄紅色《うすべに》に染まった頬を引き攣らせ、悲痛な声で鈴菜が訴える。

吹き出した汗で額に張り付いた鈴菜の前髪を、彰久は指で払って、代わりに唇を押しつけた。

「このまま堪えて貰えるかな」

無理だ……と。鈴菜は潤《うる》んだ瞳で訴える。

「……いや……っ。熱い……の……、入って……る。いや……、やぁ……」

みっちりと肉筒を埋め尽くされ、土敷に押しつけるようにして、身体が掻き抱かれていた。

身体の中で、肉竿《にくさお》が脈動し蠢く。その熱と痛みに、目の前が朱に染まっていく気がする。

「本来なら、これであなたの身体をなんども貫くものだよ……」

挙げ句、告げられた恐ろしい言葉に、鈴菜は肩口を揺らしながら、泣きじゃくる。

「……いや、……ぅ……、ゆ、赦して……くださ……、お兄様……ぁ……はぁ……っあ」

これほどの痛みを与えられたのは、生まれて初めてのことだった。身体の芯から、灼けついて死んでしまうのではないかという、恐怖さえ覚えてしまう。

咽頭《いんとう》を震わせ、眦《まなじり》から涙を零し始めた鈴菜を、彰久は恍惚《こうこつ》とした眼差しで見つめる。

「……愛らしい……表情だ。その顔をもっと私に見せてくれないか」

先ほどまで、どこか冷ややかだった彰久の瞳に、欲望という名の火が灯《とも》るのが容易に見てとれた。しかし、どこか狂気じみた声音だ。

「え……。あ……ぁっ」

最奥《さいおう》を深く抉られ、鈴菜が身を捩らせる。すると、彰久は愛おしげに接吻《せっぷん》して、薄い笑いを浮かべる。

「潤んだ黒曜《こくよう》の瞳がとても美しい。いっそう泣かせたくて堪らなくなるよ」

「……お、お兄様？　……く……んんっ」

熱を穿たれる痛みのせいだけではなく、身体に震えが走っていく。彰久の視線に、鈴菜は臓腑《ぞうふ》を食い破られそうなほどの恐怖を覚えていた。

「鈴菜の君。……容赦《ようしゃ》なく、その身を貫けば、私の望み通りに乱れてくれるかい」

掠れた声で囁かれ、ぐりぐりと腰が押し回されていく。

「ひ、ひぅ……。んんぅ……」

太い肉杭が震える襞を引き伸ばし、子宮口を抉るたびに、腰が抜けそうなほどの痺れが駆け巡る。

「いや……。いやぁ……。どうし……て、……そんなこと、おっしゃるの……」

彰久は涙に濡れた鈴菜の双眸を覗き込み、その唇を奪う。

「ふ……っんん」

狂おしいほどの口づけだった。小さな鈴菜の舌を強く吸い上げると、彰久は激しく口腔を掻き回し始めた。柔らかな頬肉《ほおにく》の裏や歯茎《はぐき》、そして喉の奥まで彰久の熱い舌が擦りつけられていく。

ぬるついた舌が絡み合うたびに、ぞくぞくとした疼きが喉奥《のどおく》から這い上がり、鈴菜はぶるりと身震いした。

「本当に、愛らしい……。美しく育ったとは思っていたが、これほどまでとは思わなかった。父上が固執《こしつ》する理由にも頷けるな……」

感嘆の吐息と共に、彰久はそう呟く。そして、ふたたび鈴菜に接吻し、すべて奪い取ろうとでもしているかのような口淫を始める。

「ん、んんぅ……」

まるで彰久ではない、別の怪しい生き物が入り込んだかのような、艶めかしくも淫らな感触だ。そうして、深く鈴菜の唇が塞がれ、彼女の小さな舌が絡められていく。

肉棒を咥え込まされた秘孔は、ひくひくと収縮して、生々しいほどの熱を下肢から迫り上げていた。

「……あぁ……、はぁ……、はぁ……、んぁ……ああっ」

もどかしいほどの痺れに、鈴菜の腰ががくがくと震えてしまう。固くなった花芯が媚肉に押しつけられ、擦られるたびに、目の前が霞《かす》みそうなほどの愉悦の波が襲ってくる。

「これほどまで、心揺《ゆ》さ振《ぶ》られたのは初めてだよ。……はぁ……。鈴菜の君。……もっと、その泣き顔を見せてくれないか」

そう言って彰久は強く腰を押しつけた。そして鈴菜のまだ青い胸の膨らみを掴み、いやらしい手つきで撫でさすった。

「……な、なにを……おっしゃって……んんぅ」

彰久の力強い指先が乳首の尖端《せんたん》を掠めるたびに、びくびくと身体がのた打つ。

鈴菜が肩口を揺すると、肉壁に咥え込んだ彰久の欲望が擦れ、得も言われぬ快感が身体を駆け巡っていた。

じくじくとした痛みは消えていない。だが、もっと強く揺さ振り立てられたいような欲求が身体を走り抜け、淫らな言葉が吐いて出そうになってしまう。

「……ん、んぅ……。ふぅ……く……、はぁ……やぁ……。お、お兄様……、くるし……、も……もぅ……っ」

——動いて欲しい。

そんな懇願が喉から溢れそうになるのを、鈴菜は寸前で堪える。彼女は仰《の》け反《ぞ》りそうになりながら、ひくひくと内腿《うちもも》を震わせ、彰久の身体を足で挟み込む。

「あ、あぁ……っ。はぁ……、あぁぁっ」

彰久の白い袙《あこめ》に縋りつき、鈴菜はがくがくと身悶えていた。

彼はその様子を、愛おしげに見下ろしている。

「存分に泣かせてみたい……が、眺めるだけも一興だな。……今宵は堪えることにしよう。今は叶わずとも、この先、数えきれぬほど身を重ねることになるのだから」

頭の奥が次第に霞みがかっていく。もっと激しい愉悦を求めて、はしたなく戦慄《おのの》いた身体を放置されるのだと気づき、くらくらと眩暈がした。

「た、助け……。あ、……熱いです……。奥……が……っ、いや、いや……えぐらな……いで……あぁっ。く……んんっ。はぁ、あぁぁっ」

鈴菜が譫言《うわごと》のように声を上げると、彰久は額を摺り合わせ、淫靡《いんび》な表情を浮かべる。

「今日はここまでにしておこう。雄を初めて受け入れたのだから、鈴菜の君も辛いだろう？　だが明日は気遣うつもりはない。愉しみにしているといい」

彰久は、そのまま肉棒を抽送することはなかった。

「……も、もぅ……赦し……っ、あ、あぁぁっ」

収縮した濡襞が、強く彰久の肉棒を咥え込み、淫らにうねる。

「はぁ……ん……っ」

媚肉に押しつけられた花芯が、じんじんと疼き、体温がいっそう迫り上がっていく。

呼吸することすら苦しくて、じっとりと汗ばんだ額を動かし、鈴菜は誘うように唇を震わせる。

だが、彰久はまったく動かない。

ただ身悶える鈴菜を、獲物を追い詰めた獣《けもの》のような双眸で見つめるだけだ。

「……はぁ……、はぁ……っ。あ、……っ、あぁ……ン」

動いて欲しかった。淫らに震える襞を擦りつけて欲しくて、懇願の声を上げそうになる。

そうでないなら、今すぐ、肉棒を引き抜き、身体の奥底から溢れる愉悦を止めて欲しかった。

「苦し……、ん……ぅ……、んんっ……ふぁ……っ」

身体の芯に、彰久の肉棒が脈動《みゃくどう》する震えが鈍く響いていた。

鈴菜はぶるりと身震いし、いっそう瞳を潤ませる。

「明日こそ、あなたの身体を己が身の欲するままに抱くつもりでいる。それまで……、私の熱の感触を忘れず覚えているといいよ」

そうして気が遠くなるほどの時間を、快感にのた打つ身体を楔《くさび》に繋げられたままで、果てもなく嬲られ続けた。

◇◇◇

夜明けになり、空が白み始めると、御帳台の中にも隙間《すきま》からうっすらと陽が差し込み始めた。

気怠《けだる》く重い身体を押して、鈴菜が瞼をこじ開けると、そこに彰久の姿はなかった。

悪い夢に囚われていたのだろうか。

そんな甘い考えを払拭させるように、つきつきとした破瓜の痛みが下肢から迫り上がってくる。彼女の膣口《ちつこう》には、まだ男の肉棒を貫かれているかのような異物感が残っていた。

肩までかけられていた衾を剝ぎ、身を起こした。すると、彼女の枕元には後朝《きぬぎぬ》の歌が詠まれた文が置かれている。

「……っ」

鈴菜は新枕を交わし終えた感触に戸惑い、罪悪感のようなものに苛《さいな》まれてしまう。

脳裏を過ぎったのは、彰久に与えられた愉悦や痛み、そして自分のあられもない嬌声だ。

淫らな身体が恐ろしく、そして断崖《だんがい》に立たされたような恐怖さえ覚えた。

彼の言葉を信じるなら、これから彰久は二晩、鈴菜の元に通い続けるつもりらしい。そうして正式に、彼女を妻として娶るつもりなのだ。

彰久の両親である豊成や月草が知れば、どんな風に思うのだろうか。これからの出世を期待している彰久の妻には相応しくないと、怒るかもしれないし、鈴菜に対して呆れてしまうかもしれない。

色んな想像が頭を巡り、喩《たと》えようのない不安が襲ってくる。

「彰久お兄様……」

小さな声で鈴菜が彰久の名前を呼んだとき――。

「鈴菜の君。お目覚めですか？」

蜉蝣が部屋の外から声をかけてくる。

「あ……」

髪を乱した自分の姿が恥ずかしく、鈴菜はつい、高灯台を持って塗籠《ぬりごめ》の中に隠れてしまう。そして誰も中に入れないように、妻戸《つまど》に閂《かんぬき》をした。明かり取りの小さな窓があるが、高い壁に覆われているため、灯火がなければ薄暗く前はよく見えない。

鈴菜は普段ここに用はないので、久し振りに足を踏み入れたのだが、周囲には蒔絵《まきえ》の施された唐櫃《からびつ》や、装飾品、価値の高い巻物や書物の置かれた二階厨子《にかいずし》が置かれ、きちんと整頓されていた。

「鈴菜の君はどちらに……、まさか、この中にいらっしゃるのですか？」

入室した蜉蝣が、御帳台の中に、鈴菜がいないことに気づいたらしく、塗籠の外から怪訝そうに尋ねてくる。

「お、お願い。……私のことは放っておいて……」

これでは昨夜なにかあったと言っているようなものだと、遅れて気づくが、今さら外に出るのは憚《はばか》られた。

「昨夜、忍んで来られた御仁《ごじん》がお気に召さなかったのですか」

蜉蝣は部屋に入って来たのか、妻戸の向こうから声が聞こえてくる。その言葉に蜉蝣はすべて知っているのだと気づいた。

きっと鈴菜の褥に彰久を招いたのも、蜉蝣なのだろう。

「そんなつもりは……」

彰久が気に入らないなどと、鈴菜が思えるはずがない。たとえ彼が、強引に身体を繋げるような真似をしたとしても、かけがえのない相手なのだから。

「では後朝の文をお返しせねば、結婚をお断りしたのだと思われますよ」

「……あ、後で返すつもりよ……」

自分の身を抱くようにして、鈴菜は言い返す。指先に触れたのは、きっちりと着込まれた小袖だ。眠り込んでしまっている間に、どうやら彰久が整えてくれたらしい。

彼の袍に焚きしめられていた香が、自分の身体に移っている気がして、気恥ずかしさに頬が熱くなってくる。

「少し早いですが、朝餉《あさげ》の用意を致しますので、お着替えください」

妻戸の向こうにいる蜉蝣がそう言った後で、深く溜息を吐くのが聞こえた。どうやら鈴菜の幼い行動に呆れているらしい。

鈴菜はいっそう居たたまれなくなってしまう。

「今日は、なにもいらないから、放っておいて……」

恥ずかしいからといって、塗籠に隠れるような子供じみた真似《まね》をすべきではない。

頭では解っているのだが、今は誰にも会いたくなかった。

そうして鈴菜が薄明かりの中、座り込んでいると、しばらくして、今はどうしても顔を合わせたくなかった人物の声が、壁の向こうから聞こえてくる。

「鈴菜の君」

それは、宵闇《よいよみ》に紛れていつの間にか姿を消してしまった彰久の声だった。

「朝餉も口にしようとしないらしいね。それほど、昨夜のことを恨んでいるのか」

「……そ、……そうではありません……」

『昨夜のこと』という彰久の言葉で昨夜を生々しく思い出し、鈴菜は瞳を潤ませてしまう。

彰久を恨んでなどいない。彼が鈴菜を娶ってくれなければ、豊成に嫁《とつ》がされたのかもしれないのだから。しかし、今は恥ずかしくて、どうしても顔が合わせられない。

「ならば、早く外に出て朝餉を共に食べよう？　蜉蝣もあなたのことを心配しているよ」

蜉蝣だけではなく、彰久も心配してくれているのだということは、顔を見ずとも伝わっていた。しかし、だからこそ外に出られない。

「今はひとりにしてください。文はちゃんとお返ししますから……」

しかし、そのとき。

油が切れたのか高灯台の灯りが消えて、塗籠の中が暗くなってしまう。

「……あっ」

暗闇が苦手な鈴菜はつい声を上げてしまう。明かり取りの窓から入り込む、僅《わず》かな陽《ひ》だけでは心許ない。鈴菜は塗籠の外に出たくて仕方がなかった。しかし、今はどうしても彰久の前に行けない……と、ぐっと堪えた。

「どうしたんだい、なにか声が聞こえたようだけど」

鈴菜の異変に気づいたのか、彰久が心配そうに声をかけてくる。

「なんでもありません。……だから、どうか今はそっとしておいてください」

震える声で訴えながら、鈴菜はぎゅっと瞼を閉じた。そして瞳を閉じれば、暗闇でも同じだと、必死に自分に言い聞かせた。

「そうか。ならば好きにするといいよ」

頑《かたく》なな態度を崩さない鈴菜に呆れてしまったのか、しばらくすると彰久の声が聞こえなくなる。忙しい彼のことだ。いつまでも鈴菜に構ってはいられず、花橘《はなたちばな》の御殿に帰ってしまったのかもしれない。

勇気を振り絞れば、彼と一緒に朝餉を摂ることもできたのに……。そう思うと、後悔で胸が潰れそうだった。

そうしてたったひとり、鈴菜が暗闇の恐怖に耐えていると、今度は明るい声が妻戸の向こうから聞こえてくる。

「鈴菜の君。和琴を教えてくれる約束だったでしょう。習いに来たのよ」

現れたのは日向だった。いつもは閑散《かんさん》としていて寂しい御殿だというのに、今日は人の出入りが激しいらしい。

「また今度にして欲しいの……」

「どうして？　私と共に過ごすより塗籠の中にいる方が楽しいの？」

拗《す》ねたような口ぶりで、日向が尋ねてくる。

「そんなつもりではなくて……、今日は誰にも会いたくないの」

申し訳なく思いながらも鈴菜が拒むと、日向は不満げな声を漏らした。

「もういいわ。私ひとりで練習するから」

すぐに和琴の音が聞こえ始める、お世辞にも美しい音とは言えない。

こんなところに閉じ籠《こ》もっていないで、一緒に練習した方がいいのだろうか……と鈴菜が悩んでいると、いきなり弦が大きく弾《はじ》く音が響いた。

「痛っ、指が……」

どうやら演奏の途中で、弦が切れてしまったらしかった。

日向は怪我《けが》をしてしまったのだろうか。女房たちの声は聞こえない。どうやら辺りには日向しかいないらしい。

鈴菜は慌てて閂を抜くと、妻戸を開いた。

「大丈夫っ!?」

するとそこには、申し訳なさそうな顔をした女房たちと、呆れた様子の蜉蝣。そして、悪戯っ子のように笑う日向、そして皮肉げな笑みを浮かべた彰久がいた。

「あ……、騙《だま》したのですか……?」

そして怪我をしたはずの日向は、どこも痛そうにはしておらず、嬉しそうに鈴菜に駆け寄ってくる。

「やっと出て来たのね。どうしてこんなところにいたの? 私、お兄様に教えていただいたのよ。あと二晩も過ぎれば、鈴菜の君は私のお姉様になるって。嬉しいわ。お母様にもお伝えして盛大にお祝いしましょう!」

きゃっきゃっと無邪気にはしゃぐ日向を、鈴菜は愕然《がくぜん》として見つめるしかなかった。

しかし彰久の視線に気づいて、じりじりと後退《あとずさ》ると、ふたたび塗籠の中に戻ろうとする。

だが、彼に逃がさないとばかりに腕を掴まれた。

「まだ花冷《はなび》えのする頃だ。薄着でこんな場所に閉じ籠もっていると風邪を引いてしまう。だから私が一計《いっけい》を案じたんだ」

どうやらこれは、鈴菜を騙して外に連れ出すために、彰久が仕組んだ罠《わな》だったらしい。疑いもせずに日向を心配するであろう、彼女の性格を利用したのだ。

「騙すなんて、ひどいです。彰久お兄様」

思わず批難《ひなん》すると、彰久は肩を竦めた。

「後朝の文の返しもしてくれないで、塗籠に隠れる方がどうかと思うよ、鈴菜の君」

彰久の言葉に、すかさず蜉蝣が同意してくる。

「そうですよ。鈴菜の君は裳着《もぎ》を済ませ大人の女人となったのです。日向の君のような軽率な行動はお控えくださいい」

蜉蝣がそう忠告すると、今度は日向が目を丸くした。

「蜉蝣ったら、ひどいわ。どうしてなにもしていないのに、私が怒られなきゃならないの」

日向はぷうっと頬を膨らませるが、すぐに顔を綻ばせて、鈴菜の手を取る。

「まあいいわ。お兄様と結婚なさるなら、これからはなんの心配もしないで、鈴菜の君とずっと一緒にいられるもの」

しかし彰久は鈴菜を後ろから抱き締めるようにして囲い、日向をそっと引き剝がした。

「鈴菜の君を塗籠の外に出すのを協力してくれたことには感謝するよ。だが、まだ私たちには話し合うことが多くあってね。悪いが彼女とふたりきりにしてくれないかな」

遠回しに席を外せと言ってのける彰久に、日向は唇を尖らせる。

「お兄様ばっかりずるいわ！　いいもの。鈴菜の君とはあとでいっぱい遊ぶから。じゃあね。鈴菜の君。お兄様に酷いことをされたら、私が仇《かたき》を取って上げるから、ちゃんと言うのよ」

そう言って日向は、拗ねた表情で部屋を去っていく。

「まったくいつまでも落ち着きのないことだね」

しかし呆れたように告げる彰久の眼差しは、とても温かいものだ。鈴菜はそんな風に接して貰える日向が羨《うらや》ましくてならなかった。

◇◇　◇◇　◇◇

朝餉のあと、花橘の御殿に招いてくれた彰久は、部屋を出て御簾をくぐり、簀子《すのこ》へと鈴菜を連れ出した。

目の前に広がっているのは、春の芽吹《めぶ》きを感じさせる風雅な庭だ。

寝殿《しんでん》の向かいには橋で中島《なかじま》に渡れる大きな池があり、豊かな水を湛《たた》えている。その向こうには築山《つきやま》が大小三つあり、渡り廊下の先に釣殿が建てられ、そこから舟の乗降《のりおり》もできるようになっていた。

「彰久お兄様はいつも、この景色を眺められているのですね。羨ましいわ……とても素敵です」

目を輝かせながら辺りを見渡す鈴菜に、彰久も嬉しそうに微笑む。

「それほど喜んでくれるなら、連れて来た甲斐があったというものだよ」

そう言って、彼は階《きざはし》をおりようとする鈴菜の手を取ってくれた。

「ああ。そこは滑りやすい。気をつけるんだ」

転ばないように彰久が手を貸してくれたにもかかわらず、鈴菜は階をおりる途中、足を滑らせてしまう。

「あ……っ」

だが咄嗟に彰久が彼女の身体を抱き留めてくれたため、転ぶことはなかった。

「まったく。あなたという人は目が離せない」

くすりと笑われ、鈴菜の頬に朱が走る。

言われてみれば、いつも彰久の前で彼女は無様《ぶざま》に転んでばかりいる気がした。鈴菜はそんな自分が情けなくなってくる。

「も、申し訳ございません。ひとりで立てますので、手をお離しください」

俯きながら小さく唇を噛んでいると、ふいに彼女の身体が彰久に抱き上げられた。

「お、お兄様!?」

いったい、どうしてこんな格好になっているのだろうか。

鈴菜は理解できずに、呆然と彰久を見上げた。すると、彼は苦笑いしてみせる。

「軽過ぎるな。……朝餉のときも鈴菜の君はほとんど口にしてなかっただろう？　あれでは、子を身籠《みご》もったとしても、保たないのではないのかな」

今朝《けさ》、鈴菜は彰久と朝餉を摂ることになった。だが、彼の視線が気になって、ほとんど口にできずにいた。しかし、いつもは好き嫌いをしないようにして、ちゃんと食しているつもりだ。

だが抱き上げられ、至近距離で顔を覗き込まれている鈴菜は恥ずかしさに反論できなかった。その上、『身籠もる』という言葉に、彼と契《ちぎ》ったのだということを思い出してしまい、鈴菜はますます真っ赤になってしまう。

「彰久お兄様。もう下ろしてください。自分の足で歩けますから」

軽すぎると彰久は言ったが、何枚も袿《うちき》を重ねているのだから、そんな訳はないはずだ。しかし彼は、物ともせず鈴菜を抱きかかえたまま、庭の中心へと向かっていく。

「こうでもしないと、あなたの袿の裾《すそ》が汚れてしまうだろう」

そう言い返す彰久は、とても楽しげだ。

「私のことはお気になさらず、どうか下ろしてください……」

「……もしや鈴菜の君は、こうして私に抱き上げられるのは、気に入らないのかい」

いきなり、耳元で甘く囁かれ鈴菜は目を丸くする。

「そんなことはありません……けれど……」

彰久の近くにいられるのだ。不満などあるわけがない。だが重大な問題があるのだ。

「けれど……、なにかな?」

「……あ、あの……。せっかくお手を貸して戴いたというのに申し訳ございません。……とても恥ずかしいのです……」

消え入りそうな声で、鈴菜は告白した。今にも胸が破れそうなほど、鼓動《こどう》が速まっているのだ。ずっとこのままでなど、いられるわけがない。

「それなら、慣れて恥ずかしくなくなるぐらい、こうしていなければならないね」

しかし彰久からの返答は、意地悪な宣言だった。

「彰久お兄様っ。……そんな、意地悪おっしゃらないでください……」

鈴菜が批難すると、彰久は当然のように言った。

「忘れているようだが、私たちは夫婦になるのだよ。抱き上げる程度のことには、慣れるべきだろう」

「……はい……」

確かにその通りだった。抱き上げられただけで、真っ赤になって大騒ぎする妻など、彰久には相応しくない。

躊躇いがちに小さく頷いた後、鈴菜は大人しく彰久に身を任せた。

「いい子だ。ほら、落ちてしまわないように私に腕を回してくれないか」

すると、彼はさらに要求してくる。

そんなことは出来ない……と鈴菜は否定しかけた。

だが、こんなことでは彼に相応しい妻となれるまでほど遠い……。そう自分に言い聞かせる。そして鈴菜は心を奮《ふる》い立たせて、彼の肩にそっと手を回した。

しかし緊張のあまり、指先が震えてしまっている。触れられている彰久もそのことに気がついたのか、くすりと笑ってみせた。

「そんなに愛らしい姿を見せられては、夜を待たずに、今すぐにでも抱いてしまいたくなるな」

「……っ！」

彰久が戯れに告げた淫らな言動に、鈴菜が狼狽している間にも、池の中央に作られた中島への橋に辿り着く。

花橘《はなたちばな》の御殿の庭には橘や薔薇《ばら》、呉竹《くれたけ》などが植えられていた。見頃《みごろ》ではないため、花はなにも咲いていない。それでも典雅《てんが》な趣《おもむき》の庭だ。清廉《せいれん》な彰久に相応しいと言える。

藤原豊成の邸には、鈴菜と召人《めしうど》たちのいる秋に擬《なぞら》えた桔梗の御殿、彰久のいる夏に擬えた花橘の御殿、豊成や月草たちのいる春を擬えた桜花《おうか》の御殿、側室たちのいる冬に擬えた海松《みる》の御殿があり、それぞれの四季《しき》を目で楽しむことができるのだ。

今は桜の盛りで、桜花の御殿の庭が一番美しい時期だ。だから彰久はその庭へと鈴菜を誘ってくれた。だが鈴菜は今、豊成や月草とは顔が合わせ辛くてならなかった。

彰久は生涯ただひとりの妻しか娶らないと公言している身だ。それを出世の役に立たない天涯孤独の鈴菜を娶ったことを知れば、ふたりはさぞかし落胆するに違いなかった。

挨拶《あいさつ》をするべきであるのは解っていたが躊躇わずにはいられない。鈴菜がふたりへ申し訳なく思っていることを告げると、彰久は自分の御殿に連れて来てくれたのだ。

だが、まさか彰久に抱き上げられて庭を見る羽目《はめ》になるとは、考えてもみなかった。

「この庭は気に入ったかい」

「はい……とても」

鈴菜がはにかんだ笑顔を彰久に返したときだった——。

寝殿の角から、騒がしい声が聞こえてきた。

なにごとだろうか……。鈴菜が顔を向けると、彰久も怪訝そうにそちらを窺い、中島から橋を渡って、寝殿の方へと歩き始める。

「ほら、この干棗《ほしなつめ》旨そうだろ。これをやるから、これからもよろしくな」

彰久が寝殿の角を曲がったとき、従者の多くが身に纏う褐衣《かちえ》姿の青年が鈴菜の連れてきた女房たちに、そう言って干棗をいくつも差し出す姿が見えた。

快活で潑剌《はつらつ》とした青年だった。笑うと左側に八重歯《やえば》が覗き、とても愛嬌《あいきょう》がある。

「相変わらず、有馬《ありま》は蜉蝣が好きなのね」

呆れながらも、女房たちは干棗を受け取り、くすくすと楽しそうな笑みを零《こぼ》す。

「当然！　あんないい女は他にいないからな。ぜったい誰からの文も蜉蝣に渡すなよ。約束だぞ。もしも文が届いたら、破り捨てるか俺に渡すか、どちらかにしてくれよ」

有馬と呼ばれた青年が真摯な表情で念を押した。すると、女房たちは顔を見合わせる。

「でもいい加減にしておかないと、蜉蝣のことだから、勝手に文を散らしていることに、気づいてしまうかもしれないわよ」

「そのときはそのときだ。気づかれても別に構わないから、これからも俺の願いを聞いてくれよ」

どうやら彼らは、蜉蝣のことに関して、不穏《ふおん》な取引をしているらしかった。

「あの方は？」

鈴菜が首を傾げながら、彰久に尋ねると彼は呆れた様子で深い溜息を吐く。

「鈴菜の君。少しばかりの間、檜扇《ひおうぎ》で顔を隠していなさい」

「はい。これでいいですか？」

鈴菜は言われた通り、檜扇で顔を隠した。すると彰久は、青年と女房たちのいる場所へと、鈴菜を抱えたまま歩いて行った。

「なんの騒ぎだ」

厳しい声で叱責《しっせき》すると、女房たちは居住《いず》まいを正して萎縮する。

「彰久様。……こ、これは……申し訳ございません」

そう謝罪して頭を下げたのは、鈴菜付きの女房たちだけで、有馬と呼ばれた青年はあっけらかんとしていた。

「蜉蝣に懸想文が届かないように、賄賂《わいろ》を贈っているだけですよ。若君」

悪びれた様子もなく、気安い口調で話しているところを見ると、どうやら有馬は彰久の従者らしい。しかしなぜ、彼は蜉蝣に懸想文を届けまいとしているのだろうか。

　鈴菜は首を傾げてしまう。

「まったくお前は……。蜉蝣にも選ぶ権利があるだろう。彼女に気に入って欲しいなら、人の恋路の邪魔など止めて、自分が文を出せばいいのではないか」

　彰久は呆れた様子でそう忠告した。どうやら有馬という青年は、蜉蝣を慕っているらしい。彰久の言っているのは至極《しごく》もっともな話だった。

「無駄ですって。字が汚いとか香が気に入らないとか、不満ばかり言って目を通してもくれないんですから」

　実に蜉蝣らしい返事だ。だが有馬は、それがどうしたとばかりに肩を竦めてみせる。

「色よい返事が貰えぬなら、その程度の文しか贈れぬお前が悪いのだよ」

　蜉蝣は藤原邸に数多いる女房の中でも、かなり教養のある女房だった。夫になる殿方にも、同じように知識のある者を望むのではないのだろうか。

「断られたって構いません。あれは俺の女です。そう決めましたから」

　檜扇で顔を隠しながらも、鈴菜は呆気に取られてしまう。なんと強引な性格なのだろうか。鈴菜はこのような青年に出会ったのは生まれて初めてだった。

「お前がどう思うのも勝手だが、他の男を蹴落《けお》とすような真似は、感心しないね」

　彰久が苦笑いを浮かべながら、そう忠告すると、有馬は噛みつくように言い返す。

「それを若君が言いますか！　ご自分だって他の奴らの文を散らすために、左大臣様を焚きつけ……」

「こらっ！　有馬、いい加減になさいませ」

なにごとかを言いかけた有馬を、鈴菜の女房たちが叱責する。

「……？」

気まずそうな空気が流れる。その中で、彰久だけが能面《のうめん》のような顔をして、口元だけを綻ばせて笑っていた。

「あ、あの……」

なにかあったのだろうか。鈴菜が尋ねようとすると、彰久はくるりと踵《きびす》を返して、寝殿の階《きざはし》へと向かっていく。

「風が冷たくなってきたようだね。そろそろ部屋に入ろうか。鈴菜の君」

彰久は有無《うむ》を言わせず笑顔のまま歩いていった。

「先ほどのお話は、どういう意味だったのでしょうか」

豊成を焚きつけた……と聞こえた気がする。

しかし、彰久はそのことに関して、まったく答えようとしない。

「大した話ではないよ。それよりも、碁《ご》は好きだろうか？　双六《すごろく》もあるが、どちらがいいかな」

彰久は先ほどのことをまったく取り合うことなく、そう言って話を変えると、鈴菜を自分の部屋に連れて行った。

第三章　就縛の褥

――夜も更《ふ》けた頃。

鈴菜《すずな》は御帳台《みちようだい》の中にある土敷《つちしき》へと横たわっていた。頭まで深く衾《ふすま》を被って、きゅっと唇を結ぶ。

昼間には、久し振りに彰久《あきひさ》と共にゆったりと愉しい時間を過ごすことが出来た。だが、今はなんだか寂《さび》しくて、すべてが夢だったような気がしてくる。

「お兄様は……、まだいらっしゃらないのかしら」

夕刻になり出仕した彰久が、そろそろ戻る時刻だ。彼は、今晩も必ず鈴菜の寝所に来ると約束してくれた。しかしまだ外に人の気配はなかった。

夫婦になるには三夜契《ちぎ》る必要があるのだが、彰久は同じ女人《によにん》の元に通ったことはないと聞いている。

鈴菜を妻に娶《めと》ると言ってくれた彰久だったが、気が変わってしまって、もう彼女の元に訪れてくれない可能性もある。初夜《しょや》の恐ろしさに、昨夜あれほど嫌がってしまったのだ。

彰久に呆れられていても仕方がなかった。

鈴菜はずっと不安に駆られ、暗い気持ちに苛《さいな》まれていた、そんな姿を見るに見かねたのか蜉蝣《かげろう》が慰《なぐさ》めてくれたのだが、また心は晴れない。

衾にくるまりながら鬱々《うつうつ》としていると、夕刻のことが思い出される。

彰久と鈴菜が契りを交わしたという話を耳にした藤原豊成《ふじわらのとよなり》が、血相《けっそう》を変えて部屋に押し掛けてきたのだ。

「鈴菜はいるかっ」

見たことのないほど血気《けっき》溢《あふ》れる様子の豊成を前に、鈴菜は真っ青になってしまっていた。

「は……はい……」

すると豊成は、彼女の腕を摑《つか》むと、たおやかな身体を抱き寄せ、顔を覗き込んでくる。

「彰久とお前が、ち、ち、契ったのだと聞いたぞ！　私に、まだ結婚など考えられぬと文を言づけてきたばかりではないか。……まさか、無理強《むりじ》いされたのか」

今にも怒鳴り散らしそうな豊成に、鈴菜は必死に訴えた。

「お放しくださいっ。無理強いなどされていません。私はずっと彰久お兄様のことをお慕いしておりましたから……」

鈴菜の言葉に、豊成は苦虫《にがむし》を嚙《か》み潰したような表情を浮かべ、ぶるぶると震えていた。

「噂は本当だったのだな。……しかし、鈴菜の君が、朝方に塗籠《ぬりごめ》へと閉じ籠もっていたと聞いたのだが、彰久を拒んでのことではないのか。正直に話せ！」

「……初めてだったので、皆と顔を合わせ辛かっただけです。そんなことを大声でおっしゃらないでください」

鈴菜が真っ赤になると、豊成は狼狽《ろうばい》した後、唐突に意気消沈《いきしょうちん》する。

「それでは、なんの問題もないのか？　望みもせんのに無理強いされているというなら、二度とここには訪れぬようにと、彰久に言って聞かせることもできるのだぞ」

ふいに、昨夜彰久が告げた言葉が思い出された。彰久を拒めば、豊成が彼女を得るために、部屋に忍んでくるという恐ろしい話だ。

鈴菜は豊成の胸を、力の限り押して引き剝《は》がして距離を取った。そして毅然《きぜん》として言い返す。

「私は、左大臣様《ひだりのおとど》や月草様《つきくさ》がお許し下さるのであれば、彰久お兄様に娶っていただきたいと願っております……。だからどうか、なにもお尋ねにならないでください」

鈴菜の言葉を聞いた豊成は、忌々《いまいま》しそうに顔を歪《ゆが》め、歯を食い縛る。そして踵《きびす》を返した。

「まだあと二夜ある。なにか気に病むことがあれば必ず儂《わし》に言うのだぞ」

そうして、豊成は嵐のようにやって来て、唐突に帰ったのだ。

豊成が帰った後も、強く摑まれた腕がまだじんじんと痺れてしまっていた。袖《そで》を捲《まく》って見てみると、そこには赤い痕《あと》が残ってしまっていた。

「……っ」

もしも昨夜、鈴菜の元に彰久が忍んで来なければ、杞憂《きゆう》ではなく本当に豊成が夜這《よば》いに来ていたのではないかと、思えてならない。

鈴菜は豊成が帰った後も、ずっと身体の震えが止まらなかった。

そしてその後、女房たちは、今夜のために精をつけなければならないと言って、鈴菜のために豪勢《ごうせい》な夕餉《ゆうげ》を用意してくれた。

食べきれぬほど、塔のように盛られたご飯。鯛《たい》や鮑《あわび》や、干蛸《ひだこ》。そして雉子《きじ》や貝《かい》。これらを酢《す》や魚醤《ぎょしょう》などをつけて食べるのだが、不安と緊張のせいか、朝に続いて夜も僅《わず》かばかりしか口にすることができなかった。

唯一、食べられたのは菓子《かし》として添えられていた干棗《ほしなつめ》だったのだが、あれは蜉蝣への文を届けさせないために、彰久の従者《じゅうしゃ》である有馬《ありま》が携《たずさ》えてきたものではなかったのだろうか。

鈴菜も蜉蝣を裏切る女房たちに荷担《かたん》したことになるのではないか？　そんなことを考えていると、刻々と夜が更けていく。

だがいつまで待っても、彰久は現れなかった。

やはり鈴菜を妻にすると言ったのはただの戯言《ざれごと》で、彰久にとっては一夜限りの戯《たわむ》れだったのだろうか。

そんな考えに囚《とら》われ始めると、鈴菜の瞳に涙が滲《にじ》み出してしまう。

——だがそのとき。

御帳台の帳《とばり》の向こう側から声が聞こえてくる。

「鈴菜の君《きみ》。……起きているかい」

それは彼女が待ち侘《わ》びていた彰久の声だった。

「彰久お兄様！」

鈴菜は思わず嬉々《きき》とした声を上げる。

「入るよ」

一言声をかけると、彰久は御帳台の帳を上げて姿を現した。

鈴菜は横たえていた身体を起こして、彼に泣きそうな笑顔を向ける。約束を違《たが》えることなく、彰久が来てくれた。そう思うだけで、目頭が熱くなってしまっていた。

「どうした？　泣いていたのかい」

彰久は鈴菜の側に腰を下ろして、そっと眦《まなじり》に手を伸ばした。

「もしや誰かに苛《いじ》められたのではないだろうね」

誤解してしまったらしい彰久に、鈴菜は軽く首を横に振って答える。

「お兄様が、今夜はもう来られないのだとばかり考えていました」

正直に告白すると、彰久は怪訝《けげん》そうに眉根《まゆね》を寄せた。

「私の誠実さを疑っていたのか。それはただの杞憂だよ。私は人と交わした約束を、身勝手に破ることなどしない」

夫婦の契りを交わそうとしているのに、心根《こころね》を疑ってしまったのだ。彰久が不愉快に思うのも当然だろう。

「申し訳ございません。夜が更けると、やはりお心変わりされてしまったのではないかと……」

消え入りそうな声で答えると、彰久は小さく笑ってみせる。

「一度自分の部屋に戻って着替えていただけだよ。参内《さんだい》するための衣装を、昨夜のように汚してしまっては困るだろう」

返された言葉に、鈴菜は真っ赤になってしまう。

確かに彰久は昨夜のような出仕時に身に纏《まと》う束帯《そくたい》姿ではなく、邸《やしき》の中で過ごすときのような二藍《ふたあい》の直衣姿だった。

「私は約束を違えたりしない。明日の夜も必ずここに来るつもりだ」

「彰久お兄様。ありがとうございます」

鈴菜が嬉しさから、顔を綻《ほころ》ばせる。すると、それを見つめた彰久は途端《とたん》に、意地悪な顔つきになった。

「それほどまでに待ち侘《わ》びていたのなら、着いて早々だが、あなたの願う通りに、この手に抱くことにしようか」

鈴菜は彰久が訪れてくれないことを不安に思っていただけだ。彼に早く抱かれたいと願っていたわけではない。

言い訳しようとする鈴菜に、彰久は密かな笑みを浮かべながら言った。

「自分で脱いでごらん」

微笑んでいるはずなのに、どこかその瞳は冷たい。まるで感情などない人形のような眼《まな》差《ざ》しで彰久はこちらを見つめていた。

「……っ」

まさか、そんなことを命じられるとは思ってもいなかった。鈴菜は身体を強張《こわば》らせ、息を飲みながら、ぎゅっと小袖《こそで》の袷《あわせ》を摑む。

「あ、あの……。蜉蝣が、お酒を用意してくれたのです。召し上がられますか」

「酒を？」

話を変えようとした鈴菜に、彰久は怪訝そうに尋ね返す。

「はい。とても美味《おい》しいお酒だと聞いています。良かったら……」

そう言って、枕元近くに置かれていた酒の器に手を伸ばそうとするが、それを遮《さえぎ》られる。

「どうして、こんなものを……」

彰久は不愉快そうに眉根を寄せる。

「気持ちを和らげるには、ちょうど良いのではないかと……」

酒で羞恥《しゅうち》を誤魔化《ごまか》そうとしたことを、どうやら彰久は見抜いてしまっているらしかった。

彼は酒の置かれた膳《ぜん》を押し退け、鈴菜を立たせる。

「必要ないよ。……そんなものを口にしたら、あなた自身の温《ぬく》もりや馥郁《ふくいく》たる甘い香りが解らなくなってしまうだろう。……酒など口にせず、そのまま脱いでくれないか」

やはり自らの手で帯を解かなければならないらしい。

鈴菜は仕方なく、自分の穿《は》いている緋袴《ひばかま》の帯に手をかける。しかし、彰久の値踏《ねぶ》みするような視線を感じて、鈴菜の手が覚束《おぼつか》なくなってしまう。

「お望みの通りに自分で帯を解きますから。どうか後ろを、向いていていただけませんか」

今にも消え入りそうな声で鈴菜は訴えた。

「ああ。もちろん。女人が衣装を脱ぐ姿を、不躾《ぶしつけ》に見物するような失礼なことをしてはいけないな」

彰久は背を向けてくれたのだが、鈴菜は自分も後ろを向いた。そして濃き紅の袴や小袖を脱ぎ捨てていく。

静まり返った御帳台の中で、しゅるしゅると衣擦れの音だけが響いて、呼吸することすら憚《はばか》られてくる。

息苦しくて、胸が壊れそうで、このまま倒れてしまわないことが不思議なぐらいだ。

震える手を動かし続け、ついに鈴菜は生まれたままの姿になる。だが、彰久に声をかけることができない。鈴菜は自らの手で、まだ熟《う》れきってはいない胸の膨らみを隠し、ぎゅっと瞼《まぶた》を閉じる。

すると、衣擦れの音が聞こえなくなったことに気づいたのか、彰久が尋ねた。

「衣は、すべて脱ぎ終わったのかい」

「は、はい……」

鈴菜が緊張のあまり素《す》っ頓狂《とんきょう》な声を上げると、彰久がこちらを向く気配がした。

長く伸ばした黒髪に背中が隠れているとはいえ、身ひとつの心許《こころもと》ない姿だった。

今すぐこの場から逃げ出したい気持ちを抑えていると、彰久が言った。

「髪を、片方に寄せて胸の方へ流してみてくれないか」

そんなことをすれば、隠すものがなくなり、背中やお尻が見えてしまう。

「え……」

鈴菜は狼狽するが、いつまでもこうしているわけにもいかない。

「……わかりました……」

仕方なく右肩の方へ髪を流すと、彰久の手が背中にそっと触れた。

「……あ……っ」

彼の指先の思わぬ冷たさに、ひくりと身体が引き攣《つ》る。冬はとうに終わっていたが、夜になると気温が下がり、ぐっと冷え込む。外から戻った彰久の身体は、そのせいで冷たくなってしまっているらしい。

「知っているか。あなたのここには黒子《ほくろ》があるということを。自分では見えない場所だから知らないだろう?」

そんな場所に黒子があるなんて、鈴菜も知らなかったことだ。彰久だけが知っているのだと思うと、羞恥から身体に震えが走る。

「どうしたんだい?　肌が粟立《あわだ》っているようだけど」

そう尋ねてくる彰久の声は、ひどく楽しげな色を宿しているように聞こえた。

「お兄様の指が、思っていたよりもずっと、冷たかっただけです」

動揺を知られたくなくて、鈴菜は虚勢《きよせい》を張って、つんと顔を反《そ》らして言い返した。すると、彰久は後ろから彼女のお尻に、唇を押しつけてくる。

「……っ！」

唇の柔らかな感触が肌の上を這い、擽《くすぐ》ったさに裏腿《うらもも》が引き攣ってしまう。

「冷たさに驚かせてしまったのか。すまないね。……良ければ温めてくれないか。あなたのその身体で」

「……っ」

艶を帯びた低い声で彰久に囁《ささや》かれただけで、身体が反応しそうになるのを、鈴菜は懸命《けんめい》に堪える。そうしている間にも、彰久は後ろから鈴菜の臀部《でんぶ》を左右に開いて、媚肉の間に舌を這わせ始めた。

生温かく濡れた舌が、湿った陰部を這いずる感触に、声を漏《も》らしそうになる。

「……お兄様……。なにを……」

悲痛な声で訴えると、逃れられないように腰が摑まれた。

「あなたを抱く前に、濡らしているだけだが。いけないのか？」

平然とそう言い放たれ、もうなにも返せなくなってしまう。もしも彰久に逆らえば、今以上に恥ずかしい行為を強要される気がした。

「……っ」

鈴菜は息を飲み、じっと大人しく堪えていた。すると彰久は、彼女を犬のように土敷《つちしき》に這わせ、彼女の柔らかなお尻の肉をいやらしい手つきで撫《な》で回していく。

「……っん……、んんぅっ、そ、そんな場所に……」

優しくそっと肌の上を辿《たど》る冷たい指先に、いっそう身体が震え始める。

「足をもう少し開いてくれるかい。ほら、その方がちゃんと奥まで見えるよ」

「っ!?」

淫らな場所を、殿方《とのがた》である彰久に見られたくなどない。

鈴菜はそう言い返したかったが、恥ずかしさのあまり咽頭《いんとう》が震え、上手く声がでない。

恥辱に堪えている間にも、鈴菜の色白い太腿《ふともも》が摑まれ足が開かれた。そして、さらに奥深くまで彰久の長く熱い舌が這わされていく。

「や……っ、う、嘘……。お、お兄様の舌が……。私の……っ」

花びらのような突起に囲まれた緋珠《ひじゅ》が、包皮《ほうひ》を剝《む》かれる。赤く震える突起を、ぬるついた舌で擽る動きで淫らに舐《な》め上げられると、激しい疼《うず》きが身体を駆け巡り始めた。

「ふ……、はぁ……、あ、あぁ……っ」

助けを乞うような切なく苦しい喘ぎが、鈴菜の唇から洩《も》れる。すると彰久は、いっそう執拗に肉芽を舐めしゃぶり、彼女の欲望を煽《あお》っていく。

「……お、お兄様……。も……、お止めくださ……っ」

がくがくと膝が震えてしまっていた。寒さからではない。甘い痺《しび》れが身体中を這いずり回り、腰が抜けそうになってしまったのだ。

「まだ濡らし終えてはいないよ。もう少し、堪えておいで」

そう言って彰久は長い舌を、昨夜散らされたばかりの蜜孔にまで伸ばした。そして、ぬちゅぬちゅと音を立てながら、疼く源泉《げんせん》を抉り始める。

「ん……、んぅ！」

柔らかい粘膜《ねんまく》を蠢《うごめ》く熱い舌で擽られ、背筋にまで痺れが走り抜けていく。

「……はぁ……っ、ん、んふ……、あぁ……っ！　し、舌……は、……ぬるぬるして……、だ、だめです……、どうか……もぅ……」

鈴菜は苦しげに顔を歪め、喘ぎを殺そうとした。だが、戦慄《わなな》く唇の間から、あられもない嬌声《きょうせい》が洩れてしまう。

「昨夜までは男を知らぬ身であったというのに、私の舌で舐められただけで、こんなにも感じるようになったのかな。物覚えのいいことだね。驚いてしまうよ」

内腿《うちもも》に熱い吐息が吹き掛けられただけで、ぶるりと身震《みぶる》いが走った。

「し、知りませ……」

鈴菜は微かに首を横に振り、彼の言葉を懸命に否定する。しかし彰久はさらに、淫らな言葉で責め立ててくる。

「ではたった今から知ればいい。……これが感じているという証だ」

溢れた蜜が彰久の指で掬《すく》い上げられ、鈴菜の媚肉の間にある花芯が擦りつけられていく。

「それにしても、綺麗な色だね。……だが私が、あなたを毎日抱いていれば、いやらしくも淫らな色に染まっていくだろう。楽しみだとは思わないか」

そのような問いかけに、大人しく頷《うなず》けるわけがなかった。

「……、いや……っ。もぅ……っ、お赦《ゆる》し……くださ……」

がくがくと震えながら、鈴菜が訴える。すると、彰久は秘肉を嬲る舌を止めた。

「そんな風に怯えられては、私が非道《ひどう》な人間に思えてしまうよ。……ほら、そのまま待っておいで」

鈴菜が怯《おび》えた表情で後ろを窺うと、彰久が、ばさりと音を立てて無造作に袍《ほう》を脱ぎ捨てる姿が見えた。そして袴の腰紐《こしひも》を解いて寛《くつろ》げていく。すると、白い褌《ふんどし》に包まれた雄芯が露わになる。

「ひ……っ」

彼には不釣り合いな卑猥《ひわい》さに、鈴菜は息を飲む。

すると艶を帯びた視線を向けられ、彼女は慌てて顔を背《そむ》けた。

「覗き見していたのか？　いけない子だな。それとも、早く欲しがっているあなたを待たせ過ぎたのだろうか」

ぐりっと強く男の肉茎を薄い布越しに押しつけられ、鈴菜は石のように身体を強張《こわば》らせてしまう。

「……ほ、欲しくなどありません……、どうか……どうか私のことはもう捨て置いてください……」

そのまま彰久は、彼女の身体を後ろから抱きかかえ、自分の膝《ひざ》に座らせた。

背中に当たる彼の単《ひとえ》の感触にすら、鈴菜は戦慄《せんりつ》を覚える。

「涙を零すほどに、私を待ち侘びていた割には、冷たいことを言うね。……まったく嘆かわしいことだな」

震える身体を彰久に抱き竦められ、背中側から鈴菜の小さな胸の膨らみが柔らかく掬い上げられた。

「お、お兄様にお会いしたかったのは確かです。でもこれは、……こんなことは望んではおりません……。わ……私はいやです……」

身を捩《よじ》って逃れようとする鈴菜の耳朶《じだ》に、彰久は唇を寄せて、そっと囁く。

「嫌？　違うだろう？　あなたは、私に早く抱いて欲しいだけだよ」

甘く掠《かす》れた声に、身体の奥底から疼きが迫り上がってくる気がした。

「……違……います……。わ……私は……」

鈴菜は彰久に抱いて欲しかったわけではない。ただ会いたかっただけだ。

そう言い返そうとした。だが、いつの間にか固く尖っていた胸の先端を、彰久の指に強く抓《つま》み上げられ、びくりと鈴菜は身体を跳《は》ねさせる。

「や……っ！　ん、んぅ……」

熱く火照《ほて》り始めた肌が、総毛立《そうけだ》っていた。彰久の手から逃れようと身を捩るが、彼を振り解けない。

「間違いではないよ。……ほら心地良いなら、もっとして欲しいと素直に言えばいいのに」

それどころか、執拗《しつよう》に指の間で乳首が擦りつけられ、強く引っ張られる。

すると、びくりと身体が跳ねて、小さな胸の膨らみの上にある、いやらしい突起が命を宿した別の生き物のように思えてくる。

「……いやぁ……、お胸引っ張っちゃいや……」

鈴菜は肩口を揺《ゆ》らして懸命に訴えた。

しかし抗《あらが》おうとする彼女の耳に、彰久の密《ひそ》かな笑い声が聞こえてくる。

「そのように愛らしい言い方をされては、よけいに触れたくなってしまうな」

爪で掻くようにして乳首が弄《いじ》り回され、側面を摘《つま》んで上下に揺すられる。その繰り返しに、次第に鈴菜の息が乱れ始めた。

「はぁ……っ、ふ……ぅ……。んぅ……。も……、意地悪しないで……くださ……い……。お兄様……」

息を乱しながら、彰久を非難するが、彼の手は止まらない。それどころか、いっそう嬲る手つきが激しくなっていく。

「あ、ふ……っ、やぁ……」

コリコリと押し潰すように胸の側面が指の腹で擦りつけられると、湧《わ》き上がる快感に声が乱れてしまう。

「ここを強く引くと痛いのか」

ふたたび、きゅっと強く乳首が引っ張られる。

「ひっん……。……い、痛いです……」

胸を揺らしながら、泣き濡れた声で訴えた。すると、彰久はふっと笑って言った。

「あなたの身体がまだ幼いせいだね。……だが、今からこうして揉んでいれば、大きくなっていくよ。安心するといい」

揉めば胸が大きくなるという淫らな言葉に、鈴菜は頰《ほお》に朱を走らせる。

「……お、幼くなど……」

鈴菜はもう成人となった身だ。幼くなどない。そう言い返したかったが、胸も小さく、柔らかな肉感のない腰をしていた。この未熟な身体では殿方を喜ばせるのは無理だろう。

「ああ。あなたは裳着《もぎ》をすませたのだから、もう大人だったな。それは悪かった。……しかし、わずかばかり胸を弄られただけで、泣き言を口にするから、……つい……ね」

身も心も幼いと言われている気がして、反骨心《はんこつしん》が湧き上がってくる。

「……っ!　大丈夫……ですから……」

瞳を潤ませながら後ろを振り返り、彰久に訴えた。

「どうかしたのかい」

しかし、意味が解らないとばかりに首を傾げられてしまう。

「お好きなだけ……、弄って……いただいても……」

鈴菜は瞼を伏せる。だが声を掠れさせながらも、彰久に誘いをかけた。これで拒絶されたら、もう彼の妻にして貰うことはできないだろう。

「どこを」

「……お、……、お胸……です……」

穴があれば入ってしまいたかった。あまりの恥ずかしさに焼け落ちそうなほど顔が熱くなっていく。すると、真っ赤になった鈴菜を見つめながら、彰久が苦笑いを浮かべた。

「おやおや。強がって……」

彼は懸命に虚勢を張る鈴菜に気づいていたらしい。しかし今さら引き返せない。

「強がってなどおりません。……平気です」

きゅっと固く瞼を瞑《つむ》り、彰久の手首を摑み、胸に自ら触れさせた。しかし怯えは隠せず、鈴菜がカタカタと震えていると、彰久がふっと笑ってみせる。

「そうか。ならばあなたの言うように、私の好きなだけ弄ってみようか」

弧を描くようにして、巧みな指遣いで、鈴菜の胸の膨らみが揉みしだかれていく。

「ひ……ぁ……っ」

同時に指の間で乳首が擦りつけられ、堪らないほどの愉悦《ゆえつ》が駆け巡る。

「ん、んんぅ……。はぁ……く……ぅ……」

身悶えながらも、声を必死に堪えていると、身体が引き寄せられ、耳朶に彼の唇が這い始める。

「平気だと言う割には、なんだか辛そうに見えるね」

掠れた甘い囁きに、ぶるりと身体が震えた。与えられる快感が、こういった行為に慣れない鈴菜にはひどく恐ろしい。人の心に聡《さと》い彰久が、虚勢だと気づいているのなら、一刻も早く放して欲しかった。

しかし、なけなしの自尊心《じそんしん》が、彰久に赦しを乞うことを拒んで、それが言い出せない。

「……っ、辛くなど……ありません」

こんなことは余裕だとばかりに言い返し、鈴菜は顔を逸らした。

「そうだな。あなたは立派な大人だ。……どんなことにも堪えられるはずだ」

甘い声で彰久はそう言うと、彼女の下肢《かし》に手を伸ばしていく。

「やぁ……ぅ……」

鈴菜の滑らかな腹部を辿り、太腿の間に伸ばされた彰久の長い指の感触に、思わず喘ぎ混じりの声が洩れる。

「なにか言ったのかな」

じっとりと濡れた割れ目の間に指を這わせ、淫らな突起を探りながら、彰久が尋ねた。

固く膨れた鋭敏《えいびん》な突起を、彰久の指の腹が掠《かす》め、びくりと身体が引き攣った。

「は……っ、ん……っ。……な、なにも……」

身体を駆け巡る痺れを堪えながら答えると、濡れそぼった花芯が押し潰すように嬲《なぶ》られ始める。

「……ん、んぅ……っ」

彰久に後ろから抱えられたまま、鈴菜は湧き上がる愉悦に懸命に耐えていた。しかし、どうしようもなく身体が痙攣《けいれん》してしまう。そんな彼女の腰に片腕を回し、彰久は下肢の淫らな突起を捏《こ》ね回しながら、満足げに頷く。

「そうか……。それなら良かったよ。胸がもう大丈夫なら、ここも平気だろう。私を受け入れられるね？」

「……い、痛いのは……」

昨夜に受けた、下腹部の中心から引き裂かれるような鈍い痛みが生々しく脳裏《のうり》を過ぎり、鈴菜は身体を竦み上がらせた。

「昨夜ほどは痛まないと思うよ。……もう、あなたの身体は男を知っているのだから」

ちゅっと首筋に口づけられ、濡れそぼった蜜口に、長い指がめり込まされていく。

「……くんっ……。……は、はぁ……っ」

腰をくねらせ、その指から逃れようとするが、彰久の力は強くて、離れられない。逃げるどころか、いっそう強く抱き寄せられ、彼の固い胸に背中を押しつける格好になってしまう。

「ほら、ここに、私の一部が入ったんだ、解るかい」

昨夜の肉茎の大きさを思い出させようとしているのか、大きく襞《ひだ》が押し開かれ、ひやりとした空気が体内に入り込む。

「……は……っんぅ……。あ……はぁ……っ。わ、……解りま……したから。ど……、どうか、……お兄様……もう、なにも……、なにもおっしゃらないで……ください……」

指で襞を開かれるたびに、とろりとした粘液《ねんえき》が蜜口から溢《あふ》れ出していく。その感触に身震いが止まらない。疼くような感覚が下肢から迫り上がり、鈴菜は切なげに眉根を寄せた。

「おや？　御託《ごたく》など必要ないから、早く抱いて欲しいとでも？」

もう一本、彰久の長い指が増やされ、ぬぶりと内壁の奥深くに押し込まれる。そのまま襞を擦りつけながら、掻き回された。

力の抜けた鈴菜の身体が彰久の膝の上で抱えられる。そして彼女の熱く濡れそぼった粘膜が、彰久の淫らに蠢く指で嬲られていく。

「ん……、んぅ……。はぁ……、はぁ……っ。ち、違……いま……す……っ」

彰久の骨張った長い指で、淫らな蜜口を押し開かれながら、同時に掌《てのひら》でぬるぬると緋珠が擦り上げられていく。

じんとした疼きが、容赦なく鈴菜の身体を駆け巡り、肩口がゆれてしまう。そのせいで、黒く艶やかな長髪が乱れていた。

「ん……、んぁ……」

顎を上げて白い喉元を晒《さら》しながら、彰久の膝の上で仰《の》け反《ぞ》る鈴菜の熱を、彼はさらに煽《あお》っていく。のた打つ身体が恨めしいほど、熱くて息苦しい。

「違わないだろう。ほら、見てごらん。あなたの身体から溢れ出した蜜が、私の袴を汚してしまっている。早く抱いて欲しくて、堪らないのだという証だ」

花びらのような突起を掌で、緩急《かんきゅう》をつけて撫で擦られ、同時に震える粘膜を掻き回される感触に、どうしようもなく身震いを覚える。

「ちが……違います……。……く……っん、……はぁ……、あぁ……っ」

彰久の言葉を否定しながらも、鈴菜は溢れる劣情を抑えることができない。

「なんども同じことを言って聞かせねばならないのか？　……無垢《むく》なふりをしながら、鈴菜の君はなんて、いやらしい子なのだろうね。……束帯から着替えて来たのは間違いではなかったな」

鈴菜から滴《したた》り落ちる蜜が、半脱ぎになっている彰久の袴を汚してしまっていた。

申し訳なさと羞恥で、鈴菜は泣きそうに顔を歪める。

脱ぎ捨てた自分の小袖を手繰り寄せ、はしたない自分の身体を今すぐすべて隠してしまいたかった。

「……あ、彰久お兄様も……、お脱ぎになられれば、……よろしいでしょう……。私ばかり……裸になさるのは……ひどいです……」

昨夜も彰久は肌を晒さず、鈴菜だけを裸にしていたことが思い出される。

そのことが彰久からの拒絶のように感じられて、鈴菜はついそのことを非難してしまう。

すると、その言葉を聞いた彰久が、薄く笑うのが耳元で感じられた。そして彼は悪戯《いたずら》な声で鈴菜に尋ね返す。

「鈴菜の君は、私の肌が見たいのかい」

告げられた言葉に、鈴菜は目を瞠《みは》る。

「……そのような意味では……ありません。私は……ただ……」

なにもかもすべてを晒しているのが、自分だけだということが悲しかっただけだ。

彰久の裸体が見たかったわけではない。必死に言い返すが、彰久は聞く耳を持たない。

「いけない人だな。……女人の口から裸体を晒せなど、嘆かわしい」

「違うのだと言っております……、どうか、おやめください！」

首を横に振って、真っ赤になりながら言い訳すると、彼は喉の奥で笑いを堪えながら言った。

「それは私の肌など見たくないという意味なのかい」

彰久のすべてが知りたいと思うのは、いけないことなのだろうか。

——しかし、ただなにも包み隠さない彼の裸が見られればいいというものでもない。

返答に困って、鈴菜はただ黙り込んでしまう。

「一度にすべてを知ってしまっては、楽しみがなくなるだろう？　追々《おいおい》、明かされるのも、悪くはないものだと思うよ」

彰久はまるで謎かけでもするようにそう言うと、鈴菜のふっくらと膨れた媚肉を、指で左右に開く。

蜜口を露わにされ、鈴菜は動揺から、カタカタと身体を震えさせた。

「あ、あの……っ」

彼の指先の感触に悦《よろこ》んだかのように、鈴菜の濡襞《ぬれひだ》が、ひくひくと痙攣する。

「ほら、あなたの艶めかしい襞のように……、あなたもいつかこうして、私のすべてを暴いてみればいい」

ひどく感じやすい花芯が拡げられた媚肉のせいでじんじんと疼いていた。

「……んぁ……、あ、あぁ……っ」

彰久の中指が蜜口に押し込まれ、激しい抽送《ちゅうそう》が始まると、鈴菜の背筋に甘い痺れが走り抜けていく。

「こうして隠された場所ほど、興味を惹き、暴きたくなるものだよ。……誰も知らない深淵《しんえん》の果てまで……ね」

赤く疼く襞の中まで見透かされているかのような言葉に、鈴菜はいやいやをするように顔を横に振る。

「やぁっ、や……っ、もう……。お願いですから……っあ、あぁ、あぁっ！」

なにも言わないで欲しいと、訴えかけようとした。しかし、その声は喘ぎに変わってしまう。

「お兄様……っ、んぅ……ん、んっ」

ひくひくと震える襞が、彰久の指をきゅっと物欲しげに咥《くわ》え込み、淫らな愉悦を湧き上がらせていた。溢れる唾液を嚥下《えんか》する、その行為にすら身体が甘く痺れてしまう。

「ああ。あなたの中がうねっている。早く欲しいと身体で強請《ねだ》っているのか」

欲情を帯びて掠れた彰久の声が響いて、腹の奥底からぞくぞくとした感覚が込み上げてくる。

「……お、おかし……な……ことを、言わな……ぃで……くだ……っ」

身を震わせ、のた打つように身体を引き攣らせながら、鈴菜は必死に訴えた。

「おかしなことではないだろう。あなたがこれを望んでいると教えて上げているだけだよ」

グリッと固く熱い感触がお尻の割れ目に押しつけられる。

それは欲情して固くそそり勃《た》った雄の肉芯だった。

「……い、いやぁ……っ」

膣肉《ちつにく》を開いていた彰久の指がずるりと引きずりだされた。そして、蜜に塗《まみ》れた彼の指先が目の前に晒される。

「私の指が、鈴菜の君の淫らな身体のせいで、こんなにも濡れそぼってしまったのが、見えるかい」

目を逸らそうとするが、無理やり顎を掴まれ、そちらに顔を向けさせられた。

「ほら、目を逸らすのではないよ。……おかしなことを言っているのは、あなただと自覚するべきだ。偽りばかりを口にして」

泡立って白濁《はくだく》している粘液が、彰久の指をいやらしく濡らしていた。

恥ずかしさから鈴菜の胸の鼓動は速まり、締めつけられるように苦しくなってくる。

「弄られるのが、気に入ったのだろう？　だからこそ、こんなにも濡れているんだ」

なにも反論できなくて、鈴菜が瞳を潤ませながら、びくびくと身を震わせると、華奢《きやしゃ》な首元に彰久の顔が埋められる。

「いい匂いだ。やはり、あなたの肌は甘い香りがするね。……それに昨日よりも身体が熱い。早く、その身体の疼きを沈めたいとは思わないか。鈴菜の君」

甘い声音《こわね》で誘われ、くらくらと眩暈《めまい》がしてしまう。

「知りませ……ん。……もっ……もう……、お願いですから」

鈴菜はただ、泣き濡れた声で訴える。

「ああ。そうだね。私もこのままでは辛いよ」

すると彰久から、彼女の意図とは反した答えが返された。

鈴菜はもう許して欲しかっただけだ。行為の続きを要求していたわけではない。

彼は白い褌から、固く屹立した肉棒を引き摺り出す。そして、鈴菜の媚肉の間に押し当てた。熱く滾《たぎ》った肉棒の感触に、身震いが走る。

「……ひ……っ」

子供に小水《しょうすい》でもさせるように、後ろから鈴菜の両足が抱えられた。脈打つ固い肉棒に、溢れた蜜を纏わせるように、腰が揺らされる。

すると、ぬるぬるとした感触が媚肉の間に擦りつけられ、鈴菜は身体を強張らせた。

「や……っやぁ……怖いです……。赦して……、お、お兄様っ」

このままでは昨日と同じように、引き裂かれてしまう。悲痛な声で訴えるが、彰久は聞こえないとばかりに、鈴菜の言葉を無視した。

「さあ。そろそろあなたの中に挿《い》れてしまおうか」

耳元で囁かれ、恐ろしさから必死に首を横に振る。

「……っ！　無理……です……」

鈴菜の脳裏《のうり》を過《よ》ぎったのは、固く太い雄の肉茎に、濡襞を引き伸ばされた痛みの記憶だ。

「大丈夫だ。……昨日もちゃんと、この狭い孔《あな》の中に受け入れられただろう」

彰久は自分の欲望だけを追求し、腰を揺さ振るような真似《まね》などしなかった。しかし、拡げられた襞の痛みは、一晩で簡単に忘れられるものではない。

「……どうか、お見逃し……ください……っ」

しゃくり上げながら、怯える鈴菜の足を開かせたまま、腰を落とさせると、彰久は彼女の手首を掴み、強引に自分の肉棒に押しつけた。

「ほら、触れてごらん」

「ひぁ……っ」

指先に当たったのは、生まれて初めて触れた男の性器だ。硬直する鈴菜の手の甲を、上から包み込むようにして、彰久はその肉棒を強引に握《にぎ》り込ませた。

「いや……っ、いやぁ……っ」

まるで意志を持った生き物のように、どくどくと脈打つ感触が指先から伝わってきて、鈴菜は身体を揺らしながら逃れようとする。

「……ひ……っう……。う……ぁ……っ」

しかし彰久は、逃げることを許さない。そして、怯えきった鈴菜に尋ねた。

「あなたは、私が怖いのか。……それとも、触れたくもないような存在だと？」

「……それは……」

淫らな場所を握り込まされ、尋ねられるような言葉ではないと、平静ならば気づけたかもしれない。しかし鈴菜は、動揺のあまりただ首を横に振ることしかできなかった。

彰久が怖いなどとは、欠片《かけら》も考えてはいない。ずっと想いを寄せていた彼に、触れたくないはずがない。それを伝えたかった。

「声を……上げて……しまうことも、……ふ、触れられることも、……すべてが……は……恥ずか……しい……のです……、ですから……」

すると彰久は、この上なく愉しげな声で尋ねてくる。

「それでは、あなたが私から逃げようとするのは、恥ずかしいという理由だけなのか？」

鈴菜は赤い唇を噛みしめ、瞳を潤ませながら小さく頷く。

「でも慣れなければね。……私たちは夫婦になるのだから。子を生《な》すことは恥ずかしい行為ではない。とても尊《とうと》い行為だ。それを忘れてはいけないね」

怯える鈴菜を優しく言い含めると、彰久は彼女の粘膜を押し開き、脈打つ肉棒が咥え込まれていく。

「……ほら、ここに私の精を注いで、あなたは子を孕《はら》むことになる」

ぬぶりと固い切っ先が濡襞を割って飲み込まれていった。そして鈴菜の狭い膣洞を埋め尽くす。押し広げられた襞が、異物を押し返そうとするかのように収縮する。

しかし、熱く固い凶器のような肉棒は、鈴菜の膣肉を押し開き、深く穿《うが》たれていく。

「ひ……っ！　あっ、ああっ」

得も言われぬ感触と迫り上がる疼痛《とうつう》に、鈴菜はぶるりと身震いした。

「……お、お兄様……怖い……っ」

身体の中で肉棒が蠢く、慣れぬ感触に怯え、鈴菜は掠れた声で訴える。しかしびくびくと跳ねる身体が彰久に掻き抱かれ、揺すり立てられ始めてしまう。

「あっ……く……、んぅ……っぅ、ふ、あ、あぁッ……」

昨日与えられた引き裂かれるような痛みは感じなかった。代わりに、じくじくとした鈍く淫靡《いんび》な疼きが、肉棒を抽送されるたびに、這い上がってくる。

「……ひぁ、あ、あぁ……っ！」

熱せられた棍棒《こんぼう》を突き上げられているかのような感覚だった。華奢な身体をのた打たせ、鈴菜が身体をくねらせる。すると、彰久は後ろから、ぐっと彼女を抱き寄せ、蜜を掻き出すように無尽蔵《むじんぞう》に腰を突き上げた。

「昨日はあれだけ痛がっていたのに、辛くはないのか。物覚えのいい身体だ」

くっくっと忍び笑う声が聞こえる。

「……そ、それは……、ん、んぅ……っ」

淫らな身体だと蔑《さげす》まれているような気がして、鈴菜はその笑い声を聞きながら泣きたくなってしまう。

「それどころか、……とても具合が良さそうだね。私が邸を留守にしている間、宵闇に紛《まぎ》れて誰かに慣らされたのではないだろうな」

探るような声で尋ねられ、鈴菜は真っ青になる。

「してな……、そ、そんなことは、……しておりませ……ん……から……あっ、んぁ……」

言い訳しようとするが、後ろから足が抱えられた。そのまま大きく上下に揺さ振られると、引き攣った淫唇のせいで同時に嬲られた花芯が、激しい愉悦を走らせ、堪らず淫靡な声を上げてしまう。

「やぁっ、お。……お兄様……、いや……っ。そんなに動かさ……で……っ」

咽頭を震わせながら仰け反る鈴菜を、彰久は容赦なく太い肉棒で穿ち続けた。

激しい抽送に白く泡立った蜜が亀頭の根元の窪《くぼ》みに掻き出されていく。

「……は、あっ、あぁっ。いっぅ……ぁ……あぁっ」

熱く滴り落ちる蜜のせいで、接合部分から響く淫らな水音が大きくなり、鈴菜は髪を振り乱すが、彰久は気にした様子もない。

「そういえば、父上がここに来たと聞いたが」

その言葉に鈴菜の身体が強張る。

思わず痣《あざ》ができた場所を隠そうとしたとき。彰久が鈴菜の腕を摑んだ。

「あっ！」

鈴菜の腕が彰久の目に晒される。ちりちりと焼けつきそうなほど鋭い視線だった。

「肌には、なにも痕がないようだから、安堵していたのだが……これは？」

どうやら彰久が、鈴菜に裸になるように命じたのには理由があったらしい。

求愛されてすぐに、他の殿方に目を向けるなど、鈴菜には決してあり得ないことだ。

疑われるなど心外なこと甚《はなは》だしい。

しかし、そのことを悲しむ余裕もないほど、彰久が鋭い声で尋ねてくる。

「早く言うんだ。……それとも、なにか疚《やま》しいことでもあるのか」

そして忌々しそうに、子宮口《しきゅうぐち》を突くようにして、固い切っ先を埋められた。

「ひ……っ！　……さ、昨夜。……彰久お兄様と……契ったのか……と左大臣様が……」

子種を受け入れるための女の秘部をぐりぐりと彰久の肉竿で抉られ、鈴菜は背を仰け反らせながら、色白い肢体《したい》をくねらせる。

「……や……やぁ……、突いては……だめで……、い……ん……あ、あぁっ」

蜜壺《みつつぼ》のような肉洞《にくほら》を、脈打つ肉棒が埋め尽くす。接合部分から止めどなく粘着質《ねんちゃくしつ》の雫《しずく》が、むっとするほど豊潤《ほうじゅん》な雌の匂いを放っていた。

身体の奥から昂《たか》ぶる熱と、淫らな匂いに、鈴菜はくらくらとした眩暈を覚える。

「父上も、あなたにわざわざ新枕《にいまくら》についてお尋ねになるとは無粋だな。もしや、あなたがどんな風に抱かれたか聞きたかったのではないのか。それなら私の元に来ればいいものを」

固く隆起《りゅうき》した肉棒を揺さ振りながら、彰久は呟く。鈴菜はその言葉を耳にした瞬間、身体中に朱を走らせた。

彰久の声は、聞きたいのなら夜半《よわ》のすべてを教えてやるとばかりだった。そんなことを口外されては、鈴菜は恥ずかしさのあまり自害することになるだろう。

狼狽する鈴菜の気持ちに、彼は気づきもしない様子だ。そして瞳を潤ませる鈴菜を後ろから掻き抱きながら、彰久は満足げに言った。

「さぞかし父上は悔しがっていることだろうね。自分の欲しかったものが、息子の手にかかったのだから」

「……お、……お兄様……？」

まるで豊成が鈴菜を妻に欲しがっていたから……、ただそれだけの理由で、彼女を手に入れたかのような物言いだった。しかも実の親子だというのに、怨恨《えんこん》を孕んでいるような雰囲気《ふんいき》すら漂《ただよ》っていた。

鈴菜は、そんなはずはないと信じたかった。不安げに彼に呼びかけると彰久は途端に優しい声色で言った。

「ああ。悪かったね。今は父上のことなど、どうでもいい。愛おしいあなたを抱くことに専念しようか」

彰久は肉棒で繋がったまま褥に鈴菜を四つん這いにさせると、後ろから彼女の腰を引き寄せた。

「え……、あ、あの……」

このような淫らな格好など、していられない。そう訴えようとするが、反論する間も与えられず、肉茎が抽送を始める。

膨れ上がった亀頭の付け根にある窪みが、蠢動《しゅんどう》する濡襞を擦りつけながら突き上げられ、そして引き摺《ず》り出されていく。その熱く脈打つ感触に、鈴菜はぶるりと身体を震わせた。

「……んぅ……っ、あ、あ、あぁっ！」

内臓まで突き破られそうなほど鋭く貫かれ、充溢《じゅういっ》した肉洞から蜜を掻き出すように、腰を引かれ、腰が抜けそうになる。

「私が目を放した隙に、こんな風に他の男に痕をつけられるなんて、困った人だな」

きめ細やかな肌の感触を楽しむ手つきで、鈴菜の腹部が後ろから撫《な》で上げられる。ぞくぞくとした痺れが身体を駆け巡り、鈴菜は堪えられずに、自ら腰をうねらせてしまう。

「あぁ……っ！　……くっんんっ」

ずるりと肉棒が引き摺り出された。しかしすぐに、力強く突き上げられる。

与えられる快感に身悶えながらも、鈴菜は必死に言い訳した。

「……ひぅっんんっ！　……強引に……摑まれただけで……は……、はぁ……っ」

「本当に、腕を摑まれただけなのか……」

押し掛けてきた豊成に抱き締められたことが思い出される。ぎくりと身体を強張らせるのを、彰久は見逃してはくれない。

「他にもあるのだろう」

低く艶やかな声が囁かれる。

ぞっと血の気が引いていく。鈴菜は震えながらも、必死に訴えた。

「……だ、抱き締められて……。でも他にはなにも……」

豊成は見たことのないほど恐ろしい形相《ぎょうそう》をしていた。なにか言葉を間違えれば、今にも食いちぎられるのではないかと疑うほどだった。

そのことが、いっそう鈴菜を戦かせる。

「おやおや。御帳台に強引に踏み込まれれば、あなたはそのように簡単に身体を許すのか。ああ。……そういえば、私も同じようなものだったね」

彰久は自嘲気味《じちょうぎみ》に笑う。鈴菜はとんでもないと、ふるふると顔を横に振った。

「左大臣様とは、なにも……してな……です……っん、んんっ」

豊成に抱き締められたときには、渾身《こんしん》の力を振り絞って逃げ出したのだ。鈴菜は大人しく身を任せていたわけではない。

「お兄……様は……、違……あ、あぁっ」

言いかけた言葉が喘ぎに掻き消されてしまう。必死に訴えかけようとする鈴菜を、彰久は容赦《ようしゃ》なく揺さ振り、肉棒を穿ち続けていた。

背後から腰を打ちつけられるたびに、肉のぶつかり合う卑猥《ひわい》な破裂音が、粘着質な水音と混じって静かな部屋に響く。

「なにが違うと言うのかな?」

不実《ふじつ》などしていない鈴菜を責め立てるように、彰久は太く脈打った肉棒をぐちぐちと音を立てながら突き上げ、押し回す行為を繰り返していた。

「……ひ……ぅ……、あ、あぁ……っ。……私が……ずっと、……」

土敷に爪を立てて縋《すが》り付きながら、きゅっと身体を強張らせる。こんな言葉を女人から告げるべきではないのは解っていた。

しかし誤解されて、絡まった状況から脱するには、真実を告げるしかない気がした。

「あなたが、なにかな?」

彰久の声音がますます訝《いぶか》しげになった気がした。鈴菜は紅の塗られた桜の実のような小さな唇をきゅっと噛み躊躇《ちゅうちょ》してしまう。だが、消え入りそうな声ながらも懸命に訴える。

「く……んんっぅ、お、……お慕《した》いして……いた……ので……」

涙がこぼれ落ちそうなほど瞳を潤ませ、真っ赤になりながら告白すると、灼熱《しゃくねつ》の楔《くさび》を打ちつける腰の動きが、ふいに止まった。

「私を? ずっと……?」

彰久は俯《うつむ》いてしまった鈴菜の顔に手を伸ばし自分の方へと振り返らせると、薄い笑みを浮かべた。

「……うれしいものだね。……こんなかわいらしい人が、私のことを想っていてくれたとは、考えてもみなかったよ。その事実を知っていれば、早く私の元に迎えいれたものを」

優しいのに心が伴っていない気がしてならない口調だった。

「……ご冗談……を……んんっ」

反論しようとした鈴菜の膣肉を爆《は》ぜて、固く膨れ上がった肉棒がぬぶりと押し込まれていく。最奥《さいおう》まで貫いた肉茎は、子宮口の入り口で止まり、そのままゆるゆると腰が揺らされ始める。

「ふっ、はぁ……、あ、あぁ……」

華奢な身体を波打たせ、土敷の上で身悶える鈴菜に対し、彰久は肩をすくめて言った。

「本当だとも。……それよりも、鈴菜の君。私を想っていたというのなら、もう少しぐらいは譲歩《じょうほ》できないものかな」

「……?」

頭の芯が朦朧《もうろう》とし始めていた。彰久の言葉の意味がうまく理解できず、彼女は小首を傾げる。すると彰久は、今度は強い口調で言い放つ。

「抗ってばかりいないで、受け入れる努力をするべきだろう」

その言葉に、逃げてばかりいたせいで、呆れられてしまったことに気づいた。

「……も、申し訳……ございません……」

萎縮《いしゅく》した鈴菜がぶるぶると震えながら、詫びを口にすると、彰久が彼女の身体に後ろから覆い被さってくる。

「ほら。怖くなどない」

そして、鈴菜の両手の上から彼の長く骨張《ほねば》った指が絡められ、広い掌が押しつけられた。

重ねられた手から温もりが伝わってくる。鈴菜は歓喜《かんき》から熱い吐息を漏らしてしまう。

「あなたの願い通りにしようか。ゆっくり動いて欲しいのか？　それとも速く？　大きく？」

淫らな行為について尋ねられ、鈴菜は耳まで赤くなって、顔を背けた。

「……し、知りま……せ……ん」

すると、耳元でくすりと笑う声が聞こえ、ますます恥ずかしさが増してくる。

そうして、鈴菜が身体を強張らせていると、悪戯《いたずら》な声音で囁かれる。

「では、どれが気に入るか、順に試してみるか」

鈴菜の内壁に埋められた肉棒が、蜜に濡れそぼった襞を押し開いて、ゆっくり押し回されていく。

「んぅ……っ、はぁ……、あっ」

身悶える彼女の胸を後ろから掬い上げて、彰久は柔らかな膨らみを淫らな手つきで揉みしだき始めた。

太い肉杭が、鈴菜の感じやすい入り口を嬲るたびに、媚肉に引き攣った淫唇が痺れるような愉悦を迫り上げる。

「……だ、だめ……っ、太いの……だめ……っ」

数年前に精通《せいつう》したばかりのまだ発展途上の性器が、与えられる快感にきゅうきゅうと淫らに打ち震える。

快感に膨らんだ膣肉が、昂ぶる雄芯を強く咥え込む。すると、どくどくと脈打つ感触が生々しく伝わって、いっそう息が乱れてしまう。

「だめ……です……っ、あ、あぁっ！」

鈴菜は鼻先から熱い吐息を漏らして、幼《おさな》げな口調で助けを求めるが、彰久は行為を止めない。

「ほら、痛くないだろう？　なんども抱かれていれば、もっと感じやすくなる。胸も、緋珠も、襞も、……こんな場所ですら」

ねっとりと濡れた熱い舌が、鈴菜の耳の後ろを舐め上げた。

「ひっん！」

びくりと身体を跳ねさせると、彰久はくくっと愉しげな笑いを浮かべる。

「ああ。ここはもう感じやすいみたいだね。覚え込む必要もない。……さあ。次は早く抜き差ししてみようか」

そう言って彰久は覆い被さっていた鈴菜の身体から胸を放す。

これ以上の愉悦には堪えられない。鈴菜は、這うようにして逃げようとした。だが、艶めかしく揺れていた腰が摑まれ、そのまま肉棒が上下に揺すり立てられていく。

「……あっ、あぁっ！　そんな……に……動かさな……や、やぁ……、ひっん……やぁっ」

ぐちゅぐちゅと卑猥な水音を立てながら、激しく抽送する肉棒の感触に、鈴菜は喉元を仰け反らせながら、断続的な喘ぎを漏らした。

「これも気に入ったのか。あれほど嫌がっていた割には、物覚えが早いね」

蠕動《ぜんどう》する襞の感触を愉しむように、彰久は腰を押し回す動きを加えていく。

「ふ……っ。ああ、そういえば、……鈴菜の君。知っているかい。犬はこうして、交わるのだよ。ただただ欲望のままに繁殖《はんしょく》しようとする様は、……本能で生きる獣《けもの》も人も変わりがない、面白いとは思わないか」

自嘲気味に呟く彰久の言葉を耳にした鈴菜は、悲しみに顔を歪めながら言い返す。

「……くっ……ぅん……あ、……はぁ……。ち、違い……ま……す。……んんっ」

鈴菜が彰久の熱を受け入れているのは、欲望ゆえではない。誰よりも彼の側にいたかったからだ。

この気持ちを、想う相手である彰久本人に愚《おろ》かな欲望だと、揶揄《やゆ》されたくはなかった。

「……どうした、鈴菜の君?」

恥骨《ちこつ》の辺りを嬲るように、太い肉棒が大きく揺さ振られ、鈴菜は汗ばんだ背中を波打たせていた。

「あ、く……ふっ、んんっ。……私は……彰久お兄様を、お慕いして……だ、だから……」

このような告白をすべきではない。解っているのに、悲しみのあまり訴えずにはいられなかったのだ。

すると、彰久は鈴菜の言葉を聞き、くすりと薄く笑ってみせる。

「私を……慕っている。だから、受け入れているだけで、欲望ではないと？」

子宮の奥底から疼くような感覚に苛まれていた。熱く脈打つ肉棒が、鈴菜の膣洞にずぶずぶと抽送されていく。

「あっ、あぁっ……や、あ、あぁっ」

揺さ振られるたびに甘い痺れが、背筋を駆け上がってきて、堪《こら》えようもなく嗚咽《おえつ》のような喘ぎが喉を突いて出ていた。

はしたない声など漏らしたくないのに、身体の奥底から昂ぶる熱と、溢れる唾液《だえき》、そして呼吸の苦しさから、唇を強く閉じることができない。

「それほど、あなたが私を恋い慕っていたとは驚きだね」

噛み締めるように彰久は呟く。しばらくの沈黙の後、彼は欲情に満ちた掠れ声で、鈴菜に言った。

「では……その聞き覚えのない言葉を、身をもって証明してみてくれないか。……ほら、私に感じさせてみるといい。腰を振って愛らしく、誘うようにね」

彰久は鈴菜の膣洞をそそり勃った肉棒でみっちりと埋め尽くし、奥深くまで繋がると、彼女の滑らかな臀部《でんぶ》や太腿をいやらしい手つきで撫で回し始めた。

そうして、むっちりとした柔らかな肉肌を愉しみながら、彼は鈴菜に覆い被さると、顔を傾けさせ、熟れた果実のような赤い唇を奪う。

「お、お兄様……っ。ん……、んふっ」

震える鈴菜の舌の上が、執拗に蠢く彼のそれに擦りつけられていく。

「んぅ……っ、く……ふ……」

ぬるついた舌に、頬の裏の柔らかな粘膜や歯列《しれつ》を辿られ、湧き上がる快感に鈴菜は首筋を震わせた。こなれた唾液が啜《すす》り上げられたとき、ふいに唇が離れた。

「はぁ……っ」

鈴菜と彰久の視線が絡む。しかし、名残《なごり》惜しげに彰久の顔を見つめてしまったことにきづいた鈴菜は慌てて、顔を逸らした。

身体に流れる血潮《ちしお》がすべて沸騰《ふっとう》してしまったかのように、熱い。咥え込まされた肉棒を、もっと強く激しく揺さ振って欲しい衝動に駆られ、羞恥からいっそう瞳が潤む。

「……誘うなんて……っ」

なにも言わずに、太く脈打つ雄の杭《くい》で、なにも考えられぬぐらいに、揺すり立てられたかった。しかし、自ら誘うような真似など、鈴菜にできるわけがない。

微かに首を横に振ることで、鈴菜は彰久に嫌だと無言で訴える。

「どうしたんだ。泣きそうに顔を歪めて。……私はなにも間違ったことを言っていないだろう」

瞳を潤ませ、しゃくり上げる彼女の身体が、肉棒で繋がったまま仰向きに返される。

向かい合う格好では、汗ばんだ胸の膨らみの尖端で、つんと固くなった乳首が露わになり、羞恥からいっそう泣きそうになってしまう。

「ほら、よく顔をみせてごらん。……ああ。いいね。……堪らなくなるほど愛らしいよ」

怯える鈴菜を映す彰久の双眸《そうぼう》に、欲情の色が宿る。蘭陵王《らんりょうおう》が戦のときに被ったとされる龍《りゅう》の面を生まれて初めて目の当たりにしたときのような恐ろしさが胸に湧き上がる。

目の前にいるのは、ずっと慕い続けていた彰久だというのに、まるで見ず知らずの男を……いや、人ではない飢《う》えた獣を目の前にしているかのような気持ちだった。

「……やぁ……っ、だ、だめですっ」

固く膨れ上がった屹立を穿たれたまま、鈴菜は足を閉じて、彰久の胸を押し返そうとした。しかし、彼の身は寸分たりとも動かない。

眉根を寄せて、黒目がちの大きな瞳を涙がこぼれ落ちそうなほど潤ませ、そして震えていた彼女の足を、彰久は左右に大きく開かせる。

「も、もう……、お兄様……お止め……くださ……っ」

鈴菜の恥部《ちぶ》を、すべて露わにした彰久は、満足げに微笑んでみせた。

「どうしたんだ。私のことを慕っているのだろう。……ほら、いい子だから、大人しくしておいで」

鈴菜はなにも身につけてはいないため、呼吸をするたびに、小さな胸の膨らみが淫らに上下する。

「んぅ……っ、はぁ……、はぁ……」

せめて彰久の視界から胸を腕で隠そうとするが、抱えられた足の膝が土敷につきそうなほど、身体を二つに折り曲げられ、それも叶わない。

そして彼は、羞恥に震える鈴菜に顔を近づけた。

「私にあなたの恋い慕う心とやらを、見せてくれるのではないのか」

「……わ、私……っ」

鈴菜はただ欲望だけで、彼に抱かれているわけではないと訴えただけだ。証明するなどと口にしたつもりはない。

それにこんな淫らな状況で、どうやって自分の心を伝えられるというのだろうか。

鈴菜がかたかたと震えながら潤む瞳で見上げる。すると彰久はふっと熱い吐息を漏らす。

「そんな泣きそうな顔をしないでくれないか。……抑えが利かなくなりそうだ」

「え……っ」

彼の言葉の意味も解らず、狼狽する鈴菜を不安定な体勢のまま、彰久は揺さ振り始める。

「……ひ……ぁ……っ」

揺りかごのように上下に揺らされ、逞《たくま》しく、そして焼けついた肉棒が体内で蠢く。

「んんっぅ……は、やぁ、いやぁ……っ」

固い亀頭《きとう》が抽送されるたびに、しとどに濡れた接合部分から、ずちゅぬちゅと卑猥な水音が響いていた。

縦横無尽《じゅうおうむじん》に突き上げられ、のた打つ華奢な身体がびくびくと跳ねる。しかし彰久は、容赦することなく、いっそう鈴菜を責め立てていく。

「狭くて……吸いついてくる……。もっと揺さ振っても大丈夫そうだな」

恍惚《こうこつ》とした表情で、熱い息を吐くと、彰久が掠れた声で呟く。これ以上、激しくされては、おかしくなってしまう。

鈴菜は下肢から迫り上がる痺れに朦朧となりながらも、懸命に訴えた。

「だ、だめ……っ、動かさない……で……。あっ、あぁっ」

なんどもなんども繰り返し肉棒を穿《うが》たれた膣肉が、まるで蕩《とろ》け出しているかのように、白く泡立った淫らな蜜が秘裂の間にとめどなく溢れる。

このような淫らな状況から、一刻も早く抜け出したくて。

そして、もっと激しくして欲しくて。

鈴菜は相反《あいはん》する心の間で逡巡《しゅんじゅん》し、そして大きな悦楽に飲み込まれ始めていた。そんな彼女に彰久は、昂ぶる熱を穿つ。

「……はぁ……あ、あぁ、も、もう……赦し……っ」

固い切っ先に子宮口や感じる場所を擦りつけられるたびに、痺れるような快感が駆け巡り、充溢した肉路を擦りつけながら、引き摺りだされるたびに、全身の毛がよだつほどの脱力感が襲ってくる。

「なにがいけないんだい？　感じるからかな？　……しかし、私たちは夫婦となる間柄なのだから、なにも、恥ずかしがる必要はないよ」

すべて見せろとばかりに、さらに身体が折り曲げられ、浮かした腰の中心にある膣孔《ちつあな》に、ぬぶぬぶと凶器のような肉槍《にくやり》を突き立て続ける。

「……む、無理です……ぁ……っ」

掠れた声は、彰久の耳には届いていないかのように、上下に揺すり立てられる動きまで加えられていく。

初めて彼を受け入れ、破瓜《はか》の痛みに震えていた日、彼女を気遣い欲望のままに揺さ振らなかった彰久と同じ人物だとは思えないような激しさだった。

「あなたがしなければならないのは、私に心とやらを証明することだろう。ほら、……存分に見せてみるといい」

そんなことを言われても、鈴菜にはどうしていいか解らない。

太い肉竿《にくさお》に嬲られた花芯が、激しい疼きを迫り上がらせていた。頭の奥底から蕩け出してしまいそうな感覚に苛まれながらも、鈴菜は必死に彰久を見つめた。

——そして。

鈴菜は泣きそうになりながらも、彰久に両手を伸ばして彼の頬を挟んだ。すると、驚いた彼は、穿つ動きを止め放心したように鈴菜を見下ろす。

「……っ！」

ぎゅっと目を瞑った鈴菜は、そっと彼の唇に口づけた。

ただそれだけの行為なのに、鈴菜は真っ赤になってしまう。

「……こ、……これで……」

びくびくと怯えながら、彰久を窺う。すると彼は冷たい声音で言った。

「女人から、相手の唇を奪うとは、はしたないね」

ぞっと血の気が引いていく。彼への想いを証明したくてしたことだった。

それなのに、嫌われてしまっては元も子もない。

「……ごめんなさい……。お兄様……お願いですから、嫌わないで……」

眦に溜まった涙を、ぼろぼろと零しながら鈴菜は懇願《こんがん》した。

だが、彰久は怒ってはいなかったらしく破顔《はがん》する。

「まったく、いけない人だね。……でも、いくらはしたなくとも私だけにならば構わないよ。好きなようにするといい、他の男相手なら赦さないけれど」

からかうような物言いだった。どうやら本当に怒ってはいないらしい。鈴菜はほっとして、強張っていた身体を弛緩《しかん》させた。

「ほ……、他の……殿方に、こんなこと……。ひ……っん!」

そう訴えようとするが、きゅうきゅうと戦慄く濡襞を、嘘を吐くなとばかりに激しく突き上げられる。

「父上に無防備に抱き締められた後で言う科白《せりふ》ではないね」

「……あ、あれは……っ」

無防備でいたわけではない。有無《うむ》を言わさず御帳台に踏み込まれ、無理やり抱き締められたのだ。

「ちが、違いま……す……っ」

か弱い女人の力で、どうやって怒り狂った殿方を退《しりぞ》けろというのだろうか。

震える唇を開いて、自分が望んだことではないと、伝えようとするが、彰久は鈴菜の言葉を遮った。

「言い訳など必要ないよ」

しかし、言い訳は必要ないとばかりに、言葉を封じられても訴えずにはいられない。

「わ、私……には……お兄様だけ……」

びくんびくんと身体を跳ねさせる鈴菜の身体を折り曲げさせ、彰久は律動《りつどう》を激しくしていく。

「あなたはただ私に身を委《ゆだ》ねていればいい。……すべて、その身体が証明してくれる」

膨れ上がった肉棒が、鈴菜の膣洞の中で、脈打ちぬぶぬぶと卑猥に蠢きながら、責め立てる行為を繰り返す。

「ん……、あ、はぁ……、ひぁ……っ」

駆け巡る愉悦が。

滾る欲望が。

すべてを飲み込み、そして高みへと突き上げていく。

「ふふ、愛らしいな。……理性をなくして、存分に喰らい尽くしたくなるよ」

どこかに攫《さら》われてしまいそうな感覚に囚われ、鈴菜は逞しい彰久の身体にぎゅっとしがみつく。すると彼も、片腕で彼女の身体を抱き返してくれた。

その温もりに、胸の奥がいっぱいになってくる。

──そして。

がくがくと総身《そうみ》を悶えさせながら、鈴菜は咽頭を引き攣らせた。

「ふぁっ、あっ、あーっ、あぁっ！」

痙攣する襞がうねり、滾る肉棒を強く咥え込んできゅうきゅうと締めつける。

「んぁぁっ!!」

瑞々《みずみず》しい肢体が汗を滲《にじ》ませながら跳ねると、奥底へとどっと熱い飛沫《しぶき》が吹き上がるような感覚が走り抜ける。

「……ひぁ……っ、はぁ、はぁ……」

そして叫ぶような嬌声を上げた後、鈴菜は土敷の上に弛緩させた。

◇　◇　◇

肌寒さを覚え、鈴菜はぶるりと身体を震わせた。

すると、突如温もりに包まれる。浸透する体温の心地良さに、鈴菜はそっと頬を擦り寄せた。

「ん……っ」

これは一体、なんの温もりなのだろうか。ぼんやりと考えながら、瞳をこじ開ける。

するとそこには、秀麗《しゅうれい》な美貌《びぼう》が間近に迫っていて、鈴菜は思わず息を飲んでしまう。

「あ、彰久お兄様……」

呆然として名前を呼んだとき。

鈴菜が縋りついていたのは、彰久の胸であったことに遅れて気づく。

慌てて彼の単から手を放そうとするが、強く抱き締められ身動きができなかった。

「お目覚めか。おはよう。鈴菜の君。寝起きの顔も愛らしいね」

蠱惑《こわく》的な表情を浮かべた彰久は、そう言って彼女の頬に唇を押し当ててくる。

「おはようございます。本日は共に朝寝をしてくださっているのですね……」

初めての朝に鈴菜が目覚めると、彰久がすでに姿を消してしまっていた寂しさが思い出された。

蜉蝣の話では二夜目も、契りを交わした殿方は、明け方までに去ってしまうものだと聞いていた。だから、彼が側にいてくれることが意外だった。しかし、こうして温もりに包まれていると、彰久が結婚を望んでくれているのだと実感して、嬉しくなってくる。

そうして、彼の唇のくすぐったさに首を竦めていると、下肢に異物感を覚えた。

まだ彰久の熱棒を咥え込んでいるような気がしてならなかった。

「え……」

戸惑いながら鈴菜が彼の腕の中で身動《みじろ》ぎしたとき。

――気のせいではなく、なにかが蜜孔に埋め込まれているのだと気づいた。

「……お兄様……、なにかが私の身体の中に……」

狼狽する鈴菜のこめかみに、彰久はそっと口づける。

「張形《はりがた》だ。……今晩、私が訪れるまでずっと、これをつけたままでいるようにね」

彰久の言葉を聞いた鈴菜は真っ青になってしまう。

「……とって、ください……。こんなものを挿れたままにされるのは嫌です……」

動揺した鈴菜は、彰久の胸に縋りついて懇願する。しかし、彼は鈴菜の肉洞に押し込めた張形を取ろうとはしない。

「いい子にしていたら、すぐに取って上げるよ」

そう言って、彰久は大したことでもないように、笑顔をむけてくる。

「おや、鈴菜の君。どうしたのだろうね。顔が赤いよ」

解っているくせにとぼけてみせる彰久を前に、鈴菜は震えながら唇を噛む。

「熱でもあるのかもしれない、安静にする必要があるね。だから……誰もここに通さないように。もちろん、父上もだ」

彰久はそう言って鈴菜の頬をそっと撫でた。指の冷たさに、ぶるりと震えが走る。

そして彼は身体を起こすと、素早く直衣《のうし》の袍を身に纏い、鈴菜を置いて行こうとする。

「お待ちください。……お願いですから、私を……このままになさらないで……」

泣きそうな顔で鈴菜が彰久の袖に縋りつく。すると彼は振り返ってくれる。

「そんな顔をされたら、ここを去らねばならない時刻を過ぎているのに、ふたたび抱きたくなってしまうな」

そして困った様子で小首を傾げた。

「残念だよ。鈴菜の君。……もうすぐあなたの夫となる私の言うことが聞けないとでも言うのかい？」

鈴菜は首を横に振る。彼の願いならどんなことでも叶えたいと思っている。

しかし、これの状況は受け入れがたい。淫らな造形をした張形を穿たれたまま、夜まで待つことなどできない。

「夜などすぐに訪れるだろう。あなたは、一日中私のことだけを考えているように。辛くとも、私と生涯《しょうがい》を添い遂《と》げられる資格があるのか試すものだと考えて欲しい。夫の言うことを聞けない妻では困るからね」

そんな風に言われては、抗うことができなくなってしまう。

鈴菜は言い返すこともできず、息を飲む。

「……ああ、そうだ。張形に堪えられないなら、好きに動かしてもいい。だが、決して抜かないように。約束を破った場合は、お仕置きだよ。いいね」

そう言い残し、彰久は無情にも去って行ってしまう。

鈴菜は襖を頭まで被り、自らの身に腕を回して、じっと息を殺した。

「ん……っ、あぁ……」

太腿を摺り合わせると、濡れた感触が次第に広がっていく。張形を咥え込んでいる陰部がひどく痒《かゆ》む。今すぐにでも、外したい衝動に駆られる。

鈴菜はそれをぐっと堪えようとした。

だが、じくじくとした疼きと、次第に大きくなる痒みに、衝動的に下肢に手を伸ばしてしまう。そして小袖の裾を開くと、震える手で張形の端を摑む。

鞣《なめ》した杮《こはだ》を固く巻きつけて作られた張形の感触が、指先に触れると、思わず恐ろしさに手を放してしまう。

「……や……っ、こんなもの……」

だが、そうして戸惑《とまど》っている間にも、痒みは増していく。

鈴菜は歯を食い縛って、その張形を摑んだ。

「……く……っん」

そして、ゆるゆると上下に動かし始める。

「はぁ……、あっ」

ずるりと引き摺りだされる感触に、身震いが走る。そして、ぐぷりと奥へと突き上げると、圧迫感と疼きにきゅうっと襞が収縮した。

「ん……っ、んぅ……っ。はぁ……、ど、どうしたら……。こんな……、私……っ、あ、あぁ……、あ……っ」

痒みを抑えるため。ただそれだけだったのに、だんだん止まらなくなってしまう。

「は……ぁ……。ん……っ、んぅ……っ」

固い張形を濡襞からズルリと引き摺りだし、ふたたび奥に押し込んでいく。

「……は、はふっ、んんっ」

そうして、鈴菜が息を殺しながら、身を打ち震わせていると、ふいに蜉蝣が御帳台の帳の向こうから声をかけてくる。

「鈴菜の君。お目覚めですか」

ぎくりと身体が強張った。こんな姿を見られては、きっと蜉蝣に軽蔑《けいべつ》されてしまうに違いなかった。

「……あ、あの……。少し具合が優《すぐ》れないの。……昼まで眠るから放っておいて」

震える声でそう言い訳すると、蜉蝣は心配そうに答えた。

「解りました。すぐに医師を呼びます」

これほどまでに火照った身体を医師に診せるなど、できるわけがなかった。

御帳台の中には、噎《む》せ返るほど蜜の匂いが立ち込めている。きっと、近づかれただけで、気づかれるに違いなかった。

「必要ない……から……、放っておいて……」

泣きそうな声で懸命に訴えると、蜉蝣は深い溜息を吐いた。

「……昨夜、彰久様が無理強《むりじ》いをなさったのですね」

「それは……」

どうして気づかれてしまったのだろうか。声が掠れてしまっているからなのだろうか？

狼狽する鈴菜に、蜉蝣は続けた。

「お答えいただかなくても結構です。鈴菜の君が、なにもおっしゃらなくとも解りますから。……それでは朝餉《あさげ》は遅い時間で宜しいですか」

羞恥にいっそう顔が熱くなっていく。こんなに身体が高揚《こうよう》した状況では、なにも喉を通らないだろう。

「きょ……今日は、……なにもいらないから、夜までひとりにして」

昨日のように、彰久が昼に顔を出し、この状況から助けてくれればいいのに。

鈴菜はそう願わずにはいられない。だが、去り際の彼の様子を思い返すと、それは儚い希望でしかない気がした。

「無理にでも召し上がれませんと、身体が保ちませんよ。今宵で三夜目。彰久様は今夜も来られるのですから」

そうして鈴菜は蜉蝣に押し切られ、火照る身体を押して、朝餉に鮑粥《あわびがゆ》を食べる羽目《はめ》になった。

◇◇◇

御帳台の中で、汗ばむ身体を堪《こら》え、胸元まで衾を被りながら、早く時が刻まれることを願っていた。そうして鈴菜が朦朧としながら息を乱していると、騒がしい声が耳に届いた。その声は次第に近くなってくる。

「寝込んで朝から顔も見せないという鈴菜の君に一目会わせろ。泣いているのではないのか!? それなら、彰久との結婚など壊してしまえばいい!」

豊成の声だった。こんな状況で中に踏み入れられては、大変なことになってしまう。

鈴菜は頭を覆い隠すほど深く衾を被ると、かたかたと震えていた。

すると、蜉蝣が豊成を引き留める様子が襖越《ふすまご》しに伝わってくる。

「無粋《ぶすい》なことはお止めください。鈴菜の君は、慣れぬことで、少々熱を出しただけです。今はお眠りになっていますので、妨《さまた》げるような真似は困ります」

毅然とした声に、毒気《どくけ》を抜かれたように、豊成は途端に大人しくなる。

蜉蝣は彰久の乳母の娘だ。だがそれだけではなく、蜉蝣の祖母も豊成の乳母をしていて、幼い頃から面倒を見ていたせいか、彼女たちに頭が上がらないところがあるのだ。

「……本当に泣いているのではないのだな。鈴菜の君が寸分《すんぶん》でも嫌がっている素振りをしたら、すぐに報告しろ。いいな!」

豊成は悔しげな表情でそう言いつけると、足を踏みならすようにして帰って行った。

鈴菜は安堵《あんど》の息を吐くが、淫らな張形は抜くことのできないままだ。断続的に訪れる痒みに、堪えきれず揺すり動かしては、乱れる息を殺す行為を繰り返し続けた。

そうして、気が狂いそうなほど長い刻《とき》が過ぎていく。

結局、夕餉《ゆうげ》に用意して貰った料理もほとんど口にすることができなかった。

「はぁ……っはぁ……」

火照る身体を抑え、彰久の訪れを待つ。しかし彼は一向《いっこう》に現れない。

彰久と契りを交わすのも、これで三日目になる。

今夜が無事過ぎれば、晴れて夫婦になることができるのだが、鈴菜には、彰久に愛されているという実感は湧かなかった。

「……あっ……ん……」

脳裏に過ぎるのは、昨日の昼間、鈴菜を抱えて庭を案内してくれた彼の姿だ。

力強い腕と広い胸。整った面差しに浮かぶ優しい微笑み、風雅で芳《かぐわ》しい香り。

すべてが夢のようで、ずっとこうしていられたら……そう願わずにはいられなかった。

しかし、彰久が恐ろしくも淫らな張形を、鈴菜に咥え込ませ続ける理由が解らない。

「……う……っ」

やはり疎《うと》まれていたから、こんな目に遭《あ》わされているのだろうか。そんな考えが浮かんでしまう。それなら、彰久が三夜目に訪れてくれない理由も頷ける。

「……ん……、ん……、ふぁ……」

目頭《めがしら》が熱くなり、ずっと堪えていた涙が零れそうになったとき——。

廂《ひさし》の方から、声がかけられる。

「鈴菜の君。ちゃんと言う通りにして、待っていたかい？」

彰久だった。

鈴菜は御帳台の帳を跳ね上げると、はしたないとは知りつつも、彰久の元に駆けていく。

「あ、彰久……お、兄様……っ」

彼は今日も直衣姿だった。出仕《しゅつし》から戻り、着替えるのに手間がかかったのだろうか。

「……お、お兄様……っ。早く……、早く助けて……ください……」

啜り泣きながら、鈴菜は彰久の胸に必死に縋りつく。

彼はその様子をじっと眺めながら、からかうような声で尋ねる。

「おや。鈴菜の君が自ら私の胸に縋りついてくるなんて、どういう風の吹き回しなのかな」

彰久は、鈴菜の眦に唇を押しつけて、零れ落ちそうな涙をそっと舌で拭《ぬぐ》う。

「か、からかわないでくださ……い」

鈴菜の震える身体が抱き上げられた。そうして彰久は、ゆっくりと御帳台の中へと入っていく。

「早くとは？　早く抱いて欲しいという意味にもとれるけれど」

尋ねられた言葉に、鈴菜は必死に頭《かぶり》を振った。

「ち、違います……。お願い……ですから。……早く、取って……ください。……こんなもの……いやです」

涙目で彰久を見上げ、震える声で訴えると、熱っぽい視線が返される。視線の強さに、いっそう羞恥が増してくる。

「見せてごらん」

その言葉に尻込《しりご》みする。しかし逃げたからといって、彰久に嫌われるだけだ。望まぬ事態にしか陥《おちい》らない。

「……う……ぅ……」

こんな淫らな姿を晒したくはなかった。しかし言うことを聞かねば、彰久は張形を取ってはくれないだろう。仕方なく鈴菜は小袖の裾を開く。

すると、びっしょりと粘着質の蜜に濡れそぼった下肢が露わになった。

「嫌だという割には、外にまで溢れているようだね。内心、これが気に入ったのだろう?」

ずるりと張形が引き摺りだされ、ぐっと強く貫かれる。

「ひっ、んぅ……」

紅潮した顔を彰久に向け、鈴菜が身悶えると、ますます張形を抽送され始めてしまう。

「はぁっ、く……ふ……っ。あ、あ、あぁ……っ。……や、やぁっん……おやめくださ……っ。動かさないで……」

ぬちゅぬちゅと音を立てて揺さ振られるたびに、身体の奥底から滲《にじ》んだ、淫らな蜜が溢れてくる。ぬるつきながら抽送させられる張形の感触に、鈴菜は艶めかしく腰を揺すった。

「素直に気に入ったと認めたらどうだい。心から嫌だと思っているなら、私の言う通りになどせず、密かに抜いていたはずだよ」

非道な言葉に、鈴菜は顔を歪める。彼の言いなりになったのは、偏《ひとえ》に嫌われたくなかったからだ。望んでしたことではない。

「……で、でも。お兄様が……このままで……、いるようにと……。んんっ。……わ、私に……っ」

悲しみのあまり、鈴菜は涙が溢れそうになる。彰久はそっと指を伸ばして、鈴菜の頬を愛おしげに撫でた。

「私の言いつけを守るためだけに、我慢していたのかい」

「……そう……です……」

彰久に言われたのでなければ、鈴菜はすぐにでも張形を引き抜き、二度と目の届かぬ場所に捨ててしまっただろう。

こんなことを望んでなどいない。それは心より誓えることだ。

「そうか。ならばあなたが本当に、張形を咥え込まされて辛かったのか、調べてみよう」

そう言うと彰久は、張形の律動を激しくしていく。

「や……ぁ……。……ん、んぅ……っ、あ、あぁっ……。い、弄っては、だめです……っ」

彰久の袍に縋り、泣き濡れた声で訴えるが、彼は行為を止めてはくれなかった。それどころか、押し回す動きを加え、さらに鈴菜を追い立てようとした。

「どうして……？　ほら、ここも気持ち良さそうに膨れている」

鈍く重い疼きが、ずくずくと下肢から迫り上がってくる。

「あっ、あぁっひ……んっ」

張形の固い切っ先で、ひどく感じる場所を執拗に突き上げられ、鈴菜は身を打ち震わせてしまう。

こんな道具で身体を責め立てられ、感じたくなどない。一刻も早く止めてほしかった。

「……も……、赦し……」

懸命に懇願するが、彰久は薄く笑って彼女を見下ろすだけだ。

「もう少し、そのままでいて欲しいね」

その言葉に、絶望から目の前が真っ暗になっていく。これほどまでに、辛い思いをさせられても赦されないなんて……。

彰久は真実、鈴菜のことを疎んじているのではないだろうか。そう思えてならない。

「あなたばかりが、気持ち良くなっていては、狡いとは思わないか」

しかし意外な言葉が返され、彰久は袍を脱いで腰紐を解くと、彼は袴を寛げて白い褌を露わにした。

上に纏っている単は、昨夜とその前と同じく、まったく乱さぬままだ。自分ばかりが心許ない姿にされていることが、鈴菜は寂しくてならない。

だが、そのことを告げようとすると、目の前に萎《な》えた肉塊を差し出される。

「……っ」

雄の性器を目の前に、どうしていいか解らず鈴菜は硬直してしまう。そして顔を背けようとするが、彰久がそれを赦さない。

「ほら、咥えるんだ……」

顎をそっと摑まれ、鈴菜の可憐《かれん》な唇が彰久の固い指の腹で開かれる。

「……あ……っ」

ちゅぷっと、舌の上を指で擦られるだけで、ぞくりとした痺れが、首筋を駆けていく。

「いつまでも、張形を咥え込んだままで居ていいというのなら、私に、なにもしなくて構わないよ？」

一刻も早く、木を鞣して作られた固い張形から、解放されたくて、鈴菜は助けを求めるように小さく首を横に振った。すると、彰久は自身の陰茎《いんけい》を、鈴菜の唇に押し当て、そのまま口腔《こうこう》へと押し込んだ。

「……くぅん……っふ、……ん、ん……」

舌の上に擦れる鈴口《すずぐち》の感触に震えが走り、鈴菜は顔を強張らせるが、彰久は吐き出させてはくれなかった。

それどころか反対に、ゆるゆると腰を揺さ振られ始めてしまう。なんども肉竿を舌の上に擦りつけられ、鈴菜は戸惑いのあまり大きく目を瞠った。

「鈴菜の君は、良い子だから。……自分から、ちゃんと上手に舌を這わせられるだろう？」

有無を言わさぬ口調で尋ねられ、鈴菜は小さく頷いた。

そうして鈴菜は、口腔に押し込められた陰茎に舌を這わせ始めた。

ちろちろと小さな舌で尖端《せんたん》を辿っていく。すると次第に、胸の奥が高ぶり、息が苦しくなり始める。鈴菜の小袖の襟元《えりもと》を開くと、彰久が固く尖った乳首に手を伸ばし、猫が鈴を弄ぶように、指先でくりくりと嬲り始める。

指の腹で押し潰すように捏ね回されるたびに、びくんびくんと小さく華奢な肢体が跳ねていた。

「は……ふ、ふぁ……っ」

息を乱す鈴菜の熱く濡れた口腔の中で、次第に雄芯が固く勃ち上がり始める。

「まるで幼子《おさなご》に無理強いでもしているような、舌遣いだね」

くすりと笑われ、鈴菜は顔に朱を走らせる。幼子などではない。それを証明したかった。

恐る恐る触れていた淫らな造形を強く啜り上げ、丹念に舌を這わせ始める。

「ん……んんっ」

すると、固くなっていく彰久の肉茎が、同時に口腔の中で膨れ上がり、鈴菜の喉奥《のどおく》を圧迫していく。

「……ふっ……んぅ……ん……っ」

苦しさに眉を寄せながらも、鈴菜が必死に肉茎に舌を這わせていると、彰久がからかうような声で告げる。

「そんなに激しく貪《むさぼ》られていると、噛み千切られそうな気分になるよ」

必死になるあまり、やり過ぎてしまったのだと気づく。鈴菜は舌を動かすのを止め、あどけない仕種《しぐさ》で、ちゅっと肉棒を吸い上げた。

鈴口から滲み出した彰久の先走りの味が口いっぱいに広がり、雄の匂いと仄《ほの》かな苦みに、胸の奥がいっそう切なくなってくる。

「はふ……っ、ふ……んんっ……く……っ」

苦しげな表情の鈴菜を見下ろし、彰久が優しく彼女の頬を撫でる。

「ん……。ああ。勃たせるだけでいいよ」

そう言って肉棒が口腔から引き摺り出されそうになると、口寂しさに鈴菜は思わず「あ」っと声を上げてしまう。

すると彰久は、それを聞き逃さず、人の悪い笑みを浮かべてみせた。

「……どうしたんだ？　奉仕することが気に入ったのなら、もうしばらくの間、舐めてみるかい」

ふたたび肉棒を咥え込まされそうになるが、鈴菜は首を横に振って否定する。

奉仕することが気に入ったわけではない。息苦しさと淫らさにおかしくなりそうで、苦手なぐらいなのに。

「なんだ、違うのか。残念だね」

鈴菜がきゅっと赤い唇を噛んで嫌がる素振りを見せると、彰久は残念そうに肩を竦めた。

「ふふ、そんな淫靡な瞳で見つめないでくれないかな。今すぐ放ってしまいそうになってしまうよ」

唾液と先走りにぬらついた淫らな造形を片手に、からかうように告げると、彰久は鈴菜の腕を摑んだ。

「……お、お兄様……」

「もう、なにをするか充分解っているのだろう。いい加減、逃げるような素振《そぶ》りは止めてくれないかな。妻となる人を抱いているだけなのに、まるで女人を攫《さら》った夜盗《やとう》にでもなった気分になってしまうよ」

至らない自分を責められた気分だった。申し訳なさに、鈴菜が小さく頷くと、彰久は彼女を自分の方へと引き寄せる。

「足を開き、私の上に跨《また》がって。簡単なことだろう?」

そのような女人にとって恥ずべき行為はできない。彰久に訴えようとするが、先ほど叱責されたばかりであることを思い出す。

彰久を拒絶してばかりいては、呆れられてしまうにちがいなかった。彼はせっかく鈴菜のような身寄りのない者を娶ろうとしてくれているのに。

鈴菜は小刻みに震えながら足を開き、躊躇いがちに向かい合わせに彰久の膝に座った。

彰久は、そんな鈴菜をじっと静かに見つめ続けている。

視線の強さに堪えかね、鈴菜は顔を背け、ぎゅっと彰久の纏っている単《ひとえ》に縋りついた。

「……み、見ないで……くださいませ……っ」

すると、彰久は彼女の耳朶に、そっと薄く冷たい唇を押しつける。

「これほどまでに愛らしいというのに……この瞳に映してはいけないのか?」

くすりと笑って囁かれた言葉に、ますます羞恥が沸き上がってしまう。

「お戯れは……」

壊れそうなほど胸の鼓動が高鳴っていた。これ以上、彰久の話を聞いていたら、失神してしまいそうだった。

鈴菜は拗ねた表情で顔を逸らし、唇を固く結ぶ。

「本当だ。……ほら、あなたの中に挿れていた張形を取るから、拗ねるのはやめてくれないかな」

彰久はそう言って、小袖の布地の上から、鈴菜のお尻の柔肉を撫でさする。

「やっ」

びくりと身体を引き攣らせていると彰久は、小袖を捲り上げて下肢を露わにしてしまう。

「……っぅ……」

開かれた内腿を、つっと蜜が滴り落ちていく。鈴菜は擽ったさと羞恥に、息を飲んだ。

「このままにしていて欲しそうな顔をしているね」

「……ち、違います……。変なことをおっしゃらないで……ください……っ」

ぶるぶると頭を横に振ると、彰久はようやく彼女の内壁に押し込めていた張形を、ずるりと引き摺り出した。すると甘い痺れが全身を走り抜ける。

「……んぁ……っ、はぁ……っ」

一日中、鈴菜の身体に穿たれていた塊が消失すると、下肢の中心にぽっかりと孔が開いたような感覚に苛まれていた。そうして、開ききった蕾が物欲しげにひくつくのを止められない。

「あ、あぁ……っ」

そして栓《せん》の抜き取られた蜜壺からは、とろりとした淫らな液が溢れ出していく。

「……っん、んんぅ……」

身体の震えを止められずにいた鈴菜は、彰久の肩口に縋りつきながら、甘く掠れた声を漏らす。

「噎せ返るほどの、あなたの蜜の匂いで酔ってしまいそうだね」

くすくすと声を上げて笑う彰久から、鈴菜は衝動的に逃げようとしてしまう。しかし、腰に腕が回され、どこにも行くことはできなかった。

「恥ずかしいなら、また蓋《ふた》をしてしまえばいいよ」

告げられた言葉に、鈴菜は真っ青になってしまう。ふたたび張形を押し込められると思ったからだ。

「……いや……。も……ぅ……、あ。あれはいや……ですっ」

啜り泣き混じりに鈴菜が訴える。すると彰久は優しく告げた。

「それではあれの代わりに、あなたの好きなものでも挿れようか。……ほら、腰を落として、受け入れてごらん」

怯えた鈴菜が、思わず腰を引かせようとする。しかし彰久は彼女の腰を強引に下ろさせ、固い切っ先を、開かされた蜜孔にあてがう。

「……あ、あぁ……っ」

綻んだ蕾は、抵抗もなく彰久の巨大な肉竿を受け入れ始める。

張形に拡張された余韻《よいん》を残したまま、蠢動する柔襞が肉棒に開かれ、身震いするほどの快感が迫り上がっていた。

「は……はふっ、ん、んんっ」

彰久の膝の上で、鈴菜は鼻先から熱い息を漏らし、身悶えていた。その背中が掻き抱かれる。彰久は恍惚とした表情で、鈴菜を見下ろしていた。

「ああ。柔らかく濡れた襞が吸いついてくる。……蕩けそうになるほどいいね。……こんなに私を求めるほどに待ち侘びていたのかい？」

最奥まで咥え込ませると、彰久は自ら腰を揺すり立てて、肉棒を掻き回し始める。

「……違……ぃます……」

鈴菜はこのような行為を待ち侘びてなどいなかった……と、否定しようとした。

だが彰久にすかさず追及されてしまう。

「私は逃げる素振りはもう止めて欲しいとあなたに頼んだというのに、もう忘れてしまったのかな？　まったく、……悲しいものだね」

悲しげに溜息を吐かれ、鈴菜は焦ってしまう。

「……私……は……、逃げてなど……おりません……」

その言葉を待っていたとばかりに、彰久は続けた。

「ならば、その証《あかし》に自ら求めてくれてもいいのではないか?」

「え……」

彼の告げる言葉の意味が解らず、鈴菜は小首を傾げる。

「ほら、腰を上げて」

戸惑いながらも、彰久に命じられるまま腰を上げた。

「そのまま、下ろせばいい。それの繰り返しだ。なにも難しくはないはずだよ」

腰を下ろせば、脈動する血管を隆起させた肉棒が待ち構えている。鈴菜は瞳を潤ませながら懇願の眼差しを向けるが、彼は探る眼差しで、鈴菜を見据《みす》えている。

彰久の視線は、まるで鈴菜の想いの丈《たけ》を疑っているかのようだった。刃向《はむ》かえば嫌われるかもしれない……、そう思うと、抵抗する気力も失せてしまう。

鈴菜は沸き上がる羞恥を堪え、ぎゅっと唇を噛み、総身《そうしん》を震わせながら、彰久の肉棒を膣洞へと受け入れていく。

「……ん、んんぅ……あ、あぁ……」

固い切っ先をすべて埋めたとき、熱い吐息が口から漏れる。そして、それ以上の行為を続けることができなくなってしまう。

「そんなところで満足されては困るな」

だが、彰久に続けるように告げられ、ふたたび腰を上下に揺らし始めた。

「……んぅ……っ、はぁ……っ、あぁっ！」

ずぶずぶと鈴菜の濡襞の狭間《はざま》に埋められる膨れ上がった亀頭の感触が、生々しく内側から伝わってきて、ぶるりと震えが走る。

「あっ、はぁ……っ、んぁ……」

細切《こまぎ》れに喘ぐ鈴菜の首筋に、彰久は顔を埋め、痛いぐらいに強く吸い上げていく。

「痛っ、ん……、あっ、あ……」

衝動的に大きく背中を反らせた鈴菜は、内壁に押し込められた肉棒をずるりと、引き摺りだす格好となった。

「……いや……、ぬるぬるして……、ふ……ぁっ」

膣孔に溢れた蜜のせいで、ひどくぬるついた感覚が伝わってくる。擦りつけられた花芯が、疼きを走らせていた。

彼の肩口に縋りつきながらも喪失《そうしつ》感に震える襞を慰《なぐさ》めるように、腰を深く落とす。

「あ……ん……っ、んんっ」

淫らに喘ぐ鈴菜の腰を摑み、彰久は自らも腰を振りたくり始めた。

「……あ、あ、あぁ……っ。止まら……な……、ど、どうし……」

感じる場所を擦りつけ、身震いするほど鋭く引き摺り出される行為がなんども、なんども繰り返されていく。

「ひ……っ、ん……っ、お、お兄様……。そこ……はぁっ……あ、あぁっ、いい……」

沸き上がる愉悦に溺れ、熱に浮かされたように、鈴菜は強請《ねだ》る言葉を繰り返す。

その様子を眺めていた彰久は、皮肉げに唇を歪めた。

「本当だ。堪らないな。あなたにいったいどんな心境の変化が起きたのだろうね。……張形のお陰かな？　……あれは、女淫の蜜を吸うと木汁《きじる》が少々痒みを走らせる仕掛けになっているらしいよ。……そのせいで、今も身体が疼いているのかもしれないけれど……」

そんな仕掛けをされていたとも知らなかった鈴菜だったが、淫らな行為を強いられた理由を教えられても、怒る余裕などありはしなかった。

ただ熱く滾る肉棒を咥え込み、傀儡《くぐつ》にでもなったかのように腰を揺らし続けるだけだ。

「……彰久……お兄様……ぁっ！　お、……お慕いして……ます……、ずっと、私……っ。あっふ……、ん、んぅ……くぅ……ふぁっ」

陶酔《とうすい》の眼差しで彰久を見つめながら、鈴菜が嬌声混じりに告白し始める。

すると、彰久は微かに目を瞠った。しかし、すぐに意地悪な笑みを浮かべた。

「いいよ、とてもね。……ああ。もっと、私を求めてくれないか。いっそ他に……なにも見えなくなるぐらいにね」

そうして、鈴菜の快感に震える襞に、彰久は自身の脈動する肉棒を空が白み始めるまで突き上げ続けた。

第四章　夜離《よが》れの花嫁

鈴菜《すずな》が次に目覚めると、彰久《あきひさ》の腕の中だった。彼はまだ眠りに落ちていて、無防備《むぼうび》な寝顔《ねがお》を見せている。こんな朝は初めてだ。

初めて契《ちぎ》りを交わした翌日は、目覚めると既に彰久の姿はなかった。そして、二夜目の朝は、共に朝寝をしてくれるのだと喜んだのも束《つか》の間《ま》、彰久は卑猥《ひわい》な張形《はりがた》を彼女に咥《くわ》え込ませたまま、無情に立ち去ってしまったのだ。

もしも、彰久を起こしてしまったら、ふたたび冷たく立ち去られてしまうのでは……。

そんな心配が拭《ぬぐ》えなくて、鈴菜は彼を起こすことができずにいた。

恐る恐る鈴菜は眠っているにもかかわらず精悍《せいかん》な面差《おもざ》しの彰久をそっと窺《うかが》う。すると、彼はきっちりと直衣《のうし》を身につけ、隙《すき》のない姿で眠っていた。彰久はどうやら几帳面《きちょうめん》な性格らしい。夜半にどれほど激しく乱れても、朝になると彼の衣はいつも、きっちりと整えられていた。自分の衣装だけではない。鈴菜の身体まで綺麗《きれい》に拭《ふ》き清められ、丁寧に小袖《こそで》を着込ませているのだ。

意識を失い、無防備に横たわる自分の身体を、彰久に隅々まで見られたのだと思うと、鈴菜は次第《しだい》に気恥ずかしくなってくる。

「……っ」

羞恥《しゅうち》に頬《ほお》を染めたとき、鈴菜はふと大事なことに気づく。いつも彼女は裸にさせられてしまうのに、彼は一度も自分の衣装をすべて脱いだことがないのだということに。

そのことが、彰久に拒まれている証《あかし》であるような気がしてしまう。

どうして衣《ころも》を脱ごうとしないのか尋ねると、一度に秘密を知るのはつまらないだろうと、彰久は答えた。だが、その言葉の裏を返せば、謎のない鈴菜はつまらないということになってしまう。

不安な気持ちに駆られた鈴菜は思わず、ぎゅっと彼の単《ひとえ》の袖《そで》を摑《つか》んだ。すると彰久は、黒く長い睫毛《まつげ》を震わせて、ゆっくりと瞼《まぶた》を開いていく。

それを見つめていた鈴菜の身体がぎくりと強張《こわば》る。彰久を起こしたくなどなかったのに。

「おはよう。鈴菜の君。……あれだけ身体を重ねて疲れているはずなのに、朝が早いね。いつもこんな時間に目覚めているのかい」

ふいに声をかけられ、鈴菜はまごつきながら答えた。

「いえ……。き、昨日と今日だけです……」

「ゆっくり身体を休めさせるつもりだったんだが……。もしかしたら、私が隣にいることが慣れないのかもしれないな」

そう言いながら、彰久は鈴菜を自分の胸に引き寄せ、衾《ふすま》を肩口まで上げた。

「ほら、今朝は少し肌寒い。……しかし、こうして寄り添っていれば暖かいだろう」

彰久の腕の中でどうしていいか解らない鈴菜は、真っ赤になってしまう。そのせいで、寄り添っている理由だけではなく、息苦しいほど身体が熱くなってくる。

赤い唇を震わせながら、鈴菜が助けを求める視線を、彰久に向けた。

「そんな期待に満ちた瞳で見つめられては、応《こた》えずにはいられなくなってしまうよ」

彰久は愛おしげに囁《ささや》くと、いきなり鈴菜の唇を塞《ふさ》いでしまう。

「……あっ」

そして、いつの間にか整えられていた鈴菜の小袖の上から、彼女の身体を弄《いじ》り始めた。

淫らな手つきに、身体の奥底で燻《くすぶ》っていた熾火《おきび》を煽《あお》られそうになり、彼女は必死に彰久の腕から逃れようとした。

「ん……っ、んぅ……っ。お、お兄様……も、もう……」

長い舌が鈴菜の口腔《こうこう》に差し込まれそうになるのを、彼女は懸命《けんめい》に顔を背《そむ》けながら拒んだ。

「まだ起きるには早い。……寝直さないのなら、もういちど愛を深めておいても、いいのではないかな」

「だめです……っ、もう無理です……」

これ以上、抱かれては壊れてしまうに違いなかった。

鈴菜が彰久に懇願《こんがん》していると、ふいに廂《ひさし》から声をかけられる。

「……お目覚めのようですので、三日夜餅《みかよのもち》をお持ち致しました」

帳《とばり》の向こうに現れたのは、蜉蝣《かげろう》だった。

どうやら衾の中で話をしているうちに、大きな声になってしまっていたらしい。もしかしたら、夜半の嬌声《きょうせい》も聞こえていたのではないのかと、鈴菜は血の気を引かせてしまう。すると、彰久が、不満げに言い返した。

「私の邪魔をするために、見計《みはか》らってやってきたように思えるのは気のせいか」

「偶然でございましょう」

蜉蝣は心外だとばかりに言ってのけた。そうしてふたりの元に、檜破籠《ひわりご》にいくつも詰められた桃色と白色の小さな餅が、一本足をした漆塗《うるし》りの台盤《だいばん》に載せて運ばれてくる。帳を上げてすぐの場所へ三日夜餅を置くと、蜉蝣は顔も合わさず静かに退出していった。

気恥《きは》ずかしくて堪《たま》らない鈴菜は、彼女の気遣いが嬉しく思える。

彰久は身体を起こして台盤を運ぶと、それを鈴菜の前に置いた。

「可愛いお餅」

白と桃色の愛らしい餅に、つい鈴菜の顔が綻《ほころ》ぶ。

すると、彰久は神妙な顔で彼女に言った。

「三つだけ口にするんだ。それ以上でもそれ以下でも、この結婚はなかったことにされてしまう」

「……三つ」

鈴菜は数え間違えないようにしなければ……と、恐る恐る餅を見つめていた。すると、彰久は小餅を手に取って、鈴菜の唇に運んでくる。

「口を開いて」

赤い唇を開くと、餌《えさ》を与えられる雛《ひな》のように啄《ついば》む。

「ん……」

鈴菜が咀嚼《そしやく》する間に、彰久は自分の口にも餅を入れ、静かに咀嚼し始める。そして、あっというまに飲み込んでしまった。

まだもごもごと口の中に入れていた鈴菜は、その飲み込みの早さに目を丸くする。優雅《ゆうが》に見えても、やはり彰久は殿方なのだ。食べる早さも口の大きさも、鈴菜とはまったく違う。そんな些細《ささい》なことですら、知ることができた嬉しさに顔が綻んでくる。

「おいしいかい」

笑みを浮かべた鈴菜に、餅を気に入ったのだと勘違いした彰久が、そう尋ねてくる。

「……はい」

はにかみながら頷くと、ふたたび彰久は餅を鈴菜の口元に運んだ。

「それは良かった。……ではもうひとつ」

「自分で食べられます」

差し出された餅を前に、鈴菜が断ろうとすると彰久は当然とばかりに言い返した。

「でも、間違いがあってはいけないからね」

「じゃあ、お兄様も……」

間違えないようにして欲しいのは鈴菜の方だ。餅の数を違《たが》えたぐらいで、破談にされては堪《たま》らない。

鈴菜は小さな餅を抓《つま》むと、勇気を振り絞って、彰久の形の良い唇にそっと運ぶ。すると、彰久は形の良い唇を開き、餅だけではなく鈴菜の細い指まで咥えてしまう。

「……っ」

そのまま彼は、鈴菜の指先についた粉を赤い舌を出して、ねっとりと舐《な》め上げた。

真っ赤になった鈴菜は、動揺のあまり卒倒《そっとう》してしまいそうになってしまう。

「さあ、残りはあとひとつ。間違えないように私が食べさせるから、あなたもそうしてくれないか」

あとひとつだけの餅を食べるのに、間違いなど起こしようがなかった。それなのに、彰久は愉《たの》しげにそう告げると、鈴菜の唇に赤く小さな餅を運んだ。

「はい。彰久お兄様、どうぞ」

そうして、ふたりで三つの餅を食べさせ合い、正式に婚儀《こんぎ》が成立することとなった。

本来ならば、露顕《ところあらわ》しの儀という宴《うたげ》を催《もよお》し、そこで三日餅を食べるものなのだが、両親のいない鈴菜のために、彰久は気を遣ってくれたのだろう。

これで彰久と夫婦になれたのだと思うと、胸の奥が熱くなってくる。

身体を重ねることはうまくできないし、恥ずかしいので苦手だった。だが、ずっと彼の側にいられる。鈴菜はそれだけで幸せだった。

「左大臣様《ひだりのおとど》と、月草様《つきくさ》のところへご挨拶《あいさつ》に行かねばなりませんね」

行き場をなくした鈴菜を引き取ってくれたというのに、恩を仇《あだ》で返したと、気分を害したりしていないだろうか。不安になりながら、鈴菜が彰久を見上げる。すると彼は、途端《とたん》に能面のように顔を強張《こわば》らせた。

「……必要ないよ」

彰久の表情に、鈴菜は困惑する。

「え……。なんとおっしゃいましたか」

聞き間違いではないかと疑い、思わず鈴菜は聞き返してしまう。

「必要ないと言っているんだ」

すると、彰久は先ほどよりも怒気を含んだ声で、冷たくそう言い放った。

「彰久お兄様……、どうして……？」

同じ邸《やしき》に住んでいるというのに、両親に挨拶もせずに、妻を名乗ってもいいのだろうか。戸惑《とまど》う鈴菜に、彰久は言い聞かせる。

「父上はあなたのことになると騒がしくて面倒だからね。私から報告しておくよ」

もしかしたら彰久は、鈴菜が彼の両親に受け入れて貰えないことを予測して、気遣いから言っているのかもしれない。そう思うと、反論などできなかった。

結婚に反対するであろうふたりに、祝って欲しいなどと、所詮《しょせん》虫が良すぎる話なのだ。

鈴菜が肩を落として俯《うつむ》いていると、彰久が言った。

「ここでは邪魔が入るかも知れないからね。別宅《べったく》を用意しておいた。……少し小さいが、あなたと私だけの邸だ。今日《こんにち》より、そちらに移り住んで貰うよ」

有無を言わせず、彰久は口角《こうかく》を上げて笑みの形を作り、鈴菜にそう告げる。そして、女房たちに荷造りをするように命じた。

「私……、なにも聞いてはおりませんでしたが……」

すべてが目まぐるしく、鈴菜には思いがけないことばかりだった。

「今、新しい家を建てる準備を始めている。間取りが決まり次第、着工にかかるよ。それが出来るまでの間は、不自由をさせるが、我慢《がまん》して欲しいね」

鈴菜は彰久と共に過ごせるならば、どんな荒ら屋《あばらや》だったとしても辛くはないと思った。

しかし当の彰久は妻となったばかりの鈴菜の顔を、それから一向《いっこう》に見ようとはしなかった。

◇◇　◇◇　◇◇

彰久の用意した別邸《べってい》に鈴菜が移り住んでから、数日が経った。

あれから毎日待ち侘《わ》びているというのに、彰久はここに訪れる気配はなかった。

鈴菜は御簾《みす》を上げて、廂の中からぼんやりと外を眺める。

彰久は別邸のことを、小さな邸だと言っていたが、まったくそんなことはなかった。寝《しん》殿《でん》や対《たい》の屋《や》などいくつもの部屋があり、庭には大きな池もある。

趣《おもむき》のある風流な庭には、桜の花が満開になっており、ひらひらと花びらを舞わせていた。

そんな目を奪われるような美しい庭を眺めていても、鈴菜の心は晴れない。

夫となったはずの彰久に会えないからだ。

気分を変えるために、邸内を見てみようと鈴菜は考える。そして、蜉蝣のいない間に、渡殿《わたどの》の方へと歩き出す。彼女はいつも、部屋にじっとしていられない姫は、はしたないと言っていた。だから散策《さんさく》したいと鈴菜が言っても反対されるに違いないと思ったからだ。

春の麗《うら》らかな季節に合わせて置かれている几帳《きちょう》や御帳台《みちょうだい》、唐櫃《からびつ》や衝立障子《ついたてしょうじ》、屏風《びょうぶ》などの調度《ちょうど》。なにを見ても邸にあるのは、溜息が出るほど素晴らしいものばかりで、見ているだけで愉しくなる。

しかし鈴菜は夢中になるばかりに、料理所《りょうりどころ》まで足を踏み入れてしまい、鈴菜が慌てて踵《きびす》を返そうとしたときだった。

憤慨《ふんがい》した様子の女房《にょうぼう》たちの声が聞こえてくる。

「やはり若君は、ここには来られないわね」

「当然だわ。月草様の心労を減らすために、鈴菜の君を娶《めと》っただけなのだから」

女房たちの話を聞いた鈴菜は、その場から動けなくなってしまう。

彰久の父である豊成《とよなり》は、昔からの想い人であった萩《はぎ》の君《きみ》に瓜二《うりふた》つという鈴菜を、自分の側室にしようとしていた。そのことは、鈴菜も皆から聞いている。

彰久は、それを邪魔するためだけに、鈴菜を娶ったというのだろうか。

そんなことはない……。そう信じたかった。だが脳裏《のうり》を過《よ》ぎるのは、鈴菜を想っているとは到底考えられないような、彰久の言動や行動の数々だ。

なぜ彼がそんなことをするのか、鈴菜にはまったく理解ができなかった。しかし、女房たちの言葉を信じれば、すべて辻褄《つじつま》が合うのだ。

「あ……」

鈴菜は俯きながら、きゅっと唇を噛《か》む。一刻も早く、彰久に会いたかった。そして彼の口から、鈴菜を娶ったのは、月草のためだけではないと、言って欲しかった。

だが、彰久はこの別邸に顔すら見せない。

そのことが、女房たちの話が真実だという証明のように思えた。

「いや……信じたくない……」

足音を立てないように、そっと料理所を立ち去ると、自室の近くで蜉蝣の姿を見つけた。

蜉蝣はなぜ鈴菜が簀子《すのこ》に出ているのか、不思議でならないらしく、首を傾げている。

「どこに行かれていたのですか。……彰久様から文《ふみ》が届いていますよ」

その言葉に、鈴菜はぱっと顔を輝かせる。

「お兄様から……?」

鈴菜は顔を輝かせて文を受け取ると、慌てて室内へ入った。そして土敷《つちしき》の上に敷かれた茵《しとね》に座って、文を開く。

そんな鈴菜を、蜉蝣はじっと静かに見守ってくれていた。

文には、内裏《だいり》で大変なことが起きているらしく、朝から晩まで出仕《しゅっし》しているので、しばらくこちらには来られないということが記されていた。

「……っ」

瞼《まぶた》を伏せて顔を曇《くも》らせた鈴菜に、蜉蝣は心配そうに尋ねる。

「どうかなさったのですか」

「彰久お兄様。……しばらくこちらには来られないそうなの……」

仕事ならば仕方がない。我《わ》が儘《まま》を言うわけにはいかない。

忙しい身でありながら、文を贈ってくれたことを感謝しなければ。そう自分に言い聞かせる。そして鈴菜は、すぐに彰久の身体を案じているといった内容の文を返した。

しかし、それからさらに数日。桜が散り始める頃となっても、彰久は別邸に足を踏み入れようとはしなかった。幾ら忙しくとも、少し顔を見せるぐらいはできるはずだ。

夜離《よが》れ……という言葉が脳裏に過ぎる。

夫が通わなくなり、自然消滅という形で婚姻《こんいん》が破棄《はき》される事態だ。

もしかしたら彰久は、豊成から鈴菜を引き離すためだけに、婚姻した振りをしたのだろうか。そんな暗い考えまで浮かんでしまう。

だとしたら、婚姻の成立した鈴菜を、両親に会わせようとしなかった理由が、解る気がする。彰久を信じたいのに、鈴菜は寂《さび》しさから疑う心をどうしても拭いきれずにいた。

「お兄様は……もうこちらには来られないかもしれないわ……」

蜉蝣も他の女房たちの噂話を耳にしたのか、鈴菜にそっと進言する。

「本当に、あの方のお心が離れたのか、私が本邸《ほんてい》に行って確かめて参ります」

静かな口調だったが、その声には怒りが滲《にじ》み出ていた。

「蜉蝣……でも、お兄様を疑ったことが知られれば、きっと気分を害されてしまう」

鈴菜は彰久に嫌われることが、心より恐ろしかった。

大事《おおごと》にしたくなくて、泣きそうな声で訴えると、蜉蝣は苛立《いらだ》った口調を返してくる。

「この私がお仕えしている大切な姫君に、不実な真似をしているのであれば許せません。それに私には鈴菜の君に、あの方からの懸《け》想文《そうぶみ》をお届けしてしまった責任もあります」

きっぱりと断言すると、蜉蝣は心を決めたとばかりに、退出しようとする。

「蜉蝣。お願い、待って」

鈴菜は慌てて、蜉蝣を呼び止めた。

「止めても無駄です」

いまだ怒りが収まらないとばかりに蜉蝣が言い返す。

「私も行ってはいけない？　……もちろん、目立たないようにするから。あの……女房のひとりのふりをするのはどうかしら」

鈴菜が尋ねると、蜉蝣は今まで見たことがないほど驚愕《きょうがく》の眼差《まなざ》しを向けてきたのだった。

◇　◇　◇

「引き返すならば、まだ遅くはありませんよ」

牛が引く半蔀車《はじとみのくるま》の中で蜉蝣が呆れたように呟く。それを聞いた鈴菜は慌てて反論する。

「引き返したりしないわ。迷惑をかけないようにするから、このまま連れて行って？」

鈴菜は、蜉蝣に借りた女房装束《しょうぞく》を身に纏《まと》っていた。普段あまり袖を通すことのない落ち着いた色合いに、少しだけ心が浮き立つ。

「ついて来られるだけで充分迷惑をかけているという自覚を持ってください」

蜉蝣が深く溜息を吐いた。

「鈴菜の君はご存じないかもしれませんが、邸の外は物騒なのですよ。最近、世間を賑《にぎ》わせている夜盗《やとう》もおりますし……。検非違使《けびいし》たちが血眼《ちまなこ》になって探しても、足跡すら残さない奴等《やつら》なのです。あなたのような世間知らずの姫では、もしも捕まるようなことがあれば、二度と邸には戻れないと解っているんですか」

夜盗の話は、何度となく聞かされたことがあった。金品を奪うだけではなく、家人を殺し、見目の良い娘を攫《さら》って、売り捌《さば》いたり自分の妻のひとりにしたりしてしまうらしい。とても恐ろしい相手だ。今、こうして供を連れた牛車《ぎっしゃ》に乗っていても、襲撃《しゅうげき》されることはあるのだという。解ってはいたが、鈴菜はいても立ってもいられなかったのだ。

「……ごめんなさい」

蜉蝣に反論出来ず、彼女はただ謝罪《しやざい》することしかできない。

鈴菜は京のことも知らないし、女房としての作法もあまり解っていない。こうして、後をついて行くだけで、迷惑になるのは重々解っている。

しかし、人の噂にばかり左右されず、じかにこの瞳で確かめたかったのだ。彰久がどんなつもりで彼女を妻としたのか、真実が知りたかった。

もし噂が本当で、彰久が離縁《りえん》を望んでいるとしても、それは仕方のないことだと諦めている。どれほど辛くとも、豊成に無理やり妻にされそうになっていたことを思えば、恵まれているのだと考えなければならないだろう。

ずっと慕《した》い続けていた彰久に、束《つか》の間《ま》の夢を見せて貰ったのだ。そう思えば、寂しさや悲しみも少しは薄れる気がした。

——自分の目で真実を確かめる。

大仰にそんな名目を掲げていても、鈴菜は諦めかけていた。このような無謀《むぼう》な真似《まね》をした本当の理由は、最後に一目だけ彰久の姿を目に映したかったのだ。

そうして牛車で揺られていると、ゆっくりとその歩みが止まった。そこで蜉蝣が、物見《ものみ》の小窓から外を窺《うかが》う。すると、外から愉しげな声が聞こえた。

「俺に助けを求めるなんて、そろそろ妻問《つまど》いに良い返事をする気にでもなったのか。いい心がけだな」

どこかで聞き覚えのある、溌剌《はつらつ》とした青年の声だ。

「うるさいわね。あなたを呼んだのは、目立たないように彰久様のいる花橘《はなたちばな》の御殿《ごてん》に行きたいという理由だけよ。他意はないわ」

素《そ》っ気《け》なく言い返す蜉蝣を眺めながら、鈴菜はふと、彼女のことを好いている有馬《ありま》という青年のことを思い出した。確か彼は彰久の従者をしていたはずだ。確かに手引きして貰うにはちょうど良い相手だ。

「そんな冷たいこと言っていいのか。俺がここで断ったらどうする気だよ」

拗《す》ねた様子で、有馬が言い返してくる。

「面倒だけどお母様を呼ぶわ。その後は、あなたの顔を見ることも二度となくなって、とても清々《せいせい》するわね。他に聞きたいことはある?」

蜉蝣の反論に、有馬は慌てて謝罪し始めた。

「俺が悪かったから、そんな冷たいこと言うなよ。俺は蜉蝣の未来の夫だぞ。もう少しぐらい優しくしろよ」

「勝手なことを言わないで。せめて存在を認めて欲しいのなら、少しぐらい役に立ってみなさいよ」

半蔀車の御簾越しに、軽口を言い合う蜉蝣と有馬を、鈴菜は呆然と眺めていた。

有馬の案内もあって、鈴菜は彰久の住まう花橘の御殿に易々《やすやす》と入り込むことができた。

久し振りに訪れた花橘の御殿の庭園を、簀子から見つめた鈴菜は、初めて彼と契った翌日のことを思い出し、涙ぐみそうになってしまう。

幸せな刻《とき》は一瞬で、夢幻《ゆめまぼろし》の終焉《しゅうえん》は、瞬《また》く間に訪れてしまうものなのだろう。

◇◇　◇◇　◇◇

そうして鈴菜は控えの間に通される。彰久はいないらしい。

文にあった通り、昼夜を問わず内裏に詰めているというのは本当なのだろうか。

それとも、他の女人の元へと向かっているのだろうか。

落ち着かない鈴菜の手を、蜉蝣はぎゅっと強く摑んでくれた。温かい感触に、少しだけ暗い気持ちが楽になる。すると蜉蝣は、おもむろに有馬に尋ねた。

「彰久様はいらっしゃらないみたいだけど。もしかして、昼夜ともに内裏に詰めているというのは、本当なの？」

「ああ。本当だよ。帝《みかど》のお命を狙う者がいるという文が内裏に投げ込まれたんだ。若君は、帝が幼い頃から話し相手になっているから、信頼が厚いんだよ。離れず側にいて欲しいって頼まれているらしい」

箝口令《かんこうれい》が敷かれているという秘密を、有馬は平然と話し始める。

「ちょっと、そんなことは、早く言いなさいよ。どうして黙っていたの？」

蜉蝣も、この話は初耳だったらしい。鈴菜と同様に目を瞠《みは》っている姿が見えた。そのことを知っていれば、花橘の御殿に潜《もぐ》り込むような真似はしなかったのに——。

「だって、このことを早く言ったら、蜉蝣は俺のこと頼らなくなるだろ」

あっけらかんと言い放つ有馬に、蜉蝣は平手打ちを喰らわした。

「痛ってぇ！　暴力反対！　婿《むこ》入り前の顔になにするんだよ」

「手間をかけさせたら、嫌われるってことぐらい、考えられないの？　だからあなたのことは好きになれないのよ」

「ひでぇ！　せっかくここに来るのを手伝ってやったのに」

「そもそも早くその話をしてくれれば、わざわざここまで来なくて済むでしょう」

蜉蝣と有馬は喧々囂々《けんけんごうごう》と言い争いを始めてしまう。

その隣で、鈴菜は瞼を伏せた。

蘇芳帝《すおうてい》は、先代の帝が急逝なさったせいで、若くして擁立《ようりつ》なされたのだが、年は鈴菜よりも二つほど若いはずだ。そのような年で命を狙われれば、きっと心許《こころもと》ないに違いない。

「……私……」

寂しさから彰久を疑ってしまったことが、恥ずかしかった。すぐさま、別邸に戻ろうと蜉蝣に言いかけたとき。

大きな足音を立てて、こちらにやってくる人の気配に気づいた。

「彰久の居らぬうちに、早く探せ！　見つけるまで、手を止めることは許さん！」

豊成の声だった。どうやら彰久の居ないうちに、なにかを探すつもりのようだ。

「鈴菜の君の居場所が解る手がかりになるものなら、なんでもいい！」

その言葉に、鈴菜は目を瞠った。どうやら彰久は、別邸に移した鈴菜の居場所を、豊成に告げてはいなかったらしい。それなのに捜索《そうさく》している鈴菜がここにいることが知れれば、きっと大変なことになってしまうだろう。

緊張から身体を強張《こわば》らせていると、蜉蝣が几帳の裏に鈴菜を隠した。

「前大納言《ぜんだいなごん》と萩の君に約束したのだ。なにかあれば、お互いの子を実の子以上に可愛がると。彰久のように心の薄い男に、鈴菜の君を預けきれるか」

憤慨《ふんがい》する豊成に、従者《じゅうしゃ》のひとりが尋ねる。

「殿は鈴菜の君を娶ろうとなさっているのだとばかり思っていましたが……」

「……っ」

鈴菜の胸は壊れそうなほど高鳴っていた。それはずっと彼女が知りたかったことだ。

まさかこんなときに、その話を聞けるとは思ってもみなかった。

不安げに蜉蝣を見つめると、彼女は人差し指をそっと自分の唇に当てた。

静かにしているようにという意味らしい。そうして耳を澄ましていると、豊成が答える。

「なにを馬鹿なことを言っておる。いくら似ていても鈴菜の君は、萩の君ではない。代わりになどできるか。だいたい義理とはいえ己《おの》が娘を妻に娶るなど外道《げどう》のすることだ！　そんなことも解らんのか」

「す、すみません！」

「……っ!?」

従者以上に驚いたのは鈴菜だった。思わず声を上げそうになるのを、寸前で堪《こら》える。

どうやら豊成は、鈴菜を妻にするつもりなどなかったらしい。

恐ろしい形相で部屋に踏み込んで来たり、文を散らさせたりしたのも、すべては彼女を心配するあまりにしたことだったのだ。

確かに、彰久に抱かれた今なら解る。豊成は鈴菜に対して、男の欲望のようなものを感じさせなかった。だからこそ鈴菜は、豊成の噂を聞くまで、彼の愛情を邪《よこしま》なものだと疑わないでいたのだ。

「口を動かす暇《ひま》があるなら、手を動かせ。部屋を荒らした責任はとる。見つけるまで戻ってくるな」

そう言って、豊成は来たときよりも激しい足音を立てて、彰久の部屋を出て行ってしまう。すると、残された従者たちが話し始める。

「ああ言ってはいるが、前大納言邸が火に包まれたとき、豊成様の姿を近くで見たという者が後を絶たなかったそうだが」

『えっ』と声を上げそうになるのを、鈴菜は寸前で堪えた。

「俺も聞いたぞ。萩の君を我が物にするために、左大臣様が火をつけたのではないかという噂だろ」

　すると、従者たちは当時のことを、次々と話し始める。豊成が父母の邸に火をつけたという噂は聞いたことがあったが、近くでその姿を見たという話は初耳だった。

　困惑しながら、有馬と蜉蝣に目を向けると、彼らは気まずそうに眉根《まゆね》を寄せていた。どうやらふたりとも、すでに知っている話だったらしい。

「馬鹿なことを言うな。自分の主君を信じずにどうやって誠心誠意《せいしんせいい》お仕えするのだ。いいから、殿の言いつけ通りに、鈴菜の君の居場所が解るものを探せ」

　ひとりの従者の言葉に鈴菜は、はっと顔を上げる。

　先ほど豊成が告げた言葉が脳裏を過ぎる。彼は鈴菜のことを思って行動してくれていたのだ。その怒りの激しさに勘違いし、恩を仇で返すような疑念を抱いてしまった。後悔も薄れぬ間に、ふたたび疑うことはできない。鈴菜は蜉蝣に忍んだ声で告げる。

「もう別邸に戻りましょう」

　すると蜉蝣から探るような眼差しが向けられた。鈴菜は『心配ない、大丈夫だ』と伝えたくて、微かに笑みを浮かべてみせる。

「……そうですね。戻って彰久様のお帰りを待ちましょうか」

　蜉蝣は納得してくれたようで、そう頷いた。

　豊成の真意を知ることができたのだから、忍んできた甲斐《かい》は充分にあった。

　彰久が嘘を言っていなかったのは確かなのだ。しかし、彼が鈴菜を急に娶った理由は、いまだに解らないままだった――。

◇◇◇

彰久は帝の住まわれる清涼殿《せいりようでん》を出たのち、承明門《じようめいもん》、建礼門《けんれいもん》を抜けて、太政官《おおいまつりごとのつかさ》へと向かった。山積している参議《さんぎ》としての政《まつりごと》をこなすためだ。

命を狙う者がいるという投げ文を受け取って以来、帝はすっかり怯えてしまっていた。毒が盛られているのではないかと、食事すら満足に摂《と》らず、夜もあまり眠られていない様子だ。帝は前帝が崩御《ほうぎよ》されて、幼い身で皇位《こうい》を継がれたばかりの身なのだ。その不安は計《はか》り知れないだろう。確か鈴菜の君よりも二つほど年若いはずだった。帝は、東宮《とうぐう》時代から彰久のことを話し相手としていた。彰久が剣や槍、そして弓の腕がたつことも知っているせいか、出来うる限り呼び寄せようとしているのだ。

そのせいで仕事が滞《とどこお》り、彰久は着替えや入浴のためにしか、邸には戻っていない状況だった。しかも結婚したばかりだというのに、妻の顔さえ見られないでいる。それは自分の留守中に父が鈴菜に会わないようにするためだった。

今はまだ、彼女の居場所を気取《けど》られないようにするため、跡をつけられないように彰久は一切、別邸には足を踏み入れてはいない。しかし、そろそろ彰久も限界だった。

愛らしい彼女の顔が見たくて、苛立《いらだ》ちが隠せなくなってしまっている。

「……少し、顔を出してみるか……」

そう呟いたとき。武官《ぶかん》の束帯《そくたい》を身に纏った、ひとりの青年が向かいから歩いて来ることに気づいた。その顔は彰久も見覚えのある顔だ。

「先日は、素晴らしい宴にご招待いただきまして、誠にありがとうございました」

近づいてきた青年は、そう言って深々と頭をさげてくる。

宴の最中に御簾から転げ出てきた鈴菜の君を驚いた様子で見つめていた男だった。

確か、検非違使の大尉《たいじょう》で、彰久もいくどか話したことのある人物だった。気さくな人物で、上司からも部下からの信頼も厚いと聞いていた。

「私が、君を呼んだわけではないよ」

彰久が苦笑いを浮かべると、大尉はふと思い出した様子で尋ねてくる。

「参議様は最近、妻を娶られたのだと聞きましたが。もしや、前大納言の姫君との婚姻だったのでしょうか」

「それがなにか？」

鈴菜に関わろうとする男など、すべて切り捨てても惜しくはなかった。

彰久は冷たい口調で尋ね返す。

「ああ。やっぱり。昔、とてもお世話になった方の姫君でね。行方《ゆくえ》が気にかかっていたのです。先日その姿を拝見し、懐かしさから文を出したのですが、返答が途切れてしまったもので……。そうですか。参議様と……」

感慨深げに呟くと、大尉はぽりぽりと頭を掻いた。彼が手を上げると袖が捲れて、腕が露わになる。すると無数の傷が露わになる。

この男は見かけによらず、場数《ばかず》を踏んでいるらしい。

「そのうち、昔話などさせていただければ光栄です……と、お伝えください。それでは私はこれで」

そう言い残し、大尉は建礼門の方へと歩いて行く。

「………」

彰久の脳裏を過ぎったのは、泣きそうに顔を歪める鈴菜の君の姿だ。

彼女の様子は逐一《ちくいち》報告させているが、彰久にとても会いたがっているらしい。

鈴菜の君を思い出すだけで、身震《みぶる》いが走る。彼女の華奢な身体を抱き締めて、口づけたくて堪らなくなってしまうのだ。

「他の男の目になど、触れさせはしない……」

ゆっくりと大尉が去った方向に目をやると、相手も立ち止まってこちらを見つめていることに気づいた。

その顔はどこか虚《うつ》ろで、剣呑《けんのん》とした光を宿しているように思えてならない。

「まったく困った姫君だね。……無自覚に男を狂わせるのだから」

寒空の下、欠けることなく弧を描いた月を見上げながら、彰久は深く溜息を吐いた。

第五章　執愛の枷

鈴菜《すずな》が藤原邸《ふじわらのやしき》に忍び込み、豊成《とよなり》の真意を知った後、数日が経とうとしていた。

桜には新しい芽が息吹《いぶ》き始め、あれほど美しかった花は散ってしまっていた。僅《わず》かに残った花びらを眺めていると、もの悲しさが増してくる。

彰久《あきひさ》は今もなお、別邸《べってい》に姿を見せることはなかった。だが、鈴菜は辛くはないと自分に言い聞かせる。

鈴菜が今こうしている間も、彰久は帝《みかど》のお心の支えとなるように、懸命《けんめい》に勤めているのだと考えたからだ。

そんなある日の夜更《よふ》け。

鈴菜は外が騒がしいことに気づく。薄明かりの中で耳を澄《す》ますと、男たちの怒号《どごう》や女房《にょうぼう》たちの悲鳴が聞こえてくる。

——夜盗《やとう》だ。

そう直感した鈴菜は、衣架《いか》にかけてあった小袿《こうちき》を羽織ると御帳台《みちょうだい》の外に出た。そして高《たか》灯台《とうだい》の火をすべて消すと襖《ふすま》を開き、続きの奥の部屋へ、そしてその奥へと歩き、普段は使われていない部屋の物陰に隠れる。

暗闇は苦手だった。しかし、そんなことを気にしている場合ではない。

蜉蝣《かげろう》たちは無事なのだろうか。不安になるが、不用意に捜しに出れば夜盗たちに捕まってしまうのは目に見えていた。

金品となりうるものは、この部屋にはない。すべて先ほどまでいた鈴菜の部屋や塗籠の中にあった。

それさえ見つければ、夜盗も満足して持ち帰るのではないかと、願わずにはいられない。

「……彰久お兄様……っ」

鈴菜は恐ろしさに名前を呼ぶが、彰久は参内《さんだい》して帝の側にいるのだ、ここに助けになどくるはずがない。

悲鳴や怒号は、今も激しく闇夜に響いている。

中には断末魔《だんまつま》の叫びも混じっていて、鈴菜は自分の身を抱き締めるようにして、がくがくと震えてしまっていた。

「いやぁっ！　離してっ！」

だが、そのとき。渡殿《わたどの》の方から女房の叫びが耳に届いてくる。

夜盗は美しい女たちを捕まえ、自分の妻にしたり売り払ったりするという話が脳裏《のうり》を過《よ》ぎる。

抗《あらが》う術《すべ》のない自分が行っても共に捕まるだけだと解ってはいても、放ってはおけなかった。鈴菜は衝動的に隠れていた場所から飛び出し、叫び声が響いてきた場所へと向かう。

するとそこには、暗色の水干《すいかん》を身に纏《まと》い、顔を隠し目だけを露《あら》わにした盗賊の姿があり、その脇には鈴菜に仕えてくれている女房が抱えられていた。

「やめてっ！　お放し、この下郎《げろう》がっ」

彼女は必死に藻掻《もが》いて、逃げようとしているが、強固な夜盗の力には勝てず、半狂乱になっている。

「その人を返して！」

強張《こわば》る喉《のど》を振り絞って声を上げる。

「ひ、姫。お逃げくださいっ」

女房が恐怖に引き攣《つ》った顔をしながらも、そう叫んだ。しかし、ひとりで逃げるわけにもいかない。

「……もしや、お前が鈴菜の君《きみ》……か。……やっと見つけた」

そう呟くと男は、邸中《やしきじゅう》に響き渡るほど高らかに指笛《ゆびぶえ》を鳴らした。すると、間を置かずして数人の夜盗たちがこちらに駆けつけてくる。

「頭領《とうりょう》！　こっちだ」

「見つけたのか!?　……ああ。確かに、この顔だ。間違いはないいな」

ひとりの夜盗が前に進み出ると、鈴菜の顎《あご》を摑《つか》んで、顔を覗き込んでくる。

「……いったい……なにを……。あっ！」

狼狽《ろうばい》する鈴菜の身体が、夜盗の頭領と呼ばれた男に、引き寄せられそうになったときだった。

「その手を放せっ」

邸の警備に当たっていた従者《じゅうしゃ》たちが大勢、こちらに駆けつけてくる。彼らもまた指笛を聞いたのだろう。

「……ちっ！　まさか、この程度の規模の邸にこれほどの配備が敷かれているとは……」

「頭領。もう六人殺られてんだ……。このままじゃ捕まっちまう」

まるで鬼のような双眸《そうぼう》が、ぎろりと鈴菜を見下ろしてくる。

「……っ」

恐怖に身を竦《すく》めていると、摑まれていた腕がふいに離された。

「ここは一度引く。……お前ら、捕まるなよ」

そう言うと夜盗たちは、警備の従者たちとは逆方向へと、散り散りに去っていったのだった。

「……鈴菜の君……。も、申し訳ございませんっ……」

夜盗に抱えられていた女房も、逃亡の足手纏《あしでまと》いになるからと、解放された様子だった。

鈴菜と女房が、お互いに手を取りながら無事を喜んでいると、門の方から、いっそう騒がしい声が聞こえてくる。

夜盗たちの援護がやってきたのだろうか。そんな考えが浮かんで、鈴菜はふたたび身体を強張らせた。しかし、その声に耳を澄ませた従者のひとりが鈴菜に進言してくる。

「検非違使《けびいし》ですよ。まだ夜盗が邸内に残っているかもしれませんから、そちらに向かいましょう」

◇◇　◇◇　◇◇

鈴菜は檜扇《ひおうぎ》で顔を隠し、安全の確認された寝殿《しんでん》の簀子《すのこ》に佇《たたず》んでいた。

蜉蝣の無事な姿も見ることができた。彼女は今、荒らされた邸の片付けに追われている。

鈴菜も片付けを申し出たのだが、元の置き場の知らぬ者が来ても邪魔なだけだと戻されてしまったのだ。

そして片付けなら自分の部屋を……と告げられたのだが、夜盗が入り込んだ気配すらなかった。鈴菜の部屋は、邸の奥まった場所にあったせいで難を逃れたのかもしれない。

しかし不思議なことに、荒らされてはいるものの、略奪された金品はほとんどなかったらしい。

夜盗たちには、なにか他に目当てがあったのだろうか……と、考えていると、夜盗の頭領だと呼ばれていた男の鬼のような双眸が脳裏を過ぎり、ぶるりと震えが走る。

「……そこにいらっしゃるのは、鈴菜の君ではありませんか」

ふいに声がかけられ、鈴菜は戸惑《とまど》いながら振り返る。すると庭園に、武官束帯《ぶかんそくたい》姿の青年が立っていた。

見知らぬ殿方《とのがた》を前に萎縮《いしゆく》する鈴菜に、彼は親しげに話しかけてくる。

なぜ自分の顔を知っているのかと、彼を訝しむ。もしかして、彼女が御簾《みす》から転げ出てしまった管弦《かんげん》の宴《うたげ》に出席していた公達《きんだち》なのだろうか。

脳裏を過ぎったのは、過ぎた賛辞が詠《よ》まれた歌の数々だった。

「私のことをお忘れですか。前大納言邸《ぜんだいなごんのやしき》でお会いしたことがあるのですよ」

その言葉を聞いた鈴菜は、少しだけ警戒を解いた。

優しい父母が邸に招いたことがあるということは、きっと悪い人間ではないに違いないと思ったからだ。

「ごめんなさい……。私、……火事のせいか、昔のことはあまり記憶がなくて……。もしかして、先日私に文《ふみ》をくださった方でしょうか?」

すると、検非違使の青年は大きく頷《うなず》いた。

「やはり……鈴菜の君でしたか。お会いしたかった……。前大納言様と萩《はぎ》の君《きみ》がご健在でしたら、きっとお喜びになられたことでしょう」

名の記されていない懸想文《けそうぶみ》が、鈴菜の元に届けられていたことが思い出される。

鈴菜は幼い頃、父や豊成以外の男性は、彰久としか話した記憶がなかった。そのせいで彼から贈られた文を、鈴菜はずっと彰久からのものだと勘違いしていたのだ。

しかし、実際顔を合わせてみても、やはり昔に出会った覚えはなかった。

「ずっとあなたのことが気がかりで、お会いしたいと思っていたのですよ。こうしてふたたび相まみえることができて光栄です」

彼は武官特有の闕腋袍《けってきのほう》を身に纏っていた。そして、耳の脇に松葉《まつば》を半月形にしたような黒い緌《おいかけ》のついた巻纓冠《けんえいのかんむり》を被り、背中には落とし矢を背負っている。

腰には黒漆劔《くろうるしのつるぎ》を携え、手には力強い弓を持った、凜々《りり》しくも頼もしい立ち姿だ。

顔も精悍で、意志の強そうな眉に、引き締まった唇、そして高い鼻梁《びりょう》をしていて、男らしい顔つきをしていた。落ち着いた風貌《ふうぼう》で、年は彰久よりも、まだ五つほど上に見える。

「私も、久し振りに父母の話ができて嬉しく思います。それに今日は夜盗を追い払ってくださってありがとうございました」

夫を持つ身で、いつまでも他所《よそ》の殿方と話すわけにはいかない。そう思い、礼を言った後、急ぎ鈴菜が立ち去ろうとすると、青年が声をかけてくる。

「鈴菜の君」

必死な声音を耳にすると、足を止めずにはいられなかった。

「どうかなさいましたか?」

ゆっくりと振り返ると、切なげな眼差しを向けられる。

「先日、内裏《だいり》で参議《さんぎ》様にお会いしました。ご結婚なされたそうですね」

「ええ……」

微かに頬《ほお》を染めながら頷く。すると青年は必死な形相《ぎょうそう》を鈴菜に向けた。

「でも俺は諦めない。……それだけは覚えておいてください」

それだけ言い残し、青年は立ち去っていく。

検非違使の青年からの突然の告白に、鈴菜は呆然と立ち尽くしていた。

◇　◇　◇

検非違使たちが邸内をくまなく捜索《そうさく》し終えた頃には、空は明るみ始めていた。

気が高ぶったせいか一晩中眠れずにいた鈴菜は、御帳台の中で重い瞼《まぶた》をそっと擦る。倦《けん》怠感《たいかん》が次第に増していく気がした。

少しだけ横になろうと、土敷《つちしき》の上に陶《とう》の枕を置いて、衾《ふすま》を被る。すると、人が近づいてくる足音が聞こえ、鈴菜は身を守るように腕を回した。

邸の四方は、いまだ検非違使たちが警護してくれているはずだった。その目をかいくぐり、ふたたび夜盗が襲って来たのだろうか。

鈴菜はかたかたと震えながら、息を殺した。静かに外を窺《うかが》っていると、廂《ひさし》の方から声をかけられる。

「鈴菜の君。……起きているのかい」

部屋を訪れたのは、ずっと鈴菜が待ち侘《わ》びていた夫、彰久だった。慌てて指で髪を撫《な》でつけて整えながら、恐縮しつつも答える。

「は、はい……」

そうして、彰久は御帳台の中へと姿を現した。

「……お兄様……っ」

久し振りに瞳に映す、麗《うるわ》しい姿に涙が零れそうになる。

熱い口づけを交わし、身体を重ねたあの日から、十日以上経っていた。

夫の足が遠のき、事実上離縁《りえん》することになった憐《あわ》れな姫たちの噂は耳にしたことがある。

自分もそのような立場に置かれたのではないかと悲しんだこともあったが、今は彰久に会えた喜びで胸が一杯だった。

ぱっと顔を綻《ほころ》ばせた鈴菜の元に、彰久は近づくと、ゆっくりと腰を下ろした。

「この邸が夜盗の襲撃にあったと聞いたときは、生きた心地がしなかったけれど……。あなたが無事で良かった。しかし無謀にも、傍《そば》つきの女房を助けようとしたと聞いたよ。あまり危険なことはしないで欲しいものだね」

夜盗が襲ってきてからのことを、彰久は女房や従者たちから耳にしているらしかった。

労るような眼差《まなざ》しを向けられ、鈴菜は無理に微笑んでみせる。

「……ご心配おかけして申し訳ございません。……でもこの通り、無事でしたから……」

彰久は鈴菜の頬に手をやると、目の下を親指で擽《くすぐ》る。

「眠れなかったみたいだね。顔色が悪いようだ」

「大丈夫です。少し気が立ってしまっただけですから。……それよりも、彰久お兄様は忙しいのでは……。ここにいらして大丈夫なのですか……」

「留守中に妻が夜盗に襲われそうになったと聞いて、平静でいられないだろう？　無理を言って退出させて貰ったのだよ」

有馬の話では、蘇芳帝《すおうてい》は命を狙われていて、彰久をとても頼りにしているということだった。こうして、彼が内裏を離れている間、とても心細く思っているに違いない。

帝が昼夜を問わず、彰久を内裏に詰めさせているのが、その証だ。

「私は平気ですから、彰久お兄様はどうか内裏にお戻りください」

まだ恐ろしさは消えてなかったが、彰久の足枷《あしかせ》になりたくなくて、鈴菜は無理に気丈に振る舞う。

「あなたが休んでからにするよ。大切な話もあるからね」

「大切な話……とは……」

もしかして、本当に離縁されてしまうのだろうか。不安になった鈴菜が困惑した様子で眉根《まゆね》を寄せると、彰久は苦笑いしてみせる。

「聞きたいことがあるだけで、あなたに悪いようにはしないつもりだよ」

「そうですか」

鈴菜には、彰久に聞かれて困るようなことは、なにひとつなかった。

ねたいらるかげ喪ヽきおへ

「どんなことでもお尋ねください」

そう言って彰久を見上げるが、彼は小さく頷いて、鈴菜の身体を横たえる。

「話は後でいいよ。……あなたは少し眠らなければ、このままでは身体を壊してしまうからね」

彰久は鈴菜の髪をそっと撫でながら、隣に寄り添ってくれた。

あれほど眠れずにいたのに、彰久が隣にいてくれると思っただけで、眠気が訪れてくる。

「こうしているから、あなたはなにも恐れることはないよ。安心して眠ればいい」

彼の包み込むように優しい声がふんわりと鈴菜の耳を擽る。

「寂しい思いをさせて、すまなかったね」

心地よい温もりと眠気に意識が揺蕩《たゆた》う。

そして鈴菜はゆっくりと眠りに落ちていった――。

「……だからといって、他の男を邸に引き込むなど、赦《ゆる》せるわけがないだろう?」

忌々《いまいま》しげに呟く彰久の声は、完全な眠りに落ちてしまった鈴菜には届いていなかった。

◇◇　◇◇　◇◇

陽が沈みかけた頃、鈴菜が目覚めると、隣にはまだ彰久の姿があった。

疲れのせいか、気づけば丸一日眠ってしまっていたらしい。これが幸せな夢なのではないかと、疑ってしまった彼女は、つい彰久の袍《ほう》に縋《すが》りついてしまう。

「どうかしたのかい」

不思議そうに尋ねられ、寝起きにむずがる子供のような真似をしてしまったことに気づいた。

「いえ……。彰久お兄様が幻ではないかと、不安になってしまっただけです」

俯《うつむ》く鈴菜の額にそっと口づけながら、彰久が苦笑いする。

「そんなことを疑わせてしまうほど、寂しい思いをさせてしまったのか。本当にすまなかったね」

「大丈夫です……」

強がって答えながらも、鈴菜は眦《まなじり》に溜まってしまった涙をそっと拭う。

そうして、ふたりで夕餉《ゆうげ》を摂《と》った後、彰久がおもむろに尋ねた。

「さあ、あなたも落ち着いたようだし、そろそろ話をしてもいいだろうか」

昨晩から、意味深なことを繰り返していた彰久が、ついに本題を切り出した。

鈴菜は、いったいどんな話なのかと、食い入るように彰久を見つめた。

「はい。どういったお話でしょう？」

首を傾げる彼女に、彰久は薄い笑いを返す。

「昨夜、検非違使の男とふたりで話をしていたらしいね。どういう知り合いなのか聞いてもいいかい」

告げられた言葉に、鈴菜は目を瞠《みは》った。

辺りには誰もいなかったはずなのに、いつの間に見られていたのだろうか。

「父母が生きていた頃にお会いしたことがあるらしいのですが、……私には、まったく覚えがなくて……」

彰久に不義の誤解をされたくなくて、鈴菜は必死に訴える。

「そういえば管弦の宴で、あなたが御簾から転げ出た際、名前を呼んでいた検非違使の大《たい》尉《じょう》がいたな……。先日も、内裏で話をしたよ」

少し考える様子で、彰久が呟く。

「きっと昔を懐かしんでくださっただけなのかと思いますが……」

「懐かしんでいるだけの男が、人の妻に対して『諦めない』などと言い残すものかな」

「……っ!?」

知らぬ間に鈴菜と検非違使の大尉を窺っていた人物は、話まで聞いていたらしい。あまりの驚きに目を瞠ってしまう。つまり彰久はすべて解っていて、鈴菜に話を聞いたのだ。

疚しいことがあるのなら、食い違いが出るとでも思ったのだろうか。しかし、鈴菜は大尉と通じるつもりなど毛頭無い。気持ちを寄せられるのは、ありがたいことだと思うべきだろうが、鈴菜にその気はない。まったくの濡《ぬ》れ衣《ぎぬ》だった。

動揺する鈴菜の腕を、彰久は強い力で引き寄せる。

そして、冷ややかな眼差しで見下ろした。

「……あなたは、誰のものだろうね？」

鈴菜のすべては、彰久のためにあると言っても過言ではない。彼だけを慕《した》って、幼い頃からずっと過ごしてきたのだ。

「もちろん……。彰久お兄様のものです……」

気恥ずかしげに呟くと、彰久は満足げに頷いた。

「そうか。ならば、その言葉が事実であると証して貰ってもいいかな」

薄く冷酷な笑いを浮かべる彰久を前に、鈴菜は戦慄《せんりつ》を覚えていた。

◇　◇　◇

留守中に夜盗が押し入ったという知らせを受けた彰久は、内裏から急ぎ鈴菜の君のいる邸へと戻った。

鈴菜の君はとても臆病《おくびょう》な性格をしていた。きっと不安で震えているに違いない。彼女の元に急ぐ途中、なにかあったときのために別邸に置いていた有馬が話しかけてくる。

有馬は一見はいい加減な男だが、信頼のおける人物だった。剣の腕も確かな上、愛想の良さから邸内のことにかなり精通《せいつう》していた。

「鈴菜の君に怪我《けが》はありませんよ。ご安心してください。しかし、少しお耳にいれたいことが……」

にやにやと人の悪い笑みを浮かべる有馬に、彰久は胡乱《うろん》な眼差しを向ける。

「話なら後にしてくれないか。見ての通り、急いでいるのだが」

こんな表情を浮かべているときの有馬は、ろくな話を持ちかけないことは、経験上いやというほど思い知っていた。

退けようとする彰久に、有馬はさらに食い下がってくる。

「いいんですか、そんなこと言って。あとで後悔してもしりませんよ。若君の大切な方のことなのに」

どうやら話とは鈴菜の君のことだったらしい。彰久は歩みを止めて、有馬を睨《にら》みつけた。

「……早く話してくれないか……」

すると、有馬はやれやれと肩をすくめながら話し始める。

「賊を追い払った後、鈴菜の君は検非違使の大尉とふたりきりで話をしていましたよ。たしか『俺は諦めない』とかなんとか。もしかしたら冷たい夫を捨てて、駆け落ちでもする気じゃないですか？　あと先日、若君の留守中、鈴菜の君は、女房のふりをして左大臣《ひだりのおとど》様のお邸に」

「なに!?　それは本当か！」

彰久は腹の奥底から沸き上がる怒りを抑え、有馬に尋ねた。鈴菜は自ら、外にでるような女人《にょにん》ではない。風雨にすら怯えるような性格だ。それなのに、どうして父に会う必要があったのだろうか。

するとと有馬は、引き攣った苦笑いを返してくる。

「ええ。手引きした俺が言うんですから間違いないです。本当は黙ってるつもりだったんですが、報酬《ほうしゅう》として貰うはずの蜉蝣の身体が、一向に手に入らないので、話しておきます」

「……お前という奴は、私を怒らせたいみたいだな」

彰久は有馬の衿《えり》を掴み上げ、握《にぎ》り拳を作り、その顔面を殴りつけようとした。

すると、有馬は慌てて言い訳を始める。

「お待ちください。誓って鈴菜の君は、浮気してませんよ！　若君がまったくこちらに足を向けられないので、会いに行かれたのですっ」

「……鈴菜が私に……？」

すっと有馬を掴んでいた手を放すと、彼は居住まいを正しながら、彰久と距離を取る。

「あっ！　でも、もしかしたら、若君に捨てられたかと思って、左大臣様に召人《めしうど》にして貰いにいったのかもしれませんね。はははは」

有馬の明るい声に、ふたたび怒りが沸き上がり、彰久は腰に携えていた剣に手を伸ばしそうになった。だが、怯えているであろう鈴菜の君の姿が脳裏を過ぎり、それをぐっと堪《こら》えた。

「切り捨てられたくなければ、黙っていることだ。……私は鈴菜の君の元へ行くよ」

剣呑《けんのん》な眼差しを有馬に向けると、彼は肩を竦めてみせる。

「あぁ、怖い怖い。男の嫉妬《しっと》は恐ろしいなぁ」

有馬のからかうような声を背に、彰久は静かに怒りを募《つの》らせていた。

◇　◇　◇

――肌寒い夜だった。

夕刻から、こうして縛られているのだが、どれぐらいの刻《とき》が過ぎたのか、すでに解らなくなってしまっていた。

「彰久お兄様。もうお放しください……どうして、こんなことを……」

月に照らされた彰久の顔を見上げながら、鈴菜は泣きそうに顔を歪める。

なんどか繰り返した言葉だ。しかし、彰久は黙り込んだまま、一言も話してはくれない。

彼女の華奢《きゃしゃ》な身体は白い小袖《こそで》だけを纏わされ、腕を開く格好で高欄《こうらん》に縛りつけられていた。簀子《すのこ》の上に腰かける格好で伸ばされた足元は乱れ、裾《すそ》が開いてしまっている。

まるで処刑をされようとしている罪人だ。

最後まで残っていた桜の花びらが、ふわりと風に流され、鈴菜の目の前に落ちたとき。

ふいに彰久が口を開いた。

「あなたに話がある。……父上の邸に行っていたらしいけど……本当かな」

「それは……」

目を見開く。誓って疚《やま》しいことなどしていない。それを信じて欲しかったが、言い訳する隙《すき》を与えては貰えず、ただ冷たい視線だけを向けられる。

「本当なのかと聞いているのだけれどね」

「……はい……」

消え入りそうな声で頷くと、彰久は静かに尋ねた。

「なにをしていたんだい？」

「………」

言いたくなかった。しばらく忙しく、内裏に詰めているため会えないという文を、彰久に贈られたというのに、それを信じず、彼を疑う真似をしてしまったのだ。

真実を話せば、きっと軽蔑《けいべつ》されてしまうだろう。

黙り込んでしまった鈴菜を、彰久はさらに追及してくる。

「父上に会いに行った……というわけか？」

彼女が会いたかったのは、彰久だけだ。それだけは信じて欲しかった。

「違います……っ。わ、私は……」

慌てて誤解を解こうとするが、言葉が見つからず黙り込んでしまう。

「では、母上に助けを求めにでも行ったのかい」

「そんな……」

助けを求めるということは、鈴菜がなにか不満に感じていたということに等しい。

違う……と声を上げたかった。寂しくて、辛くて、彰久の心を疑ってしまったのだ。他の誰も関係ない。だが、そんなことを彰久に告げられるわけがない。

「それとも日向《ひなた》になにか言うつもりだったのだろうか」

ふるふると鈴菜は首を横に振って、否定する。

「私は……、ただお兄様に……」

彰久に会いたかった。そう告げようとする鈴菜の言葉が遮《さえぎ》られる。

「私の留守中を訪ねておいて、私に会いに……とは異なことを言うね」

もう隠しようがなかった。

眦から涙が零れそうになるのを堪え、鈴菜は彰久に告白した。

「……お顔を見せてくださらないから、お兄様は、私との離縁を望まれているのだと思ったのです」

「……なにを言っているんだい？」

意味が解らないとばかりに、彰久が唖然《あぜん》としている様子が見て取れた。

「夜離《よが》れなのだと……思いました……」

消え入りそうな声で呟くと、彰久はますます不審そうな顔を浮かべる。

「しばらくは、こちらに来られない旨《むね》を伝えたはずだろう。あなたから私宛に文の返事も届いたのだから、読んでいないとは言わせないよ」

忙しい中、彰久は気遣って文を届けてくれたのだ。そのことが、いっそう鈴菜の胸を痛ませた。

「忙しいと……それ以上の理由は教えてくださいませんでした。……だから……」

言い淀むと、代わりに彰久が呟く。

「私を疑った……というわけか」

言い訳のしようがなかった。その通りなのだからだ。

「申し訳ございません。に、二度とそんなことは……」

詫《わ》びようとすると、凍りつきそうなほど低い声が投げかけられる。

「夫であるこの私を疑うとは。……その上、あなたは私というものがありながら、陰で検非違使の男と親密な会話をしていた」

彰久を疑ってしまったことは、詫びようもなかった。しかし、検非違使には呼び止められただけだ。鈴菜に非があるとは思えない。

「疚しいことなどなにも……、どうか嫌わないでください……。お兄様……」

啜《すす》り泣きながら、切々《せつせつ》と訴える。すると、彰久は途端《とたん》に優しい声をかけてくる。

「私があなたを嫌うわけがないだろう」

「……本当ですか……」

鈴菜が安堵《あんど》から、ほっと息を吐きかけたとき、彰久は続けて言った。

「あなたが貞淑《ていしゅく》な妻だと証明してくれるのならば……の話だけどね」

「……っ!?」

薄く冷酷な笑みを浮かべた彰久が、戦《おのの》く鈴菜を静かに見下ろしていた。

◇◇　◇◇　◇◇

「ん、んぅ……、は……っぅ……」

鈴菜は高欄に縛りつけられたまま、彰久の肉棒を口に咥《くわ》えさせられていた。

熱い塊が、ぬちぬちと淫らな水音を立てながら、彼女の狭い口腔《こうこう》を突き上げてくる。

「……く……ふっ……、は……ぁ……っ」

彰久の望み通りにすれば、疑いを晴らせるのだと信じて、鈴菜は必死に卑猥《ひわい》な肉竿《にくさお》を舐《な》めしゃぶる行為を繰り返していた。

そんな彼女の頬を愛おしげに撫でて、彼は優しく囁《ささや》く。

「美味しいのかい。そんなに夢中になっている姿を見ていると、放っておけば食いちぎられてしまいそうに思えるね」

妻を縛りつけて、仕置きをしているとは到底思えないような声音だった。

「ん、んぅ……も……赦《ゆる》し……」

彰久の怒りは冷めたのだろうか。ならばもう赦して欲しかった。

「赦すもなにもないだろう。あなたは、私への愛と貞節《ていせつ》を証明してくれているだけなのだから」

彰久は腰を揺らし、鈴菜の喉奥《のどおく》にまで亀頭を突き上げていく。

「……っく……ふ……っ、あ、あぁ……」

抗《あらが》うこともできず、彼女はただ受け入れるしかなかった。熱く滾《たぎ》る肉棒が、粘膜《ねんまく》を押し開き、舌の上を辿《たど》るたびに疼《うず》くような感覚が身体を駆け巡る。

「は……はふ……っ。ん、んっ」

勃ち上がった肉棒の尖端《せんたん》を、切なげな表情で吸い上げた。すると、苦しげに眉根を寄せた鈴菜の舌の上に、彰久の先走りの味が広がっていく。

その眩暈《めまい》のするようなきつい芳香《ほうこう》が鼻腔《びこう》を擽ると、鈴菜の口腔から、いっそう唾液《だえき》が溢れてしまう。

「こんな真似をする夫だから、あなたは他の男に目を向けてしまったのだろうね」

鈴菜は微かに首を横に振る。

「どうして？　恨んで当然だろう。私などもういらないと思っているのではないか」

彰久を恨むなんて、鈴菜には生涯あり得ない事態だ。たとえ無残《むざん》に打ち捨てられても、きっと最後の瞬間まで彼のことを考えているだろうことは目に見えていた。

彼の問いに答えようとするが、深く咥え込まされた。

「ふく……っ、ん、んぅ……」

必死に舌を這わせる鈴菜の頭を、彰久はまるで犬を可愛がるように撫でた。

「それともあなたは、いたぶられるのが好きだったのか。それは知らなかったな。……もしや、独り寝の寂しさから、父上に身体を慰めて貰いに本邸に行ったのではないだろうね」

そんなことを願うわけがなかった。

鈴菜は彰久に一日でいいから会いたかっただけなのだ。他の殿方のことなど、寸分《すんぶん》すら考えていない。

口腔に捩《ね》じ込まれた肉棒から顔を背け、鈴菜は必死に訴える。

「慰めなど……必要ありません……。わ、私は……、お兄様……だけが……」

黒目がちな瞳を潤ませ、しゃくり上げる鈴菜の前で、彰久は片膝《かたひざ》を立てて腰を下ろした。

「可愛らしく媚びを売っても、赦すつもりはないのだけれど……。まあいいよ。ほら、あなたが勃《た》たせた肉竿で、次はどこを屠《ほふ》ろうか」

彰久は鈴菜の小袖を乱し、開かせた足の間の奥地にあてがう。そこはまだ一度も開かれたことのない後孔の窄《すぼ》まりだった。恐怖から、鈴菜の全身が引き攣《つ》ってしまう。

「……あ、ああ……」

菊孔の入り口を固い亀頭が擽り、鈴菜は顔を横に振って懇願《こんがん》する。

「そこは……いや……、壊れてしまいます……、そんな大きいものは……はいらな……」

はらはらと透明な涙を流し続ける鈴菜を、彰久は恍惚《こうこつ》とした表情で見下ろしていた。

そして、存分にその顔を眺めた後、眦に形の良い唇を押し当てて、ねっとりとした舌で、雫を舐め上げた。

「……お兄様……」

眦に触れる唇は優しく、そして慈愛《じあい》を感じさせた。

そっと見上げると、彰久の秀麗《しゅうれい》な美貌《びぼう》が、静かに彼女を見下ろしている。

――しかし。

「怯えたあなたの顔を見ていると、無理やりにでも抱きたくなるね。罪作りな人だ」

垣間《かいま》見せてくれた優しさに、鈴菜が身体の強張りを解きかけた瞬間、呟かれた言葉に、彼女はふたたび萎縮してしまう。

舐《ねぶ》るようにその姿を眺め、彰久はいっそう満足そうに口角《こうかく》を上げた。

「だが……。ここは今度、存分に舐め蕩《とろ》かしてからにしようか。その日を愉しみにしているといい。……今宵は、いやらしい涎を垂らして、満たして欲しいと貪欲《どんよく》に訴えている蜜《みつ》壺《つぼ》を戴くよ」

淫らな言葉を平然と告げる彰久に、鈴菜はただ震え上がるしかできない。

契《ちぎ》りを交わしてからの彰久は、清廉《せいれん》な印象から変貌を遂げていく。

これほどまでに横暴で、淫猥《いんわい》な性格だったとは、考えてもみなかった。しかし、どんな人間だったとしても、幼かった彼女の凍りついた感情を溶かしてくれたのは、彰久なのだ。父母を亡くした鈴菜に、優しさを教えてくれたのも彼だ。たとえ愚かだと誰かに蔑《さげす》まれたとしても、彰久以上に、慕う相手など存在しなかった。

「くふっ、……ん……ぅ……」

慣らされてはいない蜜孔に、彰久の固く膨れ上がった肉棒の尖端が押しつけられる。

そして、彼が腰を突き上げると、ずぶずぶと淫らな楔《くさび》が、狭い肉洞を開いて、中へと押し込まれていく。

「……んぅ……っ、は、はぁ……っ」

濡れそぼっているとはいえ、狭い入り口や襞が無理やり開かれる感触に、自然と鈴菜の腰がうねる。

「慣らしていないせいかな。少し苦しそうだね」

苦しいのは、身体以上に心だった。

縛られた腕では、彰久のぬくもりが感じられない。性欲を解消するための木偶《でく》にでもされた気分だった。

「……ふ……っ」

もっと抱き締めて欲しくて、嗚咽《おえつ》が漏れてしまう。

「どうしたんだい？　鈴菜の君」

不審そうに尋ねられ、鈴菜は固く高欄に結びつけられた手を動かそうとした。

「お、お兄様……に、……届かな……」

抱き締めて貰えないのなら、せめてこの腕で彼に縋りつきたかった。

たとえ心を受け入れて貰えずとも、この身を捧げて、しばしの間でも彼を包み込みたかったのだ。

懸命に訴える鈴菜の唇が、突然彰久によって塞がれる。

狂おしい口づけだった。まるで、彼女を愛おしいと思っているかのように、熱く濡れた舌に、口腔を激しく貪《むさぼ》られていく。

「……く……ふ……っ。ん、んんっ」

艶めかしく口腔を嬲《なぶ》る彰久のぬるついた舌に翻弄《ほんろう》され、縛りつけられた身体をびくびくと引き攣らせていると、ふいに唇が離れる。

「腕を解いて欲しいのかい」

赦して貰えるのだろうか……。縋るような眼差しで見上げ、鈴菜はこくりと頷いた。

「……は……はい。赦していただけるなら……。……お、お兄様に……触れたいです……」

そんな彼女を、彰久は感情の読めない眼差しでじっと見つめた後で、高欄に括り付けた腕の縛《いまし》めを解いた。

「あ、あぁ……」

固く結ばれていたせいか、じんと腕が痺《しび》れてしまっていた。

「これで満足かい」

しかし、痺れを構うことなく、鈴菜は彰久の広い胸に縋りつき、切ない表情で彼を見上げる。

「……はい……」

触れた場所から、満たされていくような気がした。はしたないとは解っていても、腕を回して強く抱き締めたい衝動にかられてしまう。

はぁ……と、鈴菜は熱い吐息を漏らした。

すると、彰久が鈴菜の顔をじっと覗き込んでくる。

凛々しくも美しい彰久の面容《めんよう》が、すぐ近くまで迫り、鈴菜は息を飲む。

彼のように優雅で、艶麗《えんれい》な殿方は他に知らなかった。そんな彰久が自分の夫となろうとしているなんて、いまだに実感が湧かない。

戸惑う鈴菜の唇に、彰久は触れそうなほど近づく。

「私との接吻《せっぷん》は嫌いかい」

色気を帯びた眼差しで見つめられ、掠《かす》れた声で尋ねられたとき。鈴菜は衝動的に彼に口づけてしまう。

「ん……。……はぁ……、ご、ごめんなさい……」

はしたない真似はしてはいけないと、なんども己を律しようとするのに、彰久を前にすると、身体が勝手に動いてしまったのだ。

柔らかな感触が重なる。じんとした淡《あわ》い疼きが走り、胸がいっぱいになってくる。

そして、鈴菜は触れてすぐに唇を離そうとした。

「触れるだけでは、いけないよ。……もっと舌を出せるだろう?」

だが、今度は唇が塞がれ、彰久の長い舌で歯列《しれつ》がこじ開けられてしまう。

「くぅ……んっ、……こう……ですか……。は……ぁ……」

鈴菜は言われた通りに、赤く小さな舌を伸ばした。すると、ゆるゆると舌が絡められていく。

「……もっとだ。ほら……、自分の心地良いようにすればいい」

誘われるまま、拙《つたな》い動きで舌を擦り合わせる。ぬるりとした感触が、喉の奥まで走り、更なる欲求が湧き上がる。

「うまくなってきたよ……。でも、……もっと……舌を動かせるだろう?」

彰久の口腔へと伸ばした舌を絡ませ合い、何度も角度を変えながら接吻を繰り返していると、身体が昂《たか》ぶるのを止められなくなってくる。身体の奥に燻《くすぶ》った熾火《おきび》に、油が注がれたように、苦しくて、欲しくて堪らなかった。

そうして、鈴菜はついに、下肢《かし》の中心に咥え込まされた肉棒に、次第に腰を擦りつけ始めてしまう。

「ふ……っ、んっぅ……」

重ね合わせた舌や唇が、次第に痺れてくる。しかし、彰久から離れたくなかった。

もっと強く口づけたくて、欲しくて、止まらなくなってくる。

しかし、長い間ずっと呼吸を止めていたため、苦しさが限界を超えてしまっていた。鈴菜は堪えられず唇を放し、空気を吸い込もうとする。

「は……ぁっ……はぁ……、んんぅ!」

だが彰久によってすぐに唇が塞がれ、深く口づけられてしまう。

「……んぅ……っ。んんっ」

口腔を貪るような激しい口吸いだった。ぬるついた熱い舌が柔らかな粘膜を擦りつけ、くちゅくちゅと唾液が捏《こ》ね合わされる。

溢れる唾液が唇の周りを濡らし、顎を伝い始めるが、拭う隙すらもなかった。

淫らな水音に羞恥《しゅうち》を覚え、鈴菜の頬が朱に染まる。それでも必死に舌を絡め返していると、彰久が甘い声で囁く。

「……身勝手に休まないでくれないかな。私はまだ足りない。……そのまま続けて……」

懸命に口づけを返す鈴菜を褥《しとね》に押しつけながら、彰久は肉棒を穿《うが》つ蜜口を嬲るように、ぐりぐりと腰を揺らし始める。

「ん……っぅ！　んんっ……!!」

唇を塞がれ、声も出せないまま、快感に打ち震える鈴菜を、彰久は薄い笑みを浮かべながらじっと見下ろしていた。

「ああ。……とてもいいね」

開かれた足の爪先を、びくびくと引き攣らせ、苦しげに顔を歪める鈴菜に、愛おしげに口づけた後、彰久はやっと唇を解放してくれる。

「はぁ……、はぁ……っ」

鈴菜がやっと大儀《たいぎ》を終えることができたのだと、息を乱していたとき――。

自然と眦に溜まった涙が零れ落ちた。

「……あ……っ」

すると、なにか火が点《つ》いてしまったかのように、彰久がふたたび彼女の唇を奪い、深く口腔を探り始める。

「……んぅ……っ、ふぁ……、んっんっ、くるし……んん…………んぅ！」

ぬぢゅぬぢゅと粘着質の水音を立て、熱く蠢《うごめ》く舌で、なんどもなんども喉奥《のどおく》や頬の裏側そして歯列や歯茎《はぐき》など、ありとあらゆる場所を辿られていく。鈴菜は吐息まで奪われるような激しい接吻のあまりの苦しさから、放して欲しいと訴えかけようとした。

しかし、彰久は口吸いを止めようとはしない。それどころか、ますます貪るように、繋がりを深くしていく。

「ほら。もっと舌を出してみて。唇を閉じては、できないだろう。……一雫も残さず、あなたのすべて飲み干してみようか」

なにを……と、聞きかける。しかし口の中に、飲めるようなものはひとつしかないと気づいて、ひとときの間、言葉をなくした。

彰久は鈴菜の口腔に溢れた唾液を舌が渇くほどに、啜ろうとしているのだ。

「……だ……っ」

だめだと口にしようとした瞬間。捏《こ》ね合わされ粘ついた唾液を、強く吸い上げられた。

「んんっぅ……！」

じんとした痺れが脳髄の奥まで駆け巡っていく。そうして、ふたたび熱い舌が捏ね合わされ、口角を濡らしていく。

「んっ、ふぅ……」

身悶えるたびに、最奥《さいおう》まで咥え込まされた肉棒が、ずぷずぷと内壁を擦りつけていた。焦《じ》れるような疼きが、下肢から這い上がってくる。

初夜《しょや》のときも、こうして、動いて貰えないまま、嬲るように長い時間を過ごす羽目になってしまったのだ。

柔らかく熱い粘膜を確かめるように、ゆっくりと固い切っ先で掻き回される感触が、生々しく思い出され、鈴菜の身体にぶるりと震えが走る。

「お、……兄さ……ま……っ」

途切れ途切れの声を洩《も》らし、鈴菜は切なく苦しい表情を彰久に向けた。

「どうした？　そんな悲しそうな顔をして……」

心配する言葉を吐きながらも、彰久はどこか愉しげだ。

「……苦し……っ」

身体中が疼いていた。唇だけではなく、すべてを満たして欲しくて、堪らない。

このままでは、身体を駆け巡る疼きに苛まれ、気が触れてしまうのではないかと思えてならなかった。

「胸が？　かわいそうな鈴菜の君。……私がこの手で優しくさすってあげようか。きっと楽になれるに違いないよ」

からかうように尋ねられ、鈴菜はぎゅっと眉根を寄せて、切ない表情を浮かべる。

「い、意地悪……なさらないで……っ」

鈴菜が啜り泣くような声で訴えると、彰久は肩をすくめてみせた。

「そんな顔をするから、もっと泣かせたくなってしまうのだろう。……私にして欲しいことがあるなら、自分で言葉にしてみるといい」

「……っ」

言えるわけがなかった。女人から、欲しいだなんていうべきではない。しかし、鈴菜のそんな最後の矜持《きょうじ》すら、彰久は捨てさせようとしているのだろうか。

固く唇を噛んだ後、鈴菜はついに彰久に懇願《こんがん》する。

「……もう……、無理です……だから」

すると、彰久はつまらなそうに片眉を上げた。

「嘘を吐けとは、言っていないのだが……？　物欲しげに、こんなにも私を締めつけて、無理とは異《い》なことだね」

濡れそぼり、さらなる快感を欲して、ひくひくと蠢動《しゅんどう》する鈴菜の肉襞が、彰久の雄を強く締めつけていた。

そのことを言い当てられ、恥ずかしさのあまり意識を失いそうになってしまう。

「わ、……解って……いらっしゃる……なら……」

もう堪えられないとばかりに、鈴菜はふるふると顔を左右に動かし、黒く長い髪を揺らした。

「泣かせたくなったと言っただろう。そうだな、……鈴菜の君。私に腕を回せるかい」

余興《よきょう》を思いついたような様子で、彰久が尋ねてくる。

怯えた瞳で彰久を窺いながら、鈴菜は恐る恐る彼の肩口に腕を回した。

「では、あなたの良い場所を少しずつ、突いてみようか」

「えっ!?」

言い返す間もなく、鈴菜の濡れそぼった内壁を擦りつけながら、熱い肉棒が引き摺りだされる。亀頭の括《くび》れまで引き抜かれ、浅い繋《つな》がりのまま、ゆるゆると掻き回されていく。

「……はぁ……っ、あぁ……」

脱力感に胴震《どうぶる》いしていると、彰久は検分するように、じっと鈴菜を見つめる。

「ああ。随分と具合が良さそうだな」

かっと羞恥に頬が熱くなる。こんな姿を見ないで欲しかった。劣情に震える様など、目にしてなにが愉しいというのだろうか。

「……奥の他にも良い場所があっただろう。どこだか覚えているか」

そう言って彰久は固く膨れ上がった切っ先で、探るように内壁を突き上げ始めた。

太く長い雄の楔が、快感に下がる子宮口《しきゅうぐち》を抉《えぐ》り、そして縦横無尽《じゅうおうむじん》に突き上げていく。

快感にうねる襞《ひだ》が強く彰久の肉茎を締めつけ、伝わる感触に鈴菜は沖に打ち上げられた魚のようにびくびくと身体を跳ねさせる。

「……そんなに……突いては……っ、あ。あぁっ、壊れ……壊れてしま……っぅ、ひぁっ……あ、あぁっ」

陶然《とうぜん》とした表情で、彰久は鈴菜をつぶさに観察し続ける。

「ああ。つい先日まで男の身体すら見たこともなかった姫君が……、これほどまでに淫らな顔をするとは、これはこれは驚きだな」

「んっぅ……。いや……っ、……おねが……っ。も……っ見ない……で……くださ……」

いやいやをするように頭を横に振って訴える。しかし、抗う様子をみせる鈴菜の表情は、次第に悦を帯びて、誘うような色香を漂《ただよ》わせ始めていた。

「ふふ。可愛らしいことだね。どうしても自分の痴態が認められないと言うのなら、今度、鏡で見せれば納得できるかな。きっとあなたのすべてを包み隠さず映し出してくれるだろう」

このような淫らな姿を映す鏡など、決して目に入れたくなかった。

「あ、あぁっ！　いや……、いや……っ。お兄様……も……、意地悪……なさらない……で……」

執拗《しつよう》に抽送《ちゅうそう》され続ける肉棒を受け入れながら、せめてもの抵抗に力の入らぬ手で彼の胸を押し返す鈴菜の足を、彰久はぐっと抱え直す。

「こんなに美しいのに見たくはないのか？　……ああ、そうだな。この姿は私だけのものだ。この目だけに焼きつけておくことにしようか。……それでは望み通りに優しく、……あなたの良いところを突こうか」

繋がりが深くなり、汗ばんだ鈴菜の肢体が淫らにうねる。

「ん……、んぁ……ぅっ！」

どっと溢れる蜜と透明な先走りが、ぬちゅぬちゅと蜜壺のような内壁の中で捏ね合わされる。ぬちゅぬちゅと卑猥な抽送音を響かせて、泡立てられては雁首《かりくび》に掻き出され、固く蕾んだ菊孔の方まで流れ落ちていく。

「……はぁっ、あ、あぁっ！　そんなに突かな……っんんぅ……っ！　熱いの……、くぅ……ふ……っん、んんっ」

ねっとりと伝い落ちる熱い雫の感触に、ぶるりと身体が震える。

数えきれぬほど子宮口を抉られ、肉襞が淫らに収斂《しゅうれん》を繰り返していた。

「はぁ……、とてもいいな。……堪らない。……私まで、獣《けもの》のように猛りそうだ」

庭へと続く簀子の上だというのに、高ぶる身体の熱はますます上がっていくばかりだ。

冷たい夜風が肌を嬲る。その感触にすら、疼きが走ってしまう。

「……私……は、……あ、んぁ……っ、あっ」

だが、鈴菜は懸命に自分を抑え、獣のように猛ってなどいない。そう言い返そうとした。

しかし否定の言葉は喘ぎに紛れてしまう。

「なにも違いはしないだろう。……私が腰を揺するたびに、誘うような顔をして喘いでいるのだから」

「……う、嘘……です……っ」

鈴菜は欲情する自分の姿を認めようとしなかった。すると彰久は、腕に抱えた彼女の足の膝で、彼女の乳首を押しつけることで擦りつけ始める。

「あうっん……、い、今は……、弄らな……あ、あぁっ……、だめぇ……」

小さな胸の膨らみの先端で、固く隆起《りゆうき》していた乳首が、足に擦りつけられてじんじんとした疼きを走らせていく。身体のどこが刺激されても、ひどく疼いてしまう自分に気づいて、眩暈がしてくる。

なにかがおかしいと。

このままではいけないと。

解っているのに止めることができない。

「私が触れているのではないよ。あなたの膝が当たっているだけだ。それなのに気持ちいいとは、……ね。……よく顔を見せてごらん。やっぱり……蕩けそうなほど淫らな表情をしているよ。男を狂わせるには充分だろう」

彰久の言葉に、鈴菜は羞恥のあまり卒倒しそうだった。

しかし熱い肉棒を揺すり立てられ、現世に引き戻されてしまう。そして、与えられる激し過ぎる喜悦に、ただ身を任せ、悶えるしかできない。

「私を慕っているというのなら、頑《かたく》なな態度は止してくれないか」

鈴菜の身体ごと揺さ振られ、抽送が大きく、そして激しくなる。ぬるぬるとした肉棒がずるりと引き摺り出され、ひどく感じる場所を執拗に責め立てられていく。

「ひ……っ、い、いいっ!!　ん、んぅ……。あっ、くぅ……ん、んぅうっ」

気づけばいつの間にか欲情した獣のように淫らに腰を振りたくり、彰久の肉茎を歓喜《かんき》に打ち震えながら享受《きょうじゅ》し続けていた。

「鈴菜の君……、感じているのだと素直に認めるのは不満かい。……どれほど否定しても、たっぷりと蜜が溢れているのに。……ほら、いやらしい音が聞こえるだろう」

それなのに、鈴菜の口を吐いて出るのは抗う言葉ばかりだ。

「……いや……、やぁ……。聞きたくな……」

灼《や》けついた熱棒を穿たれるたびに、鬱血《うっけつ》し固く凝《しこ》った花芯が激しい疼きを走らせる。

「鼓動も、愉悦も、蜜も、あなたが私を求めている証だ。……ほら、もっと揺すってあげるよ。……嬉しいかい」

嫌がる言葉を責めるように、身悶える鈴菜の唇が塞がれた。

「ん……っ、んぅ……っ」

なんども舌を絡ませ合い、こなれた唾液が啜り上げられる。

歯列や頬の裏、そして上顎の下など、口腔中を探られるたびに、鈴菜は身を打ち震わせていた。

固く滾った肉棒に串刺しにされた格好で、繰り返される接吻に、次第に身体が熱に浮かされ始める。小袖が身体に擦れる、僅かばかりの感触にすら、肌が敏感《びんかん》に反応してしまっていた。

もっと触れて欲しくて、もっと激しく貫いて欲しくて、もっと奪うほどに舌を絡めて欲しくて、身体中が疼き始めてしまう。

「……ん……ふ……ん、んん……。はぁ……あぁ……。も……むりです……、激しい……」

苦しげに身体を揺らす鈴菜の首筋に、彰久は淫らな口づけを繰り返す。

「愛らしすぎる、あなたが悪い。諦めるんだな」

背にしている高欄に強く押しつけられ、そして彼女の足が抱えられた。

角は取られているとはいえ高欄は固い木で造られている。それに押しつけられているせいで、背中がひどく痛んでいた。

だが、鈴菜が苦しげに顔を歪ませても、彰久は行為を止めない。

彼は、鈴菜の内壁に捩じ込んでいた肉棒をずるりと引き摺り出すと、震える襞を擦りつけるようにして乱暴なほど激しく突き上げていく。

「……っ!? や、やぁ……っ、やぁっ」

狭く蕾んでいた入り口が、太い幹に押し回され、疼きを走らせながら、緩んでいく。

絶え間なく訪れる律動《りつどう》に、堪えようもない快感が走り抜けていった。

「助け……、あ、あぁ……。……ぃ……、ん……っ、んぅ……、は、あぁ……っ」

どこか大きな波に連れて行かれそうで、思わずそう口にする。

「誰を呼んでいるんだい。まさか私以外の男ではないだろうね」

途端に、彰久が纏う空気が冷たくなる。

挑むような眼差しが、鈴菜を見据えていた。今にも臓腑《ぞうふ》を食いちぎられそうなほど、激しい視線だった。

愛おしい相手を前にしている男のものだとは、到底思えない。

やはり、鈴菜は彼に愛されているわけではないのだと、漠然《ばくぜん》と感じていた。

「あ、彰久っ……お……兄様……っ」

涙が零れそうになるのを堪え、熱い肉棒に突き上げられながら、鈴菜が彼の名前を呼ぶ。

「なんだ……」

彰久が、彼女を疎《うと》んじているのならば。

目障りだと感じているのなら。

今すぐにでも、どこかに消えてしまいたかった。

父母だけでなく兄や姉も亡くなってしまった。子を生さずして鈴菜が出家してしまえば、家の血は途絶えてしまう。

だから、出家だけは……と考えていたのだが、他に生きる術がないというのなら仕方がない。いっそ彰久の邪魔になるぐらいなら、命を絶った方がましだった。

「……わ、私が……不要なら……どうか……、お、おっしゃってください……。……ご迷惑……が……かからないように……、き、……消えます……から……っ」

息を乱しながらも、必死に訴える。

すると、全身の血が凍りつきそうなほど、剣呑な眼差しを向けられてしまう。

「ここを出て、……検非違使の男との駆け落ちでも望んでいるのか」

鈴菜の心には、検非違使の青年のことなど、欠片《かけら》も残ってはいない。

駆け落ちなどするはずがないのだ。

「そんなつもりは……あっ、あっ」

彰久は、誤解してしまっているらしい。

「私は生涯ひとりの妻しか娶らないと言っている。あなたがどれだけ私に幻滅《げんめつ》しようと、逃がしはしないよ」

生涯ただひとりしか妻を娶らないと決めていたのに。

彰久は自分の母を救うために、鈴菜を妻にしたのだろうか。

聞きたかった。しかし、真実を聞くのが恐ろしくて、どうしても尋ねることができない。

ただ彼の側にいられるだけで、幸せだと思っていたはずなのに。

人の心というものは、どれほどまでに貪欲《どんよく》にできているのだろうか。

「ほら、あなたの奥にたっぷりと子種《こだね》を注ごうか。これは妻としての務めだ。大人しく受け入れるといい」

淡々とそう呟くと、彰久は脈打つ肉棒で、鈴菜の最奥をぐりぐりと抉るようにして掻き回していく。

「……ひ……っん……っ。激し……すぎます……、だめ……おかしくな……っ。あ、あ、あぁっ、あぁぁっ！」

がくがくと震える身体が抱えられ、いっそう強く高欄に押しつけられる。

そうして内襞を痙攣《けいれん》させる鈴菜の膣の中に、熱い飛沫《しぶき》が噴き上がっていく。

「はぁ……っ、はぁ……はぁぁ」

萎《な》えた陰茎《いんけい》が引き抜かれると、とろりと膣孔から、白濁《はくだく》が溢れ出す。

彰久は、しどけなく高欄に凭《もた》れる鈴菜を見つめ、薄い笑いを浮かべた。

「あなたが生涯過ごすのは、この腕の中だけだということを、忘れないで欲しいね」

そして鈴菜の腰を抱えると、犬が交わるように、後ろから彼女に覆い被さった。

「……も……、もぅ……。お赦しくださ……っ」

鈴菜は言葉もなく、ぐったりと横たわり息を乱していた。放心したまま振り返ると、彰久は恍惚とした表情で、彼女を見下ろしている。

「……っ」

すると、萎えたばかりの彼の肉茎が膨れ上がり、次第に角度を持って固く勃起《ぼっき》し始めるのを感じた。

「赦す？　なにをだい。私はあなたを可愛がっているだけなのに。……さあ、次は奥を、もっと突こうか。……ほら、ここも弄られるのが好きだっただろう。……愛らしい唇だね。……この唇で塞ぎたくて堪らなくなるよ」

内壁に浴びせかけられた白濁が、まだ痙攣の治まらない襞と、固い肉棒の間で溢れ、ぬちゅぬちゅと淫らな水音を大きく響かせる。

「んぅ……っ、んぅ」

ふいに鈴菜の脳裏に、先日のことが思い出される。彰久はどうやら、人の泣き顔をみると、どこか常軌《じょうき》を逸してしまう性質があるらしかった。

普段とは違う、どこか陰湿《いんしつ》な声と表情に、鈴菜は怯え戸惑う。そして、身体を強張らせ、今の彼を退《しりぞ》けようとした。

「も……や……っ、むり……ですから……。お兄様……、も……お止めになって……っ」

だが、薄く笑った彰久は言葉だけ申し訳なさそうに、鈴菜に言った。

「ああ。すまないね。……男の身は、こうなってしまうともう止まらないんだ。諦めてくれないか。……愛らしすぎるのも、困りものだな。いくらでも抱きたくなってしまう」

「そんな……っ」

そうして彰久は、驚愕する鈴菜に有無《うむ》を言わせず、ふたたび淫らに打ち震える襞を、固く反り返り白濁に塗れた屹立《きつりつ》でぬるぬると擦りつけていく。

「……あ、あっあっ！　また、おく……いっぱいに……、んんっ」

鈴菜は突き上げられる熱棒に、瞬く間に高みへと追い上げられていった。

絶頂を迎えたばかりで、感じやすくなった身体を嬲られると、甘く艶を帯びた嬌声《きょうせい》が無意識に洩れ、がくがくと自ら腰を揺らし始めてしまう。

「……もう少し堪えていてくれないか。……あなたの気に入るように努めるつもりだから」

鈴菜はただ、淫らな行為を強《し》いる彰久の腕の中で溺《おぼ》れ、彼に縋り続けるしかなかった。

淫らに睦《むつ》み合うふたりを、玲瓏《れいろう》たる月がただ静かに見下ろしていた。

第六章　雛姫の恋慕

翌日まで執拗《しつよう》に鈴菜《すずな》を抱き続けた彰久《あきひさ》だったが、宵闇《よいやみ》が近づくと、内裏《だいり》に戻ることになった。

帝《みかど》がお呼びだという使者が、この別邸《べってい》にまでやって来たのだ。

「すぐに戻ってくるから、大人しく私を待っているんだよ」

彰久は、従者《じゅうしゃ》の数をさらに増やしたのだと、説明する。

そして、検非違使《けびいし》には築地《ついじ》の向こう側で警護を頼んでいるが、決して彼らを中に入れないように。……と念を押して、内裏へと向かった。

鈴菜は小袖《こそで》に紅　長《くれないのながばかま》　袴を穿《は》き、その上に萌黄《もえぎ》の単《ひとえ》と花山吹《はなやまぶき》の薄様《うすよう》の五衣《いつつぎぬ》そして、藤《ふじ》の小袿《こうちき》を重ねたものを身に纏《まと》い、庭園から邸《やしき》を見つめていた。

まだ彰久に抱かれた熱が消えず、燻《くすぶ》り続ける身体を沈めたくて、人払いをして風に当たりに出たのだが、早まったのかもしれない。

寝殿《しんでん》の前にある高欄《こうらん》は、彰久に抱かれていた場所だ。

その場所を目の当たりにする羽目《はめ》になり、ますます気恥ずかしくなってしまう。

強引な真似《まね》ばかりする彰久に対し、鈴菜は戸惑いを隠せない。だが鈴菜を気遣い、帝を差し置いてまで、彼女を心配して戻ってきてくれたのだ。そう思うと、嬉しさに胸が苦しくなる。ずっと彼の側に居たい。そう願っているからこそ、彰久は豊成に鈴菜を与えないためだけに、彼女を娶《めと》ったのではない。そう信じたかった。

「……もう戻らないと……」

あまりふらふらしていては、女房《にょうぼう》の蜉蝣《かげろう》に心配されてしまう。

鈴菜はそう思い、寝殿の階《きざはし》の方へと、向かおうとした。

「ここにいらっしゃったのですか……」

ふいに声をかけられ、ぎくりと身体が強張る。

振り返ると、少し離れた池の汀《みぎわ》に置かれた立石《たていし》の前に、検非違使の大尉《たいじょう》が立っていた。

検非違使たちは、邸の築地《ついじ》の向こう側を警備しているはずだ。どうやって中にはいったのだろうか。

彰久の言葉は絶対だ。従者たちが、彼の言いつけを破ることはないはずなのに。

「あなたは……」

鈴菜は困惑から、しばし呆然としていた。

しかし、顔を隠すための檜扇《ひおうぎ》を持っていないことに気づき、慌てて衣《ころも》の袖《そで》で顔を隠した。

「花のような容《かんばせ》を、どうか隠さないでください……。私は、あなたをこのおぞましい檻《おり》から連れに来たのですから」

大尉は鈴菜をどこに連れて行くつもりなのだろうか。それよりも、なぜ、自分がどこかに向かわねばならないのか。

「私は、彰久お兄様のずっと側にいます、どこにも参りません」

青年の口調に鬼気《きき》迫るものを感じて、鈴菜は思わず後退《あとずさ》る。

「高貴なあなたを高欄に縛りつけて、淫らな行為を強要させるような男の側にいると？」

鈴菜は羞恥《しゅうち》から、目を見開く。

彰久は人払いをしていると言っていた。それなのに外で任務に当たっていた検非違使の大尉が、どうしてそんなことを知っているのだろうか。

「……鈴菜の君は美しく育たれた。俺が心を奪われた萩《はぎ》の君《きみ》に瓜二《うりふた》つだ。……あの方はあの世へと逃げられてしまったが、今度は必ずこの手に入れてみせる」

陰湿《いんしつ》な声に、震えが走る。

鈴菜の母に心を奪われていたと、大尉は言っているが、彼と母ではかなり十歳以上は年が離れている気がする。

それを差し引いてなお渇望《かつぼう》するほど、彼は母に恋い焦《こ》がれていたのだろうか。

「あ、あなたは、お母様とどういう知り合いなの……？」

公卿《くぎょう》の姫君や妻は、夫以外の男性の前に姿を現すことはない。彼のような年若な殿方《とのがた》ならなおさらだ。

いったいどこで、母の姿を見つけたというのだろうか。

「知り合いだとは、俺は一言も口にした覚えはありませんが？」

「えっ……」

驚いた鈴菜は、目を瞠《みは》る。

「俺が……あの方に初めて会ったのは、冷たい雪の日でした」

夢を見ているかのように、大尉は恍惚《こうこつ》とした表情で語り始める。

「夜陰《やいん》に紛れて、押し入る場所を調べている途中、俺はあの人を偶然見かけ、必ず手に入れると心に決めた」

『押し入る』その言葉に、鈴菜は困惑してしまう。彼は検非違使ではないのだろうか。

なぜそんなことを口にするのか。

「邸に火をつけ、奪った金品と共に連れ去ろうとする俺の手を振り切り、あの方は首を切って火の海に飛び込んでしまったのですよ……惜しい女を亡くした。……大人しくしていれば、老いた大納言《だいなごん》など比べものにならんほど良くしてやったというのに。馬鹿な女だ」

次第《しだい》に、大尉の口調が荒々しいものに変わっていく。

彼の顔を見ると、鬼のように恐ろしい形相《ぎょうそう》をしていた。その顔は、昨夜の夜盗《やとう》の頭領《とうりょう》を思い出させる。

「……、あなたは……」

検非違使たちが懸命《けんめい》に追っても、捕まらない夜盗たち。

——それはなぜか。

内通者がいるのだとしたら、簡単に符合《ふごう》するのではないだろうか。

そして、今の話を信じるならば、火事を放って、鈴菜の両親や邸で働いていた使用人たちを殺したのは、彼だということになる。

「誰かっ！」

鈴菜は必死に声を振り絞って助けを呼ぶが、それを検非違使の大尉……いや、夜盗の頭領は嘲《あざけ》るような眼差しで見つめている。

「無駄だ。ここの従者たちは、侵入者が入り込まぬように、築地《ついじ》の側ばかりを気にしていた。すでに賊《ぞく》が入り込んでいることに気づきもしないだろう。愚かな奴等だ」

彰久は別邸を離れ、参内してしまっている。寝殿近くにいるのは、力のない鈴菜と女房たちだけだ。もしも助けを呼んでも、女房たちを危険に晒《さら》すだけだと遅れて気づく。

鈴菜は夜盗の頭領と間合いを取ると、踵《きびす》を返した。そして急いで庭園を離れ、階に向かうと渡殿《わたどの》に向かって大声を上げた。

「夜盗がっ、みんな逃げて……」

鈴菜がこんなにも大きな声を上げたのは初めてだった。

「俺の目的はお前だ。女房たちを逃がしたからといって、なんになる」

嘲るような声が後ろから響いていた。男は鈴菜の元へと、駆けてくる。

夜盗の頭領に捕まりそうになるのを、鈴菜は寸前で躱《かわ》すと、自分の部屋に身を翻《ひるがえ》す。

「……っ！」

そして閂《かんぬき》を嵌《は》めて、外からの侵入を阻むと、奥へ奥へと逃げていった。

「無駄だと言っている。大人しく出て来ないなら邸に火を放つ。お前の母親同様に、焼け死ぬことになるぞ」

恐ろしい声が、寝殿の周りを囲む簀子《すのこ》の方から聞こえてくる。

仮住まいで荷が少なく隠れる場所の少ないこの邸では、どこに潜《ひそ》めばいいのか解らない。

結局鈴菜は、昨夜と同じ場所に身を隠し、そっと息を潜める。

すると料理所の方から、懸命に鈴菜を捜している蜉蝣の声が聞こえた。

「鈴菜の君《きみ》っ。どちらにおられるのですか」

蜉蝣がこのまま捜し続ければ、さっきの夜盗と出くわしてしまう。しかも夜盗は、検非違使の姿をしているのだ。

いくら警戒心の強い蜉蝣でも、油断するのは目に見えていた。

——このままでは彼女が危ない。

鈴菜は真っ青になって、蜉蝣の声のする方へと向かおうとした。しかし、そこに有馬《ありま》の怒声が響く。

「馬鹿野郎っ、剣も弓もない女の身で夜盗のいる方へ向かってどうする！」

有馬と蜉蝣には、鈴菜の声が届いていたらしかった。

「あなたには関係ないわ。あちらから、鈴菜の君が助けを呼んだの。お退《ど》きなさい」

蜉蝣がそう怒鳴り返した。しかし彼女は「あっ」と、声を上げて、とつぜんに静かになってしまう。

「悪い。今は非常事態だ。悪く思うなよ」

どうやら有馬は、彼女に当て身を喰らわせたらしい。

「俺は鈴菜の君の様子を見てくる。蜉蝣を安全な場所へ運んでくれ。……運ぶ以外になにかしたら、命はないと思えよ！　それは俺の女なんだからな」

こんな状況でも、有馬は蜉蝣のことばかり考えているらしい。そのことが少しだけ心強く思えた。

鈴菜は自分を捜してくれている有馬の方へと行こうとした。しかし、壁の向こうから、剣を斬りつけ合う鋭い音が響き始める。

「お前ら、性懲りもなく毎日毎日、人の女を危険な目に遭《あ》わせやがって！」

有馬の前に現れた夜盗はひとりではないらしい。しかし有馬は、かなり腕が立つのか、たったひとりで多勢無勢《たぜいぶぜい》の夜盗たちとやりあっている様子だった。

そんな場所に鈴菜が現れては、足手纏《あしでまと》いになるのは目に見えていた。

仕方なく、先ほどまで隠れていた場所へと身を隠す。

「鈴菜の君、どこだ」

低く恐ろしい声が近づいてくる。

「隠れても無駄だと言っているだろう。……俺は諦めないと言ったはずだ」

ふいに小さな頃に、女房たちと鬼ごっこをした記憶が思い出された。しかし、こんなにも恐ろしいものではなかったはずだ。

そうして、しばらく身を潜めていると、きな臭い匂いが部屋に充満し始める。

「あ……っ、あ……」

白い煙が天井や襖《ふすま》の隙間から部屋に入り込み始めていた。

脳裏を過ぎるのは、幼い頃に遭遇した光景だ。

恐ろしさから、鈴菜は身動きが取れなくなっていた。焼け落ちる梁《はり》。襲い来る熱風と、黒い煙。目の前に広がるのは、幼い頃に見た、恐ろしい火の海だ。

「お父様……、お母様……っ。……どこ……」

そうして膝を抱えたまま鈴菜は、過去と現実の境《さかい》に囚《とら》われてしまう。

もうもうと立ち上がる炎が辺りを包んで、気がつけば、鈴菜はどこにも逃げることができなくなってしまった。そうして煙は次第に黒くなり、視界さえも阻《はば》まれていく。

「……あ、彰久……お兄様……っ」

掠れた声で、彰久の名前を呼ぶ。

ここに居てはいけない。早く逃げねばならない。そのことは解っていたが、外には鈴菜を攫《さら》おうとする夜盗が待ち構えているのだ。

男に捕まれば、二度とこの邸には戻れなくなるだろう。彰久にはもう会えなくなる。それは鈴菜にとって、あの世に旅立つのも同然だった。

いや、命を絶てばなにもない世界に行けるのだ、寸分の苦しみさえ耐えれば、楽になれる。だが、生きて他の男の所有物にされ、二度と会えない彰久を想い続けるのは、死以上の苦しみを覚えるに違いなかった。

それならば、ここで火や煙に巻かれた方が外に出るよりましに思えてくる。

「……っ」

鈴菜は小袿の袖で、口と鼻を押さえ、煙を避けようとするが、次第に意識が朦朧《もうろう》としてくる。

幼い頃、火の海の中で為《な》す術《すべ》もなく泣いていたことが思いだされた。

――そう、あの時は瑠璃《るり》の青に金色の刺繍《ししゅう》がされた衣を被り、火の海の中を駆けてきてくれた少年が、瀕死《ひんし》の鈴菜を救い出してくれたのだ。

鈴菜が隠れている部屋の中にも、あの時と同じように黒い煙が充満し、火の熱が迫りつつあった。

「早く出て来いっ！　鈴菜の君。……そのまま焼け死ぬつもりか」

夜盗の頭領の恐ろしい声が近づいてくる。閂を下ろし、邸内に入れなくしたつもりだったが、男はどこからか中へと侵入してしまったらしかった。

これ以上、奥に行くことは出来ない。そして、燃えさかる襖が、鈴菜のいる方向へと倒れ込んでくる。

「あっ！」

それをなんとか避けるが、夜盗の頭領の声は間近に迫っていた。後ろにはまるで生き物のようにうねる炎の渦《うず》。

もうどこにも逃げ場はない。

「……彰久お兄様……っ」

朦朧とする意識の中で、名前を呼んだときだった。

「鈴菜の君っ！　無事かっ！」

火をかいくぐり、鈴菜を助けにきた彰久の姿が瞳に映る。

これは幻なのだろうか。ふらつく身体を押して、目を凝《こ》らす。

すると、幼い頃に見た総角《みずら》髪の少年の姿が、彰久に重なっていく。

『お父様……、お母様……どこ……。苦しい……、熱いよ……っ』

啜り泣く鈴菜の元に駆け寄った少年は、愛おしげに彼女を見つめ、そしてびっしょりと濡らされた衣で包み込んだのだ。

『大丈夫。……この身に代えても、私がかならず助け出す』

熱く潤んだ瞳から、涙が零れ落ちていく。

「彰久お兄……さ……」

どうして、いくら幼かったとはいえ、恩人の顔を忘れることが出来ていたのだろうか。

……あれは、紛れもなく元服《げんぷく》前の彰久の姿だったのに。

──だが、その刻《とき》。

鈴菜に近づく彰久の頭上に、鋭い刀が振りかざされていることに、遅れて気づく。

「危ないっ！」

彰久の頭上を見上げながら、鈴菜が声を上げた。

すると、彰久は静かに腰を落として、脇に携《たずさ》えていた剣を引き抜く。そして、後ろから斬り掛かる夜盗の頭領を振り返ることなく、脇腹の横に抜刀した剣を通し、相手の腹に突き刺したのだった。

「詰めが甘いね。……だからお前は慕《した》う相手を手に入れることができないのだよ」

嘲るように彰久は告げると、さらに深く相手の腹部に剣を貫いていく。

「なぜ、……ここに……」

夜盗は、彰久の留守中を狙って、ここに来たらしかった。

築地《ついじ》の向こうを、検非違使たちが厳重に警備しているのに、まるで邸内に、夜盗が入り込むと解っていたかのように戻ってきたことが不思議でならないらしい。

「自分の妻が検非違使と話をしていたと聞いて、宴《うたげ》で見かけたお前のことを思い出したんだよ。……まさか私をこの別邸から遠ざけるためでは……と、帝の命を狙うという予告の文とお前の手蹟《しゆせき》を照らし合わせてみれば、思った通りだったと言うわけだ」

夜盗の頭領は、ごぷりと血を吐き出すと、手に持っていた剣をがたがたと震わせ、そして取り落とした。

彰久は立ち上がると、夜盗の頭領の腹に突き刺した剣を引き抜く。

すると赤い血飛沫《ちしぶき》が部屋中に散っていく姿が、鈴菜の眼に映る。

「……あ、……あぁ……っ」

その光景を呆然《ぼうぜん》と見つめていた鈴菜の前に立ち、視界を塞《ふさ》ぐと、彰久は昔と同じように、鈴菜の頭から濡れた衣を被せ、そして抱え上げた。

「あなたはなにも見ていない。……目覚めれば、すべて悪い夢として、忘れているだろう」

鈴菜は彰久の腕に身を任せ、ぎゅっと強く瞼《まぶた》を閉じた。

◇◇　◇◇　◇◇

「痛っ！」

批難混じりの苦痛の声が耳に届き、鈴菜は深い泥《どろ》の底に沈んでいた意識を、ゆっくりと引き上げていく。

ひどく身体が重く、苦しい。

身体に鉛《なまり》でも括《くく》り付けられているような倦怠感《けんたいかん》に苛まれていた。

薄目を開けて、ぼんやりと天井を見ると、見慣れない形をしている。いったい、ここはどこなのだろう……と、ぼんやりと考えていると、話し声が聞こえてきた。

「これは、これはすみません。滲《し》みてしまいましたか？　まさかこれしきの薬で彰久様が

痛がるとは思ってもみなかったもので」

あからさまに嫌みったらしい言い方でそう告げたのは蜉蝣だった。

「蜉蝣、私になにか恨みでもあるのか」

対する彰久は、引き攣《つ》った声で言い返す。

「とんでもない。恨みなんてあるに決まっているでしょう。私が大切にお育てした玉のように美しくも愛らしい姫君を泣かすような真似ばかりしておきながら、なにをおっしゃっているのですか」

蜉蝣は怒り心頭といった様子だ。そんな風に、思ってくれていたとは、考えてもみなかった鈴菜は嬉しくなってしまう。

物事を知らない鈴菜は、いつも蜉蝣に頼り切りになってしまっていて、迷惑ばかりかけていたからだ。

「婚儀《こんぎ》を交わした後ですぐに、帝のお命を狙う者が居たのだから、致し方ないだろう」

鈴菜の元に足を向けなかった言い訳を口にすると、彰久は深い溜息を吐いた。

「ここから内裏までの距離など、本邸からと数刻しか変わりません。鈴菜の君を避けたのは、単にあの方に一日中、自分のことを考えさせたかったというつまらない理由ではないのですか」

そんなわけはない。鈴菜は身体を起こして、蜉蝣に変なことを彰久に言わないで欲しいと訴えたかったが、口を挟む隙《すき》もなく、彰久が返答する。

「さすがは蜉蝣だな。気づかなくて良いことばかりに目敏《めざと》いね。でも口は災いのもとというよ。気づかぬふりをすることも覚えた方がいいのではないか」

信じられない言葉に、鈴菜は唖然《あぜん》としてしまう。彰久がそんな理由で、足を運んでくれなかったなんて、思ってもみなかったからだ。

しかし、彼は人の悪い笑みを浮かべている。他にも理由があるのかも知れない。

昏睡《こんすい》していた鈴菜を心配してくれているのか、話をする間にも、ふたりはこちらを振り返ってくる。咄嗟《とっさ》に鈴菜は瞼を閉じて、眠ったふりをしてしまう。勝手に話を聞いてしまったなどと言って身体を起こせる状況ではなかった。

すると、ぱちりと小気味良い音が部屋に響く。たっぷり薬を塗った布を、蜉蝣が彰久の肩に勢いよく乗せたらしい。

「……痛っ！　少しは手加減してくれないか！　私はこれでも怪我人《けがにん》なのだから」

彰久が声を荒らげる。いつもは大人びていて、まったく隙がないのだが、乳母姉弟である蜉蝣と話しているときの彰久は、年相応の青年に思えた。

こんな風に彰久に対して、軽口を叩ける蜉蝣が鈴菜は羨《うらや》ましかった。

「それは私の台詞です。いくら鈴菜の君の泣き顔が可愛いからって、いつも泣かしてばかりいては、嫌われてしまいますよ。――いえ、むしろ一刻も早く嫌われてしまえばいいのに。まったく、こんな男のどこがいいのか」

ぶつぶつと文句を言う蜉蝣の言葉に、鈴菜は寝たふりをするのを忘れて、思わず目を瞠ってしまう。

「うるさいね。お前には関係がないだろう」

彰久は否定しなかった。……と、いうことは、彼はいつもわざと鈴菜を泣かせるような言動をしていたということになる。

「あ、あの……」

真っ赤になった鈴菜が、彰久と蜉蝣に声をかける。すると、彼らは先ほどの話はなにもなかったとばかりに笑顔を浮かべた。

「目覚められたのですね。鈴菜の君」

蜉蝣がほっと息を吐く。

「あなたが昏倒《こんとう》したときは、生きた心地がしなかった。安心したよ」

先ほどの話は、夢だったのだろうか？　鈴菜は呆然とふたりを見上げるが、いつも通り変わりのない表情をしていた。

ゆっくりと身体を起こすと、上半身を半脱ぎにして、袴《はかま》を穿《は》いた彰久の姿があった。

彼の肩には当て布がされていて、痛々しい姿だ。鈴菜の身体にはまったくと言っていいほど痛みはなかった。すべて彰久が庇《かば》ってくれたせいだ。

「彰久お兄様……ごめんなさい……私のせいで……」

怪我を負った彰久を前に、鈴菜は泣きそうな顔で謝罪する。すると、彰久は彼女の身体に腕を伸ばし、そっと抱き締めた。

「愛しい妻を助けるのは、当然だ。あなたがなにも気に病むことはない」

そう言いながら彰久は、鈴菜の頬《ほお》や首筋などに接吻《せっぷん》を繰り返す。

「……でも……」

くすぐったさに身動ぎすると、彰久の肩から、薬を染み込ませた白い当て布が、はらりと落ちていく。

露わになった彼の右肩には古い火傷《やけど》の痕《あと》があり、その上から、さらに水ぶくれのようなものができていた。

「醜《みにく》いものをみせてしまったな」

肩から下ろした単の衿《えり》を上げて、彰久は火傷の痕を隠そうとする。しかし、鈴菜はその手を引き留めた。

「ごめんなさい……。二度も私を助けたせいで……」

ただでさえ、身体に傷を残しているのに、ふたたび鈴菜のせいで、身を挺《てい》する羽目になってしまったのだ。

どれだけ詫びたとしても、許されることではないだろう。

「醜い傷跡を見せてしまったせいで、悲しいことを思い出してしまったようだね」

彰久はそう言って眉を顰めた。

「はい……。お兄様には二度も命を救われました。ありがとうございます……」

彼がいなければ、鈴菜はどちらも火事で焼け死ぬか、夜盗に連れ去られていたに違いなかった。

「あなたが気に病《や》まぬように、生涯黙っておくつもりだったのに……」

そういって彰久は深く息を吐く。

「私は……、助けてくださった方に、ずっとお礼を言いたかったのです。秘密になど、しないで欲しかった」

彰久の傷に触れぬように、鈴菜は彼の胸に身を擦り寄せる。

伝わってくる温もりが、彼の生きている証だと思うと、いっそう縋《すが》りついてしまいそうになった。

そういえば……と、ふと鈴菜は顔を上げた。

「……でも、どうしてお兄様は、昔、火事のあったとき、邸の近くに?」

鈴菜の父母の邸は、藤原邸《ふじわらのやしき》からかなり離れた場所にあった。偶然通りかかったにしては、できすぎている。

「……そのことか。恥ずかしい話だけれど、あの日の夜更け、父上が人目を忍んで、邸から出かけて行くのが見えたので、私は跡を追ったんだ」

「左大臣様《ひだりのおとど》が?」

どうやら彰久の父である左大臣藤原豊成は、その日だけではなく、毎夜のように供も連れずに出かけていたらしい。

初めは女の家に通っているのだと思われていたのだが、大納言邸の周囲を徘徊《はいかい》する姿をなんども多数の人に見られたことから、心ない噂も飛び交うことになったのだという。

「父上は少しでも萩の君の近くに行きたかったらしい。前大納言邸の周りを歩くと、満足したのか父は去っていったのだが、私は無様《ぶざま》な姿に怒りを覚えるあまり、その場に立ち尽くしていた。そこへ火の手が上がったんだ」

豊成は恋慕《れんぼ》から毎夜のように、鈴菜の母である萩の君のいる邸の周りをうろついていたため、逆上して火をつけたのだという噂が回ってしまったらしかった。

実際の彼は無実で、想う相手が親友の妻という立場に苦しみ、ただ密《ひそ》かに慕っていただけだったのに。

「実は誰とも結婚する気になれなかった私が、あなたを娶る気になったのは、父があなたを妻にしようとしていると誤解したからなんだ。萩の君に瓜二つのあなたが、側室となれば、母上のことなど見向きもしなくなるのは目に見えていたからね」

彰久にきっぱりと断言され、鈴菜は目の前が真っ暗になる。

告げられた言葉は、考えていた通りの内容だった。当然だ。そうでなければ彼は、出世の役には立たない鈴菜を、わざわざ娶ろうとなどしなかっただろう。

傷つくこと自体が、お門違いだ。

「……それではもう、……私は不要……ですね……」

彰久と鈴菜が結ばれ、豊成とは義理とはいえ一度は親子となった身だ。婚姻《こんいん》関係が結ばれることはないだろう。

つまり彰久にとって、鈴菜はもう不要の妻となるのだ。

一度摑みかけていたものが、掌《てのひら》からこぼれ落ちるような脱力感に苛まれる。

——なんと自分は愚かなのだろうか。

火の海の中、彰久が助けに来てくれたせいで、愛されているのではないか……などと、浅はかにも考えてしまった。

彼は優しい人だ。

鈴菜を助けたことに、他意などなかったに違いない。

昔から彼は変わっていない。通りすがりに泣き声を聞いた、ただそれだけの理由で、元服もしていない若い身空《みそら》で、幼子を助けに行くような人だというのに。

この部屋は、どこかも解らぬ見知らぬ場所だった。しかし、いつまでも彰久の側にいることが辛くて、鈴菜は褥《しとね》から立ち上がり、部屋を出ようとした。

「目障《めざわ》りにならぬように、もう二度とお会いしませんから、許してください。……失礼致します……」

足がふらついて覚束《おぼつか》ない。それを堪えて鈴菜は、前へと進んでいく。

「待て」

しかし、後ろから彰久がそう呼びかけ、追ってくる気配がした。

今、目を合わせれば涙が零《こぼ》れてしまいそうで、鈴菜は顔を逸《そ》らしながら、急いで外に出ようとする。だが、彼女の腕が摑まれ、強引に元の場所へと引き戻されてしまう。

「お放しください」

声を上げるが、彰久の手は離れなかった。

「早まらないでくれないか。それはあなたにふたたび出会う前の話だよ。……愚かな話だが、私は萩の君が亡くなってもなお、母上や多くの側室がいながら、いつまでも忘れようとしない父と、そして萩の君に瓜二つのあなたを恨み、顔を合わせないようにしていた」

「…………」

鈴菜は続けられた言葉に、なにも返すことができなかった。

もうなにも聞きたくなかった。鈴菜が、彰久にずっと会いたいと願っていた間も、彼は自分を疎《うと》ましく思っていたのだ。

全身の血潮《ちしお》が、凍り付いたかのように、震えが走り始める。

彰久の苦悩にも、彼の母である月草《つきくさ》の悲しみにも気づかず、鈴菜はただのうのうと生きていたのだ。

管弦《かんげん》の宴の席で様子のおかしかった月草のことが思い出された。萩の君に似ているという鈴菜を前に、黙り込んでしまったあのときのことだ。

なにも知らない鈴菜に、月草は出来うる限りのことをしてくれていた。今思えば、疎んじられていたとしても、なんらおかしくはない立場だったというのに……。

ただ無表情のまま放心する鈴菜に、彰久が続けて言った。

「私の記憶の中にあるあなたは、いつまでも幼い少女のままだった。でも、あの管弦の宴で、一目であなたに心を奪われてしまったんだ」

「……え……」

彰久の言葉に、鈴菜は耳を疑ってしまう。

心を奪われたのだと聞こえた気がした。

俯《うつむ》いていた顔を上げると、愛おしげに見つめてくる彰久の視線がある。

「聞こえなかったのかい。一目惚れだと言っているんだよ」

彰久はそう念を押した。そして愛おしげな眼差《まなざ》しを向けてくる。

彼が嘘を吐いているようには見えなかった。

かぁ……と、鈴菜の頰が熱くなってくる。

藤原家の人たちに恥を搔かせてしまったあの時に、彰久がそんな風に鈴菜を想ってくれていたとは思ってもみなかった。

だとすれば彰久は、豊成と月草のこととは関係なくとも、鈴菜を娶ってくれたということなのだろうか。鈴菜は探るような眼差しを彼に向ける。すると、彰久は申し訳なさそうな表情を返してくる。

「きっかけはどうあれ、あなたを娶りたいと思ったのは、真意だ。父のことも、母のことも関係ないよ。どうか、許してくれないか」

許すもなにもなかった。

どんな状況だったとしても、鈴菜は彰久の顔を見られるだけで、幸せなのだから。

「……私は、彰久お兄様が側に置いてくださるのでしたら、それだけで充分ですから……」

微かに頬を染めながら瞼を伏せて、鈴菜は告白した。その言葉を聞いた彰久は、ふたたび彼女を抱き寄せた。そして滑《すべ》らかな頬に手を添えて、彼女の顔をじっと見つめる。

「そんなに可愛らしいことを言われては、今すぐにでも、あなたに触れたくなってしまうよ」

だが、見つめ合うふたりの後ろからいきなり咳払《せきばら》いが聞こえてきた。

「……おふたりとも、仲睦《なかむつ》まじいのは結構ですが、人のことを忘れるのは止めていただけますか。それと、薬を塗り終えるぐらいの間、大人しくしていてください」

珍しく蜉蝣が静かにしていたせいで、すっかり彼女の存在を忘れてしまっていたらしい。

「ご、ごめんなさい」

鈴菜は慌てて彰久の身体から離れようとするが、彼は気にした風もない。

「人の恋路《こいじ》を邪魔するとは、無粋《ぶすい》な人だな」

からかうように彰久がそう告げる。すると蜉蝣も負けじと言い返す。

「他人の面前で女人《にょにん》の肌に触れようとするとは、いかがわしい殿方ですね、あなたは。呆れてしまいます」

鈴菜はその言葉に、火を噴きそうなほど顔を真っ赤にしてしまう。

「そんな言い方をしては、鈴菜の君が恥ずかしがってしまうだろう」

「……鼻の下を伸ばして、恥ずかしがる顔を見て喜んでおきながら、なにをいけしゃあしゃあとおっしゃっているのですか」

蜉蝣はたっぷりと芥子《からし》色《いろ》の薬を塗りつけた当て布を、彰久の肩に貼《は》りつける。

「……痛っ！　おいっ、蜉蝣いい加減にしないかっ」

さすがに本気で痛かったのか、彰久が批難する。

「もう少し我慢してくださいませ。堪えられないのでしたら、どうぞご遠慮なく、その場でお命を絶って楽になってくださってもいいのですよ」

ほほほ……と、上品なのか下品なのか解らない笑いを浮かべて、蜉蝣が言った。

そして彼女は、彰久にさらしを巻いて、その布地を固定する。

「……っ！　私がいなくなったら、鈴菜の君が後を追ってしまうに違いないからな。そんなことはできないな」

彰久は痛みを堪えながらも、鈴菜の手を取って、きゅっと握りしめてくれた。

指先から伝わる熱が、気恥《きは》ずかしく、鈴菜はそっと俯いてしまう。

「まったく恥ずかしがり屋な私の妻は、今日も食べてしまいたいほど愛らしいね」

甘い言葉を囁く彰久を忌々しそうに見つめながら蜉蝣はてきぱきと、治療の後片付けを終えた。

「お邪魔のようですので、これで失礼致します。鈴菜の君、なにかあればお呼びください。特に、『夫が嫌になった』などという、とても先行きの明るいお言葉でしたら、大歓迎です」

そう言い残すと、蜉蝣は静かに退出して行く。

だが快活な蜉蝣が去ると、部屋の中がしんと静まり返ってしまう。

以前の、彰久とふたりでいるときに感じていたような、どこか気まずい沈黙ではなく、とても心の奥が温かくなるような空気だった。

「……羨ましいです……」

先ほどの光景が脳裏を過ぎり、鈴菜はついそう呟いた。

「なにが?」

彰久は意味が解らないとばかりに、怪訝《けげん》そうに首を傾げた。

「あんな風に、彰久お兄様と仲良くお話ができて蜉蝣が羨ましい……」

鈴菜が小さく溜息を吐く。すると、彰久は彼女の身体を土敷《つちしき》に押し倒した。

「……お兄様……?」

どうかしたのだろうか。

鈴菜が小首を傾げて見上げると、彰久は彼女の小さな唇を奪う。

「……ん、んぅ……っ」

なんども唇を重ね合わせ、そして口腔《こうこう》へと伸ばされた熱く濡れた舌で、粘膜を擦りつけられていく。

性急な口づけだった。いきなりこんな激しい口づけを与えられるとは思ってもみなかった鈴菜は、瞼を閉じることも忘れ、されるがままになってしまっていた。

「ふぅ……く……っんん」

しどけなく横たわる鈴菜に、彰久は覆い被さり、なんどもなんども口づけを繰り返す。

「はぁ……はぁ……」

上顎《うわあご》や歯茎《はぐき》の方にまで長い舌が擦りつけられては引き抜かれる。

熱い舌を絡ませられると、ぬるぬるとした感触に、全身が総毛立ってしまいそうになっていた。

「……んふ……っ、あ、あぁ……」

鼻先から熱い息を漏らして身悶えながらも、鈴菜は唇が離れた瞬間、彰久に訴える。

「こんなことをなさっていては、彰久お兄様のお身体に障《さわ》ります……」

「……目に入れても痛くないほど可愛いとはよく言うが、……本当に入れたくなるな。あなたは」

「……？　私は目になど入りませんが……？」

言葉通りの意味に取る鈴菜に、彰久は人の悪い笑みを向けてみせる。

「入れるのは、目にではないよ」

鈴菜には、彰久のいう意味が、さっぱり解らなかった。

「あ、あの……ではどこに……」

首を傾げ続けていると、ふいに彰久が答える。

「入れるなら、まずは口かな」

当然とばかりに言って退ける彰久に、鈴菜はかたかたと震え出す。

「食べないでくださいませ……。私は美味しくなどありません……」

鬼は柔らかな子供の肉を好むと聞いたことがあったが、自分の身が同じように美味しいとは思えなかった。胸も小さく、肉感のない身体はきっと食べるところなど、ありはしないだろう。

「さあ、どうしようか。私の目にはとても美味そうに映るのだけれど」

彰久はそう言うと、鈴菜の手を取り、そっと甲に口づける。

「ひ……っ」

味見をするようにぺろりと舌で舐め上げられ、鈴菜は首を竦めた。

「他に挿れられるのなら、そうだな。……あとは女淫《にょいん》に……私自身を」

くすくすと笑い出す彰久を前に、鈴菜は涙目で眉を寄せる。

「も、も、もしかして……。お兄様は、わ、私をからかっていらっしゃるのですか……。ひどいです……」

なんでも大真面目に、しかも言葉通りの意味に受け取ってしまう鈴菜を、彰久はどうやらからかっていたらしい。

彼はさらに笑い声を大きくするが、涙をいっぱいに溜めた鈴菜の顔を、じっと見つめるなり、匂いを嗅《か》ぐように鼻先を彼女の耳元に押しつけてくる。

「どうして、あなたはこんなにも可愛らしいのだろうね……。今すぐにでも、どうにかしたくなってしまう」

彼の告げた言葉に、鈴菜はいっそう怯えてしまう。

今度はなにをするつもりなのだろうか。びくびくと身体を震わせながら、彰久を窺《うかが》う。

するると彼は、少し考え込んだ後、鈴菜に言った。

「今、昔のことを思い出したよ。……私があなたの泣き顔に弱いのも、火事のときが原因かもしれないな」

彰久が鈴菜の泣き顔に弱いという話は初耳だった。

「……泣き顔……ですか？」

確かに思い返せば、鈴菜の泣き顔をみると、彰久はいつも様子がおかしくなっていたような気もする。だが、あの変貌《へんぼう》を『弱い』などという簡単なひとことで片付けてもいいものなのだろうか。

以前のことを思い返し、考え込んでいると、彰久は鈴菜の穿《は》いている緋袴《ひばかま》の腰布《こしぬの》を解き、そして小袖を脱がし始めてしまう。

「なにをなさっているのですか」

鈴菜は驚いて、彼の手を止めようとした。

「邪魔な衣装を脱がしている」

しかし彰久は、怪我人とは思えないほど、素早い動きで、鈴菜の衣装を乱していく。

「無理をなさってはいけません。どうか安静にしてください……。彰久お兄様は火傷を負

ったのですから」

　彼の腕の中から逃れようとするが、やすやすと押さえ込まれる羽目になった。彰久の力は格段に強く、鈴菜が敵うわけがないのだ。

「どう言われても、私は今からあなたを抱くつもりだよ。どうしても嫌だと、あなたが抗《あらが》うなら、安静にはできなくなってしまうね」

　不遜《ふそん》な笑みを浮かべる彰久を前に、鈴菜は絶句《ぜっく》するしかなかった。

「それは脅しなのですか」

　そっと後ろに逃げようとするが、すぐに間合いを詰められてしまう。

「……心外だね。私はただ、あなたに望みを聞いて欲しいと頼んでいるだけだというのに」

　頼まれている気はまったくしなかった。どう考えても、脅されているような気がしてならない。しかし鈴菜には、彰久の傷に負担をかけることはできなかった。

「わ、解りました……。大人しくしております……でも……」

　どうしても譲《ゆず》れないことが、鈴菜にはあった。しかし、恥ずかしくてなかなか言い出せない。

「なにか問題でも?」

　言い淀《よど》む間にも、彼女の胸の膨らみに彰久は触れてくる。

「……あの……、話を聞くまで、待ってください……」

　言葉を告げようとするだけで恥ずかしかった。しかし、このまま黙っていては、また同じことを続けられてしまう。

鈴菜は羞恥に顔を赤くしながら、ぎゅっと瞼を閉じた。そして声を震わせながらも、懸命に訴える。

「お、お胸を……吸っては嫌です……」

すると、彰久はこくりと息を飲むと身体を強張《こわば》らせた。そして、静かに尋ねた。

「どうして？」

なにかを抑え込んでいるかのような、低く震えた声だった。

「……とても小さいので、お兄様のお目に触れるのは、……恥ずかしいのです……。それに……か、感じ過ぎてしまって……おかしな声を上げてしまいますから……どうか、これ以上は……、お察しくださいませ」

やっと言い終えることができた安堵《あんど》から、鈴菜はほっと息を吐いた。

しかし不穏な空気が漂い、彼女の衿が大きく開かれてしまう。

「鈴菜の君」

声を上げる間もなく、彰久の唇が、彼女の薄赤い突起《とっき》を捉《とら》えた。

「え？　あ、あの……お兄様……っ!?」

そして強く舐《な》めしゃぶられ始めた。

「あっ、だ、だめだと、今、……お伝えしたはずです……。んっ、んぅ……。おやめください……。お兄様……いや……、そんなに強く吸わな……、あ、あぁ！」

濡れた熱い舌先で、唇に咥《くわ》えられた乳首が、くりくりと舐め転がされていく。吸い上げられた突起は、固く尖り、熱く生々しく濡れた感触を鈴菜に伝えてくる。

「止めるわけがないよ」

そして、同時にもう片方の乳首が指で抓《つま》まれ、押し潰すようにして擦りつけられ始めてしまう。

「……ひっ、ん、んぅ……。や……やぁ……！　お放しください……っ。彰久……お兄様、い、いやぁ……。お赦《ゆる》しくださいと……。……お、お願いしたのに……っんんぅ」

感じ入ってしまっているせいで、必死の訴えは甘い喘ぎ混じりになってしまっていた。

その声に煽《あお》られたように、彰久はいっそう胸の頂きを貪り続ける。

「私は、一言も了承《りようしよう》した覚えはないよ」

柔々と小さな胸の膨らみが揉みしだかれ、指の腹で執拗に擦りつけられる行為が繰り返されていく。

「ひ……っん……。んん……っ。ふ……、あ、あぁ……吸わな……あ、あぁっ」

びくびくとのた打つ鈴菜を、彰久はねっとりとした舌で舐め回していた。そして、彼女の滑らかな肌を啄《ついば》み、腹部の方にまで舌を這わせ始める。

「乳房の大きさなど、気にすることはないよ。私があなたの身体中に、余すところなく触れたいだけなのだから」

「で、でも……」

なにを言われても、躊躇《ためら》わずにはいられなかった。数多の女人の元へと、彰久が通っていた話を聞いたことがあるせいかもしれない。

他の女人のように、彼を満足させられないのであれば、呆れられるに違いないからだ。

躊躇う鈴菜に、彰久は続けた。

「あなたは私のものとなっているのを忘れたのかい。その身も心も、私を拒むことは赦さないよ。……存分に味わわせて貰うつもりだから、抗っても無駄だと思うな」

きっぱりと断言され、鈴菜は覚悟を決める。

満足させることができずに呆れられるよりも、つまらないことに拘《こだわ》って嫌われるかも知れないと考えたからだ。

鈴菜は、瞼をぎゅっと閉じると、こくりと小さく息を飲んだ。

「……彰久お兄様が……、望まれるのでしたら……。ど、どうぞ……、お好きなだけ、吸って……ください……」

そして彰久に胸を差し出すようにして、背を反らせてみせる。

ちりちりとした痺《しび》れが肌を這う。彰久の視線が身体に向けられているのかも知れない。

しかし、鈴菜は羞恥から瞼を開くことができなかった。

「……あなたは、私をどうしたいんだろうね……まったく」

低い声で呟かれ、鈴菜は意味が解らず首を傾げる。

「どう、とは……?」

「なんでもないよ。あなたはただ、私のことだけを考えていればいい」

そう言って彰久は鈴菜の胸だけではなく、滑らかな肌の隅々にまで手を這《は》わせ始めた。

淫らな手つきで身体を弄《いじ》られる感触に、ぞくぞくと震えが走り抜ける。

「……あ……ふ……っ」

華奢《きゃしゃ》な身体を揺《ゆ》らして、洩《も》れそうになる喘ぎを堪えた。そして、彼女の媚態をつぶさに観察している彰久に訴える。

「あ、あの……。私も……ご奉仕した方が、宜しいのではないですか……」

自分ばかりが乱されている気がしてならなかった。

彰久に触れれば、少しは彼も乱れてくれるのではないかと思ったのだ。

口腔を埋め尽くす肉棒の感触を思い出すと、恐ろしさに腰が引けそうになっていた。

しかし、それも妻としての務めならば……。彰久のためならば、どんなことも堪えられる気がした。恐る恐る尋ねる鈴菜に、彰久は口角《こうかく》を上げて笑ってみせる。

「必要ないよ」

「でも……、先日は……私に……」

高欄に括り付けられ、鈴菜の口腔に捩《ね》じ込んだはずだ。あんな真似をしてまで、奉仕を望んだのだ。本当は彰久も望んでいるのではないのだろうか。

「正直に言うと今宵《こよい》は、それほど余裕がないんだ。それに……」

彰久は腰帯《こしおび》を解いて袴を下ろし、纏っている衣装を次々と脱ぎ捨てていく。こうして、彼が鈴菜の前で裸になるのは初めてのことだ。鈴菜は惚《ほう》けたように、彰久の余分な肉のない整えられた身体を見つめてしまう。すると、褌《ふんどし》の布地を上げて憤《いき》り勃《た》つ肉棒に気づいた。

「……あ……っ」

隆起した雄を間近で見上げると、いっそう存在が際立つ。

「子種《こだね》をあなたの口に放つのは、しばしの間は止めにしておこう。……余すところなく、あなたの中に注《そそ》いで、一刻も早く子を生さねば安心できないからな」

「私になど、誰も……」

豊成も夜盗の頭領も、鈴菜を気に入った理由は、母に瓜二つだったからだ。彼女に価値があるわけではない。

鈴菜がそっと瞼を伏せて、悲しい表情で俯くと、彰久に頤《おとがい》が掴まれ、顔を上げさせられてしまう。

「父が萩の君に心酔しているように、あなたに対して執拗に懸想《けそう》する者がいないとも限らないからな」

——だから、せめて早く孕《はら》ませる。

そう宣言した彰久に、鈴菜は目を丸くする。考えすぎだ。無駄な杞憂《きゆう》など必要ないというのに。

「ご心配なさらなくとも、そのような方はおりません」

小さく嘆息すると、彰久は不愉快そうに顔を歪めた。

「すでにひとり始末した記憶があるのだけれどね」

「あれは……」

目の前で彰久に斬り付けられ、血飛沫を噴き上がらせた男の末期が、脳裏《のうり》を過《よ》ぎり、ぶるりと震えが走った。

あの男も邸に火を放ち、彰久に斬り掛かるような真似をしなければ、流刑《るけい》で済んだのかもしれないというのに。人の死を目の当たりにするのは、とても恐ろしいことだった。鈴菜は固く唇を噛み、黙り込んでしまう。

「すまない、思い出させてしまったか……」

彰久は申し訳なさそうに詫《わ》びると、鈴菜の隣に膝《ひざ》を折り、こめかみにそっと口づけた。

彼の優しい唇の感触に、少しだけ落ち着くことができる。

「大丈夫だ。もうあの夜盗も、残党《ざんとう》もすべて始末した。安心していい」

夜盗に放たれた火で、邸が火に包まれていたことが思い出される。あの様子では、すべて焼けてしまっているに違いなかった。それとも、無事な部屋が残っていたのだろうか。

「そういえば、……ここは……」

「私が妻を貰ったときのために……と、父が勝手に建てていたものだ。私の性格では、通い婚などしないだろうと踏んだらしい。まだすべて完成はしていないのだが、以前の邸は焼けてしまったからな。私が建てようとしていた邸も、今からでは一年以上かかってしまう。父の手を借りるのは、不本意だが仕方がない」

そう言って彰久は肩を竦めた。

彰久は、父が建てた邸であることに不満を持っている様子だったが、鈴菜にとっては、誰が建てたものでも変わりはなかった。

大事なのは、彼が側にいてくれるということだけだ。

「……彰久お兄様とのお邸……」

鈴菜が嚙《か》み締めるように呟き、はにかみながら、ふわりと微笑む。すると、彰久が神妙《しんみょう》な顔つきになる。

「……以前から、言わねばと思っていたのだけれど……」

「はい？」

なにか彰久の気に入らないことでも言ってしまったのだろうか。不安になった鈴菜は眉根を寄せた。

しかし、鈴菜にはまったく見当がつかない。落ち着かなくなりながら、彰久をじっと見つめていると、彼は深く溜息を吐く。

「あなたは、男を煽りすぎるところがあるね」

呆れたような声で呟かれ、鈴菜は必死に顔を横に振って否定する。

「滅相《めっそう》もありません。……私は、生まれてこの方いちども、そのようなことはしておりませんが……」

そう答えると、彰久にいきなり覆い被さられてしまう。

「……あ、あの……？」

彼の顔が近くて、息を飲む。

鈴菜は少しだけでも距離を取るため、縋るように彰久の胸に手を置いた。しかし彼が素肌であることに気づいて、慌てて握《にぎ》り拳をつくる。

だが、触れた場所から浸透《しんとう》してくる体温に、かっと頬が熱くなってしまう。握り拳をつくっても触れていることには変わりがないのだ。手を放せば良かったのだと遅れて気づく。

そうして彰久の身体の下で、青くなったり、赤くなったりを繰り返している鈴菜を、彼はなにかを堪えるような表情で見下ろしていた。

「無意識でやっているから、なおさら質《たち》が悪いのだろうね」

呆れた口調で責められ、鈴菜はますます狼狽《ろうばい》した。

「ど、どうすれば良いのですか……っ。すぐに直しますから、どうか、……嫌わないでください」

彰久に嫌われてしまったら、どうしていいか解らない。

不安に駆られた鈴菜は、泣きそうになりながら、切々と訴える。

「……だから、そういうところが……。いや、なんでもないよ。鈴菜の君。……それほど私を慕っているのかい」

とつぜん、思いがけないことを尋ねられ、彼女は頬を朱に染めた。

「……はい」

小さく頷きながら答える。すると彰久は、唇が触れそうなほど顔を近づけてくる。

「言葉にしてくれないと解らないよ」

自分の想いを言葉にすることに長けていない鈴菜は、戸惑いながら唇を震わせた。

そして意を決して、気持ちを吐露《とろ》する。

「あ、あの……。お兄様を、……お、お慕いしております」

しかし告げた瞬間、羞恥のあまり耳から首筋まで真っ赤になってしまっていた。

その姿を愉《たの》しげに見つめながら、彼はさらに追及してくる。

「私になら、どんなことをされても構わないぐらいには？」

彰久になら、どのような扱いをされたとしても、嫌いにはなれない気がした。

しかし、先日のように高欄に括り付けられるような真似をされるのは辛い。

「はい。……でも、あまりひどいことは……」

言い淀むと、彰久は先日のことなど記憶にないとばかりに、肩を竦めてみせる。

「ひどいこととは、どんなことだろうね」

あれがひどい真似だと解らないなんて、もしかして、彰久は人を縛る様な真似を好んでいるのだろうか？　鈴菜は愕然《がくぜん》としてしまう。

「縛りつけられるのは、……好きではありません。だから、あんなことはもうなさらないでくださると……。……嬉しいのですが……」

窺いながら、沈んだ声で訴える。彰久の嗜好《しこう》を拒絶して、彼に嫌われるのではないかと、鈴菜は戦々恐々《せんせんきょうきょう》としていた。

「他のことに関しては、すべて構わなかったのか」

彰久と再会してから、目まぐるしく色んなことがあった。そのひとつひとつの記憶を紐《ひも》解《と》くと、忘れていたというよりは、自分の中で懸命になかったことにしようとしていたことを思い出す。

「……は、張形《はりがた》も……、いやです」

びくびくと震えながら、彰久に言い添える。だが、彼はそんなわけはないとばかりの表情を浮かべていた。

「気に入っていたように見えたのだけれど？　なんども自分で動かし、身悶えていたのだろう？」

そして艶めかしい手つきで、そっと彼女の唇を撫でる。くすぐったさと、微かな疼《うず》きに、ひくりと身体の奥底が震えた気がした。

「そんなことは、ありません！」

くしゃりと顔を歪め、鈴菜はしゃくり上げ始める。

「ほ、本当に……、辛かったのです……」

張形を自分の手で動かしたのは、痒《かゆ》みに堪えきれなかったからだ。疼く身体を鎮めるためではない。望んでやったことでもないのだ。

すると彰久は、艶やかな彼女の髪を、そっと撫でていく。

——しかし。

「そんな悲しげな顔をしないでくれないかな」

低く呟いた後、彰久はこの上なく、人の悪い笑みを浮かべた。

「え……？　あっ……、あの……。なにか……当たって……。ひ……っ!?」

そして、固く勃ち上がった肉棒が、鈴菜の太腿《ふともも》に押し当てられた。

「愛らしすぎて、泣きじゃくるまで責め立てたくなってしまうだろう？」

平然とひどいことを言ってのける彰久に、鈴菜は唖然とした。

「もしかして……彰久お兄様は、やはり意地悪なのですか……っ」

そうではないと信じたかった。彼は冗談を言っているだけなのだろう。

しかし、愉しげな彰久を見ていると、本気にしか見えない。

「意地悪？　どこがだ？　私はあなたに優しく接しているのに。ほら、抱いて欲しいと強《ね》請《だ》る淫らな身体も、望み通りに満足させている」

平然といやらしい言葉を告げられ、鈴菜は目を瞠った。

「……っ!!　違います……私、そんな……」

抱いて欲しいと強請ってなどいない。必死に否定していると、じっとその様子を眺めていた彰久がふいに微笑む。

「愛しているよ」

誰もが見惚れてしまうほど、麗《うるわ》しい美貌《びぼう》に笑みが浮かぶ。すると、心臓を矢で射貫《いぬ》かれてしまったのではないか……と、いうほどの衝撃が走り抜ける。

彰久は、鈴菜のことを『質が悪い』と称していた。だが、誰よりも質が悪いのは、彰久の方だ。

返す言葉もなく真っ赤になって硬直する鈴菜に、彰久が有無《うむ》を言わさないとばかりの迫力で尋ねる。

「私を拒んだりしないね？」

そんなことは尋ねられなくとも解っているはずだ。鈴菜が彰久を拒めるわけなどないのだから。

「……はい……。でも……、え……、あ、あの……っ。ん、んぅ……」

手加減はして欲しいと訴えかけようとするが、強引に足を開かされ、下肢《かし》の中心に顔を埋められてしまう。

彰久は、鈴菜の媚肉の間に、唾液《だえき》に濡れた舌を這わせていく。そして、花びらのような突起を啜《すす》り上げ、淫らに濡れそぼった蜜口を抉《えぐ》って襞《ひだ》を押し開く。

「お兄様……っ、そこも……。く……ふっ、……あ、あ、んぅ」

ぬるぬるとした舌が、包皮を剝《む》いて、鋭敏《えいびん》な突起を捉える。ちゅっと強く吸い上げられ、舌先で擽《くすぐ》られる感触に、ひくりと喉奥《のどおく》が震えた。

「なにか、不服でもあるのかな」

彼の長い舌が、淫らな陰部を擽るたびに、身体の奥底から甘い痺れが駆け巡り、腰を揺らしそうになってしまっていた。

感じすぎて、乱れてしまうことが、そして、淫らに嬌声《きょうせい》を上げてしまうことが、恥ずかしく、そして恐ろしい。

もう、これ以上は、触れて欲しくなかった。

堪えようとしても、卑猥《ひわい》な喘ぎ声が漏れて、もっとして欲しいとばかりに、膣孔から蜜が溢れそうになっていたからだ。

「苦し……っ、です。……あまり弄らないで……くださ……」

太腿を閉じて、彰久を退けようとするが、彼の力には敵わない。いっそう大きく足が開かれ、さらに強く舐めしゃぶられ始めてしまう。

「苦しい？　どうして。あなたの感じやすい場所を、舌で存分に可愛がっているだけだ。どこも痛くなどないだろう」

柔らかな太腿の肉にまで、舌が辿《たど》られ、強く吸い上げられると、びくりと大きく腰がうねる。吹き出した汗が鈴菜の肌を覆い、しっとりとした感触を楽しむように、その上を彰久の指が這わされる。

「……お、お待ちくださ……。あ、あぁぁっ」

彼に抱かれるたびに、肌がそれを待ち侘びていたかのように感じやすくなってしまっていた。少し触れられただけでも、身体中が疼き、彼に縋りたくなってしまうぐらいだ。

「待てば、なにか得られるとでもいうのか」

少し掠《かす》れた声で囁《ささや》かれると、身体の芯から官能の震えが走り抜けていく。

いったい、この身はどうなってしまったのかと、彰久に尋ねたい衝動にすら駆られる。

「……おかしくなって、しまいます。……す、少しだけ……落ち着くまで……どうか……」

すでに鈴菜の息は激しく乱れてしまっていた。これ以上、熱を煽られては平静を保てなくなるだろう。

「感じるだけ乱れればいい。夫婦の仲で遠慮など無用だ……。ほら……」

溢れる蜜のぬめりを借りて、彰久はいきなり二本の指を鈴菜の膣口へと押し込んでくる。

熱く濡れた襞が左右に開かれると、固く尖った花芯が、ひくひくと震えながら、疼きを走らせる。

「そんなに動かさな……で……くださ……っ。んぁ……、あ、ふ……んん」

ぬちぬちと淫らな水音を立てて、彰久は濡襞《ぬれひだ》を押し開き、大きく掻き回していく。

下肢から迫り上がる痺れに溺れ、鈴菜は華奢な身体を波打たせ、懇願《こんがん》するような声で彰久を呼ぶ。

「あ、あぁっ、んぅ……お……兄さ……、あぁぁ……っ！」

喉を突いて出るのは、あられもない嬌声だった。

淫らに身体を打ち震わせ、彰久の下で鈴菜は切なげに訴える。

「……や、やはり……だめです……、わ、私……、ん、んぅ」

ぶるりと身体の奥底から、愉悦《ゆえつ》が駆け巡る。びゅくっと身体の底から、なにか溢れ出すような感覚が彼女を襲う。足の踵《かかと》で土敷を掻くと、ぶるりと身体が震える。

「……あ、あぁっ!!」

そうして、鈴菜が大きく背中を仰け反らせ、甲高い嬌声を上げたとき。

高みから墜落《ついらく》しそうなほどの震えが全身を波打たせていた。

「んんぁっ、あ、く……はぁ……っ！」

しとどに下肢が濡れていた。鈴菜は身体の奥底で、いまだ震える襞を持て余しながらも、ぎゅっと足を閉じようとした。

「ご、ごめんなさい……、どうしたら……」

だが彰久の手によって、大きく太腿が開かれてしまう。そして、濡れそぼった下肢が露わにされた。

「幼子《おさなご》のように漏らしたわけではないのだから、なにも気にしなくていいよ。それよりも、……もう抱いても問題はないね？」

羞恥に涙が零れそうになるのを、寸前で堪え、鈴菜は彰久の前に身を投げ出した。

「……は、はい……。お兄様を……、わ、私に挿れてください……」

きゅうきゅうと奥襞が収縮して、切ない気持ちが、身体の芯を疼かせていた。

早く彰久の熱で満たして欲しくて、肌が戦慄《おのの》く。もどかしさに鈴菜が太腿を震わせると、彰久は情欲に満ちた眼差しで、彼女を睨《ね》めつける。

「まったく、どこでそんな誘い文句を覚えたのか……」

「間違っていますか……、私、なにも……知らなくて……」

彼の声には、呆れが混じっていた気がした。

どこかで言葉を間違えてしまったのか……と、鈴菜が謝罪しようとすると、力強く足が抱えられ、腰が浮かされる。

「そのままで構わないよ。……あなたは、私のものだという自覚だけしていればいい」

そして、ついに熱い肉棒がぢゅぷぢゅぷと卑猥な水音を立てて、欲望に震える肉洞《にくほら》へと押し込まれていく。

抽送《ちゅうそう》しながら、固く張り上がった亀頭が奥へ奥へと穿たれていく。そうして、どくどくと脈打つ肉竿《にくさお》が、みっちりと鈴菜の膣を埋め尽くした。

「あっ、んぅ……！　ん、う……んぅ！　はぁ……あ、あ……熱いの……いっぱいで……」

息を乱しながら、鈴菜はぎゅっと彰久の肩口に縋りつく。

「苦しいのかい？」

気遣われることが嬉しかった。彼女の存在すら忘れてしまっているのではないかと思っていた、彰久が自分だけを見つめている。そう思うと、歓喜《かんき》にいっそう襞がうねる。

「……幸せです……。どうか、私を……、お兄様のお好きなように……、してくださ……」

額に汗を滲ませながらも、微かに微笑み鈴菜が呟く。

「……っ」

すると、彰久の身体が強張った。そして、とつぜん彼は息急《いきせ》き切って腰を振りたくり始めてしまう。

「……あ、あぁっ！　ど、どうなさった……のですか……。はげし……っんぅ……！」

熱い滾《たぎ》りが、濡れそぼった襞を開いて、ぬちゅぬちゅと突き上げられていく。

泡立った蜜が律動を助け、抽送がいっそう激しくなっていった。迫り上がる熱と疼きに、鈴菜が艶めかしく腰を揺らす。すると、接合部分から、粘着質の蜜が溢れていく。

「は……っ、んぅ……く……ふ……っ」

雄の高ぶりを突き上げられるたび、鈴菜の身体がびくびくと小刻《こきざ》みに痙攣《けいれん》する。

「鈴菜の君……はぁ……っ。……鈴菜……」

熱を穿《うが》たれると、太い幹《みき》に敏感な花芯が嬲られ、引き摺《ず》り出されると、脱力感と共に痺れが身体を走り抜ける。

蜜と汗に塗《まみ》れた肢体を身悶えさせる鈴菜に、彰久が熱に浮かされたような声で告げた。

「はぁ……、好きにしていいと、あなたが今、そう言ったんだ」

鈴菜の鼻先から熱い息が漏れる。肉襞に咥え込まされた彼の滾りの熱さが、全身に浸透しているかのようだった。

「……そ、そうですが……、こ、こんな……。い、や、やぁ……怖い」

ぐちゅぐちゅとぬるついた蜜を纏わせ、固い切っ先に襞を擦りつけられ、最奥を突き上げられるたびに、どこかに連れ去られそうな愉悦が走る。

「怖くなどないよ。あなたはすでに私の身体を知っているはずだ」

初めて彰久を受け入れた際の、破瓜《はか》の痛みが思い出された。襞を強引に引き伸ばされたときの疼痛《とうつう》は、もう感じない。

その代わり、肉棒に掻き回されるたびに、得も言われぬ痺れと快感が駆け巡り、頭の奥底から蕩けだしてしまいそうになっていた。

「うぅ……くぅ……。はぁ……く……んん」

蠢動《しゅんどう》する襞に彰久の肉棒が擦りつけられ、鈴菜はびくびくと身悶える。

胸の奥底から沸き上がる歓喜と愉悦に、すべて飲み込まれてしまいそうだった。

「あなたの中が気持ち良さそうにうねってる。もっと……、欲しいと願っているはずだ」

「……、わ、私」

憤った雄が、快感に熱く膨れた肉洞を、容赦なく突き上げていく。感じる場所を、固い滾りがぐりぐりと責め立て、鈴菜の身体がのた打つ。

「私に抱かれて気持ちいいと素直に認めるんだね。……まあ、どうしても認めたくないなら、それでも構わないが……」

ふいに視線が逸らされ、呆れられたのだと感じた鈴菜は、彰久の肩口に強く縋りつく。

「……いや、嫌わないで……。好き……です……。あ、あの……と、とても、き、気持ちいいです……」

ぎゅっと回した腕に力を込めると、彰久は満足げに口角を上げて見せた。機嫌を損ねてしまったわけではないらしい。まるで、視線を逸らしたのは、鈴菜を煽るためだったかのようだ。

「あ……あの……」

怒っていたわけではないのかと、尋ねようとしたとき。

「もっと欲しいのだろう」

そう言って彰久は話を逸らし、鈴菜の身体を抱き返した。

「はい……、いっぱい、欲しい……っ」

強請る鈴菜の唇を、彰久が奪う。

「……は……ぁ……っ、ふ……ぅ……」

彰久はなんども舌を絡ませて唇を放した後、顔を赤く上気させた鈴菜を、じっと見つめていた。

彼の視線の強さに居たたまれなくなりながらも、鈴菜は恥じらいながら願いを口にする。

「く……んぅ……、……あ、あの……。だ、抱き締めては……いただけませんか……」

意を決して声を振り絞ったつもりだ。しかし消え入りそうなほど、小さな声にしかならなかった。しかし、彰久の耳には届いたらしく、彼女の身体に腕が回される。

「あ……っ」

嬉しさから、顔を綻ばせたとき、痛いぐらいの力が込められていく。

「え、……あ、彰久お兄様……。はぁ……、く、苦しいです……」

身悶える身体が、いっそうびくびくと跳ねる。

彰久の肩口に顔を埋めると、風雅《ふうが》な香りが強く鼻腔《びこう》を擽る。心地良さと苦しさの間で、息を乱していると、彰久が呆れたように言った。

「抱き締めて欲しいと言ったのは、あなただろう」

間違いではないが、加減というものがあるはずだった。

「……そ、そうですけど……ん、んぅ……」

力を込めすぎだと言い返そうとした唇が、ふたたび塞がれてしまう。そうしてぬめる舌で腰が砕けそうなほど、鈴菜の敏感な舌の上が擦りつけられ、啜り上げられていく。

「んふ……っ、は……ぁ……っ。苦し……っ、んん」

強く回された腕の感触に胸が高鳴る。

もっと強く抱き締められたくて。

もっと彼の温もりが欲しくて。

鈴菜は求めるように、彰久の肩口に腕を回して縋ってしまう。そして、自ら淫らに腰を揺らし始めた。

「あ、あぁ……。好き……っ、お兄様……。お慕いして……ます……っ、ずっと……あなただけを……」

感じる場所を深く抉る肉棒を、鈴菜の肉壁が求めるように強く咥え込む。

「本当に、あなたは愛らしいね……。ほら、好きなだけ満たしてあげるよ」

律動が激しくなっていく。彰久は獣《けもの》のように猛《たけ》り、縦横無尽《じゅうおうむじん》に肉茎を穿ち続ける。そうして鈴菜を翻弄《ほんろう》し、彼は高みへと押し上げていく。

「……ふぁ……、あ、あっ」

鈴菜は淫らに腰を揺すり立てて、熱い滾りを激しく感じる場所に誘い込む。

総身ががくがくと震えた。

目の前を星が瞬《またた》くかのように、意識が飛びそうになる。

「あぁ……っ、あぁぁ……っ！」

ぶるりと大きく身体が震える。そのとき熱い脈動が内壁に伝わり、びゅくびゅくと激しく白濁が注ぎ込まれていく。

「……く……ぅ……あ、あぁっ！」

そうして鈴菜は赤い唇を震わせ、歓喜から一際高くなった嬌声を漏らした。

◇◇◇

どれほどの刻を、抱き続けているのだろうか。

すべてを投げ捨てたくなるほど、彰久は鈴菜の君の身体に溺れてしまっていた。

「……お、お兄様……、も、もう……赦し……」

未発達な身体を組み敷き、後ろから滾る肉棒を容赦《ようしゃ》なく貫く。どれだけの刻をこうして過ごしているのか、もはや彰久には解らなかった。

たとえ吐精《とせい》したとしても、すぐに欲望は頭を擡《もた》げてしまう。

こんなに愛しくも、淫らな存在を、彰久は他に知らなかった。

実らぬ恋に身を滅ぼし、妻たちを泣かせる豊成の気持ちなど、永遠に解らないと思っていたのに。

もはや鈴菜の君を抱かずして、朝も迎えられぬような体《てい》たらくだ。

この恋情を知った今ならば、もしも鈴菜が他の男の妻であったとしても、どんなことをしても必ず奪い去るであろうことが予測できた。

忍ぶ恋に堪えて妻を泣かせる豊成よりも、彰久の方がずっと質が悪い男なのだろう。

彼女以外の女人を、妻に娶らなかったことが救いだ。きっと彰久は、鈴菜の元だけに通いつめ、他の女人の元には一切足を向けなくなってしまっているに違いなかった。

――思えば幼い彼女を火の海から助け出したあの夜。

透明な涙を零す少女を胸に抱いて、必ず助けると契ったあの刻。

胸を過ぎっていたのは、確かな欲望だった気がする。

彰久は過去、父と母のことで、鈴菜の君を避けるようになった。だが今考えると、もしかしたら、まだ幼い彼女に抱いていた疚しい欲望を隠すために、足を遠のかせることで逃げたのかもしれなかった。

彼のそんな気持ちを知れば、鈴菜の君が幻滅《げんめつ》するのは目に見えていた。

だから、決して昔懐《いだ》いた感情は告げるつもりはない。

「……お、お兄様……、苦し……っ」

涙で瞳を潤ませる自分の姿がどれほど男の欲望を煽るかも知らず、鈴菜の君がそうして訴えてくる。

「まだ堪えられるだろう？　ほら、胸も弄ってあげるよ。好きなだけ感じていればいい」

赤く熟れた果実のような乳首を指で嬲る。

鈴菜の君のすべてを舐めしゃぶり、歯を立てても、彰久の熱は収まりそうになかった。

「帝には悪いが……、行道で死に触れたことにすれば、参内をひと月は休めるな……」

彰久が漏らした不穏な言葉は、悩ましい嬌声を上げ続ける鈴菜の耳にはまったく届いていなかった。

終章　いたいけな花嫁の濡れごと

「……これで、どうでしょうか」

やっと夫婦《めおと》として、仲睦《なかむつ》まじく暮らしていけるようになった矢先《やさき》のことだった。和琴《わごん》の練習に付き合ってくれるという彰久《あきひさ》の前で、鈴菜《すずな》はいくつかの曲を爪弾《つまび》いてみたのだが、彼からはなんの反応もない。

不思議に思いながら、彰久を振り返ろうとした。すると彼は、気づかぬ間に鈴菜の真後ろにいて、彼女の匂いを嗅《か》ぐように、首筋に鼻を擦り寄せてくる。

「なにをなさっているのですか……」

目を瞠って鈴菜が尋ねた。すると彰久は彼女の腰に、愛おしげに腕を回しながら答える。

「花を愛でているんだよ。……愛らしい花と、心休まる風雅《ふうが》な和琴の音。これが至福の極みというものだね」

辺りを見渡すが花など一輪《いちりん》も飾られてはいない。いったいなにを言っているのだと、鈴菜は首を傾げた。

「花などありませんが？」

すると彰久は、鈴菜の首筋に顔を埋めてくる。

「ここにあるだろう。この世のうちで最も美しい花が……」

恥ずかしさのあまり、沸騰《ふっとう》した湯のように体温を上げて、耳まで真っ赤になってしまう。

「お戯《たわむ》れはお止しください。和琴の練習に付き合ってくださるのではないのですか」

彰久は奏楽《そうがく》の名手だった。だから出仕《しゅっし》のない今日は指南《しなん》を乞《こ》うつもりだったのに、これでは練習にならない。非難の声を上げると、彰久はつまらなそうに言った。

「日向《ひなた》と同じことを頼まれるのは、興ざめだね。和琴などいつでも奏《かな》でられるだろう。それより、私と愉しい刻《とき》を過ごさないかい」

妹と同じだと言われた鈴菜は肩を落とした。ただでさえ、鈴菜は未発達な身体で円熟した魅力など持ち合わせていないのだ。その上、言動も幼いと言われている。十歳ほどの齢《よわい》でしかない彼の妹の言動を思い出すなどと言われては、なにも反論できなくなってしまう。

「……お断りします」

唇を小さく噛《か》みながら俯《うつむ》き、鈴菜がふいっと顔を逸らす、すると、彰久は後ろから彼女を強く抱き締めた。

「おや。拗《す》ねてしまったのか」

温かい彼の胸に包まれて、そのまま身を委《ゆだ》ねそうになるのを、寸前で堪《こら》えた。

「拗ねてなどおりません」

素っ気なく言い返すと、彰久は鈴菜の身体を片腕に抱えて、顔を覗き込んでくる。

秀麗《しゅうれい》な美貌《びぼう》が近づき、思わず息を飲む。

彰久の美しさには、いつまでも慣れることができない。幼い頃からの恋慕《れんぼ》のせいで、いっそう胸がときめいてしまうからだ。どんなひどいことをされても、想いは募るばかりで、いつも平然と愛を語ってくる彰久を心憎く思うことすらあるぐらいだった。

悔しさに涙が眦《まなじり》に溜まると、彰久はそっと嘆息する。

「ああ。そんな顔をしないで欲しいのだけれど」

彰久は頬《ほお》を擦り寄せてくる。滑《なめ》らかな感触がくすぐったくて、鈴菜は拗ねていることをわすれて微笑んでしまいそうになる。しかし慌てて、そんな自分の気持ちを抑え込む。今日の和琴の練習は、ずっと以前から約束していたことだった。

それをやっと叶えることができたのに、彰久はまったく和琴を教える気がなかったのだ。

その上、妹の日向と同じなどと、決して言ってはいけない言葉を口にした。懐柔《かいじゅう》などされるつもりはない。

「……せっかく、夕刻からの出仕もなく、ずっとふたりでいられる日だというのに……。ずっと楽しみにしておりましたのに……。もう知りません」

そう言って、鈴菜は撥《ばち》を置いて立ち上がり、部屋を出ようとした。

「どこへ行くのかな」

するとすると、彰久が怪訝《けげん》そうに尋ねる。

「私との約束など、どうでもいいのでしょう。彰久お兄様のお好きになさってください」

そうして鈴菜は踵《きびす》を返そうとした。

「……あっ！」

だが、いきなり腕が引かれて、床に押し倒されてしまう。

「……っ!?　なにを……」

鈴菜の艶やかで長い黒髪が、床の上に広がる。その姿を、彰久は恍惚《こうこつ》とした表情で見下ろしていた。

その艶めかしい視線に、鈴菜は思わず息を飲む。

「好きにしていいのだろう。私がやりたいことは、あなたと音を合わせ、蕩《とろ》け合うほどに抱き合い、息も出来ぬほど口を吸い、ありったけの子種《こだね》を注ぐことだ。あなたがこのまま身を任せれば、すべてが叶うよ」

彰久が口にしたのは、淫らな行為ばかりだ。唯一発せられたまともな言葉に縋《すが》って、鈴菜は言い返す。

「音を合わせたいのでしたら、和琴を……」

彼の壮絶《そうぜつ》なほどの色気を宿した眼差しだけで、眩暈《めまい》がしそうだった。呼吸すら乱されてしまい、鈴菜は思わず顔を逸らしてしまう。

「和琴の音ではないよ……あなたのここから、胸の打ち震えるような甘い音が出るだろう」

そう告げた彰久は、鈴菜の赤い唇を指で辿《たど》っていく。

「……っ」

ふと脳裏《のうり》を過《よ》ぎったのは、彰久から贈られた懸想文《けそうぶみ》だ。色事《いろごと》のいろはも解らない鈴菜は、単に合奏《がっそう》の申し出だと誤解して、返事をしてしまったのだ。

幼い思考しかない自分が気恥《きは》ずかしい。

しかし、間違えてしまったからこそ、彰久の妻に娶《めと》られることになったのだ。

「……なにを考えているのかな……」

心ここにあらずといった鈴菜を、彰久は微かに瞳を細めて見下ろしていた。

「え、……あ……っ。それは……」

思わず言い淀《よど》んでしまったのが運のつきだった。

彰久が人の悪い笑みを浮かべ、黙り込んでしまう。

「……彰久お兄様のことです。……他のことなど考えてはおりませんっ」

必死に言いつくろうが、彼は聞き入れようとはしない。

「どうやら、あなたには仕置きが必要のようだね」

その言葉で、高欄《こうらん》に縛りつけられ責め立てられた記憶が脳裏を過ぎる。

「本当です。嘘など……決して……」

瞳を潤《うる》ませながら訴える。すると、彰久は情欲に満ちた眼差《まなざ》しを鈴菜に向けて、彼女の滑らかな両頬を手で包み込む。

「そんな愛らしい顔を向けられては、理性が壊れそうになるよ……」

ぼそりと呟かれるが、彼の視線はすでに理性などない獣《けもの》同然だ。

「……や……っ……。正気にお戻りくださいっ、お兄様……！」

近づいてくる唇から逃れられず、鈴菜は彼にすべてを奪われるしかなかった。

「ん……っ、んんぅ……っ」

「いい加減に、夫に対して兄と呼ぶのは止めにしないか。……ほら、言ってごらん。『あなた』または、彰久だ」

その言葉に、鈴菜はいっそう真っ赤になって、ぱくぱくと唇を震わせる。

涙目で混乱を極めた様子の鈴菜に、彰久は愛おしげに頬を擦り寄せた。

「ほら、早く言わないと、本当に仕置きを始めるかもしれないよ」

「……そ、そんな……。急におっしゃられても……困ります……」

文武両道《ぶんぶりょうどう》、才色兼備《さいしょくけんび》。誰よりも風流を解し、人徳もあり、地位も権力もすべてを備えている夫、彰久。そんな彼が、鈴菜の泣き顔が見たいがためだけに、ありもしない疑惑をわざわざ投げかけたり、辱《はずかし》めたりして、苛《いじ》めているのだと彼女本人が気づくには、まだ時間がかかりそうだった。そうして今日も、彼に翻弄《ほんろう》されて、鈴菜は蕩けそうになるほど甘い接吻《せっぷん》を受けることになる。

御簾《みす》の向こうには、新しく芽吹《めぶ》き始めた木々が魅《み》せる深緑の粧《よそお》い。

これから巡る季節の訪れが、鈴菜は楽しみでならなかった。

あとがき

はじめましての方も、いつも読んでくださる方も、こんにちは。仁賀奈《にがな》です。今回は初めて平安時代《へいあんじだい》をモチーフに書いてみました。自分に合わせて初心者仕様なので簡単な言葉すら説明しながらお話が進みます。なんて親切な！（笑）　ちなみになぜ平安かというと、リクエストを多数戴《いただ》いた他に、夜這《よば》いかけられた挙げ句に未熟な身体に三夜連続契《ちぎ》りを交わさせるという日本の文化にとても感動したからですよ！　なんて卑猥《ひわい》で淫らな習慣だよ！　万歳《ばんざい》！　日本の文化万歳！　千年の昔から発達したエロ文化万歳！　私は日本人であることを生まれて初めて誇りに思うよ！（歯を食い縛れ）　今回は初ジャンルで都会の悪鬼こと飯田橋《いいだばし》の黒鬼こと担当編集様に大変お世話になりましたよ！（今日も恩は仇で返すよ）　私、どうしても書きたい台詞があったんです！　と言ったら「ああ。お●吸っちゃいやぁ」って奴ですね。と淡々と棒読みで語られたことは、生涯根に持つつもりです。ちなみに次の打ち合わせで、聞こえないと言われて三回自分で言わされました。なんのプレイですかコレ。本当にありがとうございました（笑）。そして挿絵《さしえ》には、『溺れるほど花をあげる』でもお世話になりました、えとう綺羅《きら》先生にお願いしました！　毎回激萌え仕様でイラストをくださるのでとても楽しみです！　えとう先生本当にありがとうございました！　そしていつも読んでくださる皆様も本当にありがとうございます。そして恒例の最後に一言。腹黒万歳！　腹黒万歳！　仁賀奈は今日も愉しく萌えを糧《かて》に生きています。

初蕾《はつつぼみ》

ティアラ文庫をお買いあげいただき、ありがとうございます。
この作品を読んでのご意見·ご感想をお待ちしております。

✦ ファンレターの宛先 ✦
〒102-0072　東京都千代田区飯田橋3-3-1
プランタン出版　ティアラ文庫編集部気付
仁賀奈先生係／えとう綺羅先生係

ティアラ文庫WEBサイト
http://www.tiarabunko.jp/

著者──仁賀奈（にがな）
挿絵──えとう綺羅（えとう　きら）
発行──プランタン出版
発売──フランス書院
〒102-0072　東京都千代田区飯田橋3-3-1
電話（営業）03-5226-5744
（編集）03-5226-5742
印刷──誠宏印刷
製本──若林製本工場

ISBN978-4-8296-6600-5 C0193